Irmin Burdekat

Die Lange Stille

tpk

DIE LANGE STILLE

Irmin Burdekat

Die Lange Stille

www.tpk-verlag.de
www.dielangestille.de

1. Auflage 2022

Lektorat: Michael Lenkeit
Gestaltung: Christian Andreas

Druck: Finidr s.r.o., Tschechische Republik
Schriften: Gandhi Serif, Trade Gothic
Papier: Munken Print Cream 100g/m²

ISBN 978-3-936359-87-9

als eBook: ISBN 978-3-936359-88-6
als Hörbuch: ISBN 978-3-936359-89-3

Dieweil Geschichte – wenn mit Bier gepaart –
Die ernsten Lehren milder offenbart.

aus TOM JONES
von Henry Fielding (1707 – 1754)

Im Gedenken an Hannes Hoyer.

»Herr Weber, Sie behindern mit Ihrer Passivität den Heilungserfolg!«

»Mmmh.«

»Warum diese Teilnahmslosigkeit?«

»Weiß nicht.«

»Wie erklären Sie sich denn Ihre Antriebslosigkeit?«

»Vielleicht kommt's von Ihren Pillen?!«

»Ah, ein guter Hinweis. Ich werde Sie neu einstellen lassen. Doktor Gruschke wird sich darum kümmern. Ja, schön. Und dann gehen Sie doch auch mal zur Gruppentherapie!«

»Nee!«

»Warum denn nicht? Das hat schon vielen geholfen.«

»Mir nicht!«

»Aber Sie haben es doch noch gar nicht ausprobiert.«

»Mmmh.«

»Herr Weber, Sie sollten aus sich herauskommen. Es wäre gut, wenn Sie sich öffnen. Es wird Ihnen helfen, wenn Sie anderen erklären, was mit Ihnen los ist. Ich kann Sie nur dazu einladen.«

»Bin kein Typ für Stuhlkreise.«

»Das ist doch Blödsinn. Reden Sie sich bloß nichts ein!«

»Ich bin auch kein Typ für diese Irrenanstalt.«

»Herr Weber, nicht schon wieder. Wir sind ein ganz normales Krankenhaus.«

»Aber Sie lassen mich hier nicht weg!«

»Zu Ihrem Schutz, nur deshalb.«

»Ich wäre lieber schutzlos.«

»Herr Weber, Sie gefallen sich in Ihrer Verbohrtheit. Nun denn, wenn Sie nicht reden wollen, wie wäre es, wenn Sie zu Stift und Papier greifen?«

»Ich schreibe nur Laptop.«

»Na prima, aber dann schreiben Sie! Beginnen Sie an irgendeiner markanten Stelle in Ihrer Kindheit oder Jugend. Erzählen Sie sich Ihr Leben. Das wird Ihnen helfen. Garantiert!«

»Mmmh.«

»Was bedeutet ‚mmmh'? Werden Sie schreiben?«

»Vielleicht.«

»Ich nehme das mal als ein Ja. Schön. Schreiben Sie einfach drauflos, authentisch, so, wie Ihnen der Schnabel gewachsen ist.«

»Aha.«

»Das freut mich, Herr Weber. Fangen Sie am besten sofort an!«

»Mmmh. Wie? Ja. Äh, nein!«

Die Lange Stille. Alle nannten sie so. Ich kannte diesen Namen schon, bevor ich erfuhr, dass sie auch Karin hieß. Beim Tanzunterricht mussten wir häufig die Partner wechseln, darum habe ich sicher auch mal mit ihr getanzt. Aber nicht gesprochen. Nur gegrinst. Wir »Männer« hatten für fast jede der Damen einen Spitznamen. Die Damen ihrerseits verfuhren ähnlich, was ich damals nicht im Traum für möglich gehalten hätte. Von der Schule kannte ich so etwas natürlich. Manche Lehrer etwa konnten es sich nicht verkneifen und nannten mich »Pausenclown«, wogegen ich mich, weil es aus einer so unseriösen Quelle kam, nicht weiter gewehrt habe. Erst viel später erfuhr ich, wie die vereinigten Tanzmariechen mich hinter meinem Rücken nannten: »Der Kasper«.

Ich erwähne diese unerfreuliche Tatsache nur deshalb, weil sie ein noch konfuseres Licht auf den nun zu berichtenden Vorfall wirft. Zwei Übungsabende vor dem großen Abtanzball kam die Lange Stille in der Pause auf mich zu, als ich vor der Theke gerade an meiner Cola hing. Wie immer ins Gespräch vertieft und umringt von Fans, die auf neue Späße aus meiner Juxkanone warteten. Sie stellte sich einfach vor mich, lächelte, wahrscheinlich geheimnisvoll, und sagte: *»Ich möchte dich als Partner für den Abtanzball!«* Dieser Auftritt stellte alles mir bis dahin Bekannte in den Schatten. Heute würde man wahrscheinlich so tun, als wäre es selbstverständlich. Aber ist es das wirklich? Männer sind doch die Jäger.

Mit dem Abstand vieler Jahre fallen mir natürlich etliche kluge Erwiderungen auf ihre Frage ein – wobei, es war ja nicht einmal wirklich eine Frage. Eher eine Bitte mit sehr hohem Erwartungsdruck. Unglaublich. Einfach nur: *»Ich möchte dich als Partner für den Abtanzball!«*

Was also sollte ich tun? Oberstes Gebot zu jenen Zeiten war – und ist es wahrscheinlich auch heute noch –, immer und in jeder Lebenslage cool zu sein. Und cool zu bleiben. Sich nicht aus der Fassung bringen zu lassen. Sein Gesicht zu wahren. Nicht rumzueiern. Abgeklärtheit mit hohem Posing-Faktor also. Deshalb, nur deshalb, und ohne groß nachzudenken, sagte ich: *»Geht klar!«*

Dabei sahen meine Planungen eigentlich ganz andere Konstellationen vor. Ich hatte eine präzise Hitliste, mit wem ich den Tanzunterricht beenden wollte. Auf keinem der ersten fünf Plätze stand die Lange Stille, und weitere Plätze waren noch gar nicht belegt.

Die Einschätzung der Attraktivität meiner Konkurrenten war nicht einfach und erforderte ein ständiges, inneres Sich-Messen und -Vergleichen. Dieser Stress lag nun hinter mir, durch die einsame Entscheidung einer jungen Frau von fünfzehneinhalb Jahren.

Am letzten Übungsnachmittag vor dem Ball tanzte man, weil so befohlen, ausschließlich mit »seiner« Partnerin. Das volle Programm: Langsamer Walzer, Walzer (nur rechtsherum), Foxtrott, Quickstep, Cha-Cha-Cha, Blues und Rumba. Vielleicht noch mehr, aber den Rest habe ich vergessen. Jedenfalls erfuhr ich bei dieser Trainingseinheit alle wichtigen Details. Sie hieß offiziell Karin, genauer sogar Karin Mohrmann. Am Heidplackenweg Nr. 3–4 sollte ich sie am darauffolgenden Samstag gegen achtzehn Uhr abholen und das fällige Biedermeier-Sträußchen übergeben, um im Gegenzug ein kleines Einstecktuch für die Brusttasche meines blau-gestreiften Jacketts in Empfang zu nehmen. Der finanzielle Ausgleich war durch diesen Tausch nahezu gewährleistet und wurde deshalb von der Tanzlehrerin vorgeschrieben.

Der zweite Satz, den die Lange Stille je an mich richtete, war: »*Geht doch.*« Damit beschrieb sie unsere steifen Paartanzergebnisse, und wenn man wollte, lag sogar so etwas wie Lob, zumindest aber Anerkennung in ihrer Aussage. Haben wir danach noch miteinander geredet? Jedenfalls nicht bei der Generalprobe. Obwohl, wenn ich so darüber nachdenke, ist das eher unwahrscheinlich. Irgendwas Belangloses werden wir wohl schon gesagt haben. Zumindest ich. Absolut sicher bin ich allerdings, dass ich weder meinem Image als Pausenclown noch als Kasper auch nur im Ansatz gerecht wurde. Ich gab, warum auch immer, den seriösen, in sich gekehrten jungen Mann. Eine Rolle, die mir überhaupt nicht lag. Entsprechend barsten die Ventile, als ich wieder im Kreis meiner Kumpel war.

Den Fußmarsch zum Ball erledigten wir mehr oder weniger schweigend. Auffallend war lediglich, dass sich erstmalig in meinem Leben jemand bei mir einhakte. Diese Inszenierung war von der Tanzlehrerin »empfohlen« worden, weil es sich so gehöre oder irgendwas in der Art. Damals gab es schon eine modernere Tanzschule in der Stadt, aber wir waren bei Lisbeth Neumann.

Die Bessersituierten schickten ihre Kinder dorthin, weil sie sich mehr Schliff und Strenge erhofften. Bei meinen Eltern hatte der günstigere Preis den Ausschlag gegeben.

Wir gingen also wie ein altes Ehepaar durch die kalten Straßen unserer Heimatstadt und waren beide froh, als wir im Schützenhof ankamen. Sofort trennten sich unsere Wege und wir tauchten ab unter die sichere Glocke unserer Geschlechtsgenossen. Dort fühlte ich mich wieder geborgen und es herrschte absolutes Wohlfühlklima: fröhlich, grob und zotig.

Der erste Teil des Abtanzballs war ein Wirrwarr an zeremoniellen Abfolgen, ähnlich einer Kaiserkrönung. Ich musste unter anderem mit Karins Mutter tanzen und sie mit meinem Vater. Was sollte das? Immerhin wusste ich danach, wer Karin die Stille nicht vererbt hatte: ihre Mutter.

Wir saßen an einem Sechser-Tisch, fünf aufgedrehte, schnatternde Teenager und die Lange Stille. Diesen Tisch hatte ich organisiert und damit sichergestellt, die »richtigen« Leidensgenossen in Witzeverbreitungsweite zu haben. Jeder von uns musste sieben Mark zahlen, dafür stellte ein überheblicher Kellner eine dicke Schüssel mit Kalter Ente auf den Tisch. Dazu für jeden ein dünnes Glas samt Untersetzer und Löffelchen.

Als wir unsere Pflichttänze hinter uns hatten, begann die Party, der Spaß, die Action, das Pfauenradschlagen und Anbaggern. Ab und zu gab es sogar vernünftige Musik, und man konnte endlich ordentlich tanzen. Also ohne den ganzen Ringelpiez mit Anfassen. Die Lange Stille war verschwunden, jedenfalls aus meinen Augen, und ich hatte sie schon vergessen. Ralle Krettmann hatte eine Pulle Whisky eingeschleust – es war Racke Rauchzart, aber ohne Lederhalfter – und damit der Stimmungsentfaltung gute Dienste geleistet.

Ich tanzte mit etlichen Damen. Einige davon vordere Plätze auf meiner Hitliste. Mir ging es prima, ich war verschwitzt und guter Dinge. Beschwingt, könnte man sagen.

Erst später am Abend traf ich wieder auf die Lange Stille, unten im Flur vor den Toiletten. Wir gingen zufällig aufeinander zu, und es wäre normal gewesen, aneinander vorbeizulaufen. War aber nicht so. Karin öffnete ihre Arme, als ob sie mit mir tanzen wollte. Ich fiel drauf rein, und schon begann die herrlichste Knutscherei. Einfach so. Völlig ungeplant. Und nicht einmal schlecht. Genau genommen sogar ziemlich gut. Wie lange? Keine Ahnung. Aber an etwas kann ich mich erinnern, als wäre es vor fünf Minuten gewesen: Wir blieben, uns an den Händen haltend, voreinander stehen und staunten uns an. Kein halber Meter trennte unsere Gesichter. In diesem Moment habe ich Karin zum ersten Mal richtig angesehen, ihr in die Augen geschaut, sie wahrgenommen. Sie erkannt?

Allenfalls unbewusst. Aber die gewaltige Elektrizität zwischen den Polen ihrer Pupillen, die sprang über. Hochspannung und kaum noch Widerstand – besser kann ich meinen damaligen Zustand nicht beschreiben.

Am nächsten Morgen erscheint die Lange Stille in der Küche und begrüßt ihre Mutter fröhlich mit einem leichten Kopfnicken sowie mindestens drei Sekunden Augenkontakt. Frau Mohrmann schlägt Eier auf, lässt den Inhalt in eine Schüssel laufen, verquirlt das Ganze mit einem Schneebesen und schüttet noch einen Viertelliter Mineralwasser mit Kohlensäure dazu. Sie will abnehmen und ihr ist jedes Mittel recht. Dann unterbricht sie die Vorbereitung der allsonntäglichen Rührei-produktion und fragt: »Wer war das denn gestern eigentlich – dein Tanzpartner?«

Karin deckt den Tisch und erläutert ausführlich: »Werner.«

»Werner wer?«, will Mutter Mohrmann nun wissen, gestützt auf ihren Schneebesen und mit leicht erhobener Augenbraue.

»Werner Weber.«

»Aha«, kontert Frau Mohrmann und rührt weiter, bis sie erneut stoppt. »Mir kam er ziemlich albern vor«, sagt sie und erwartet die Reaktion ihrer Tochter. Die kommt. Prompt. Und bringt das Rührei zum Stocken.

»Ich werde ihn heiraten!«.

Seelenruhig legt Karin Messer, Gabeln, Teelöffel, Messerbänkchen sowie die silbernen Serviettenringe mit den Namen aller Familienmitglieder neben die weißen Teller der Serie Alt-Belgien.

Elke Mohrmann zeigt nun, was sie in ihrer Laienspielgruppe gelernt hat. Sie gibt einen Lachkrampf mit eingebautem Erstickungsanfall unter Hinzuziehung einer Portion Schüttelfrost zum Besten und trötet trompetensoloartig: »Das glaub ich nicht. Ich fass es nicht. Rettet mich, Hilfe, Hilfe, ich ersticke!«

Die Lange Stille weiß um den Ernst der Lage und lässt sich nicht aus der Ruhe bringen, zählt noch mal die eingedeckten Teller und fragt unaufgeregt: »Isst Peter mit?«

Bruder Peter kommt, von dem Krawall in der Küche aufgeschreckt, angerannt und will wissen, was los ist. Mutter Mohrmann fängt sich wieder, deutet mit dem tropfenden Schneebesen auf ihre älteste Tochter und prustet: »Karin will einen Werner Weber heiraten!«

Peter erfasst den Fehlalarm, sackt in sich zusammen und bringt alles auf den Punkt: »Na und?« Dann dreht er sich um und putzt seine Zähne zu Ende.

Als alle vollzählig am Frühstückstisch sitzen, versucht Frau Mohrmann noch einmal, die Neuigkeit des Tages an den Mann zu bringen, denn sie kennt ihre Tochter und weiß, dass Scherze nicht ihr Ding sind. Zum Glück hat Familie Mohrmann ein Oberhaupt mit der Lizenz, Machtworte zu sprechen. Das heutige lautet: »Elke, du bist peinlich.«

Als immer mehr Leute an uns vorbeiliefen und sich fast die Hälse aus der Fassung drehten, meinte die Lange Stille: *»Komm, bring mich nach Hause.«*

Der Marsch wurde ein Stop-and-go. Knutschen, laufen, knutschen und so weiter. Es war eiskalt, ein böser Wind fegte durch die Straßen, aber Kälte und Sturm machten einen ehrfurchtsvollen Bogen um uns. Vor ihrem Haus – die Mohrmanns wohnten in einer Villa, der Begriff fand sich damals aber noch nicht in meinem Alltagsvokabular – hätte nun der finale Abschiedskuss kommen müssen. Kam aber nicht. Karin blieb stehen und sah mich an – oh Mann: Da war er wieder, dieser Blick! Hilft alles nichts, ich muss an dieser Stelle zuerst ihren magischen Blick beschreiben. Sonst versteht niemand irgendwas, und jeder denkt, das alles sei nur jugendliche Schwärmerei gewesen. Dabei bin ich mir bis heute nicht einmal sicher: War es der Blick oder das Mienenspiel oder der Ausdruck der Augen oder gar ein noch unentdeckter Faktor? Da war auch noch ihr Mund, zumindest die Mundwinkel. Was wird allein von der Stellung des Mundes schon ausgelöst?

Und wie beschreibt man den Energiestrom, die wuchtige Aura oder die Masse an Wirkung, wenn man das ganze Gesicht eines Menschen erfasst? Okay, da gibt es die Schwachstrom-Typen, die lediglich eine Portion Langeweile im Angebot haben. Oder ganz normale Zeitgenossen, die einem was erzählen, während man reflexmäßig mit ihnen in Augenkontakt bleibt. Selten, ganz selten – und mittlerweile habe ich mehr als vierzig Jahre auf dem Buckel – trifft man jemanden, dem blitzartige Funken aus den Pupillen fliegen. Die Lange Stille blitzte jedoch gar nicht. Ihre

Hochspannungsströme waren ein perfekter, lang gezogener Mix aus Wohlwollen, Anerkennung, Mona-Lisa-mäßiger Geheimniskrämerei und – ich nenne es einfach mal so: Begierde. Genau! Da war eine kultivierte, extrem disziplinierte Begierde mit im Spiel. So sah sie mich ein paar Sekunden an, dann kam ihre Hand, mit deren Rücken sie mir über die Wange strich, um zu sagen: *»Ich mag dich!«*

Ohne jegliche Hast drehte sie sich um und ging die vier Stufen vom Bürgersteig hoch auf den gepflasterten Weg, der zur Haustür führte. Während sie mit der linken Hand aufschloss, traf mich noch ein halber Blick über die Schulter. Sie oben, ich unten. Ihre rechte Hand deutete auf Hüfthöhe ein Winken an, dann verschwand sie im Haus.

Ich schildere diese Szene nur deshalb so lang und breit, weil die Nachwirkungen erheblich waren. Das, was von ihr rüberkam, mich erreichte, etwas in mir auslöste.

Gleich am nächsten Tag schon.

Sonntagnachmittags ging man zum Tanztee in die Tanzschule, wo wir die gesellschaftliche Reife bekommen sollten, die angeblich nötig war, um im Bürgertum zu überleben. So ähnlich stand es jedenfalls im Werbeprospekt, damit die Eltern die geforderte Teilnahmegebühr lockermachten. Meine Clique war immer dort, und ich gehörte als Zentrum der guten Laune schon wegen meiner Stellung im sozialen Gefüge dazu. Aber an diesem Sonntag sah ich ein Problem auf mich zukommen. Ich war nämlich zu dieser Zeit noch mit Angela »zusammen«. Angela war eine eher unspektakuläre Erscheinung, hatte aber zwei ernst zu nehmende Vorteile: Sie war ein Jahr älter als ich und hatte angedeutet, dass sie sich »demnächst« ein Rezept für die Pille besorgen wollte. Zu den festen Ritualen in meinem Leben gehörte unser gemeinsamer Auftritt beim Tanztee. Nun bestand aber die Gefahr, dort mit der Langen Stillen konfrontiert zu werden. Daher entschuldigte ich mich telefonisch bei Angela und ließ den Termin krankheitsbedingt ausfallen. Damit erkaufte ich mir etwas Bedenkzeit.

Am darauffolgenden Dienstag erreichte mich ein Briefchen: *»Ich würde Dich gerne am Samstag um 15 Uhr im Park-Café treffen. Lieber Gruß, Karin.«*

Damit begann die zweite Phase der Bedenkzeit. Immerhin hatte ich nun vier volle Tage zur Verfügung, um mir ein Konzept zurechtzuzimmern. Dafür entwickelte ich Satzmodule, um ihr in flüssiger Rede alles erklären zu können. »Alles« bedeutete: Den Vorfall beim Abtanzball als einen jugendlicher Unreife geschuldeten Ausrutscher zu deklarieren. Ich wollte die Lange Stille nicht verletzen, meine übrigen Interessen aber auch nicht aufs Spiel setzen. Diesen Spagat galt es zur Zufriedenheit aller Beteiligten vorzuführen. So weit mein Plan.

Überpünktlich kam ich ins Café, aber Karin war schon da. Vor sich eine Cola und ein Reclam-Heft. War's schon Hesse? Wahrscheinlich nicht. Kaum saß ich einigermaßen sicher und hatte das nervöse Hin- und Herflackern meiner Augen unter Kontrolle, blieb mein Blick in ihrem Gesicht hängen. Da war er wieder, dieser unbeschreibliche Magnetismus. Ihre dunklen Augen im Zusammenspiel mit Wangen, Mund und Nase – vielleicht sogar den Haaren: eine unnachahmliche Komposition aus vielschichtigen Emotionen. Ich fühlte mich erkannt, bewundert und behütet – und gleichzeitig bewertet, verunsichert und minimal verarscht. Was für eine Mischung!

Mein Redekonzept zerrann in Sekundenschnelle. Meine Schweißdrüsen sprengten wie ein Gartenschlauch. Mein Hemd war klatschnass. Hektisch stotterte ich vor mich hin, um wenigstens den wichtigsten Punkt zu setzen: Meine Beziehung zu Angela. »Ich gehe sozusagen mit ihr, verstehst du?!« An den Satz erinnere ich mich noch.

Doch als der Kern meiner Botschaft raus war, passierte etwas Unerwartetes. Mit der Rechten ergriff Karin eine meiner zappeligen Hände, die Linke legte sie auf meinen Unterarm. Dann sagte sie ruhig und beruhigend: *»Verstehe ich. Ist doch normal. Aber ich möchte, dass du fair mit ihr Schluss machst. Erzähl nichts von uns, das kränkt sie nur. Du schaffst das!«*

Später schlenderten wir noch eine Weile durch den Park. Es war Gott sei Dank schon sehr dämmerig, und ich fühlte mich unbeobachtet. Außerdem schloss ich bei der Knutscherei vorschriftsmäßig die Augen.

Das Angela-Problem löste sich wundersamer Weise von ganz allein. Wieder bekam ich Post am Dienstag. Dieses Mal von Angela. Ich sei mit »einer anderen« eng umschlungen gesehen worden, weshalb sie hiermit die Beziehung zu mir fristlos kündige. Ich solle mir nicht die Mühe machen, zu versuchen, sie vom Gegenteil zu überzeugen. *»Verpiss dich aus meinem Leben!«*, lautete die alles beendende Grußformel.

So kam es, dass ich nun mit der Langen Stillen »ging«.

Einige Zeit nach dem Abtanzball saß meine Familie mal wieder versammelt am Abendbrottisch. Mein Vater war Handlungsreisender in Sachen Muffen und Schellen und wochentags selten zu Hause. Endlich kam er dazu, seine aufgestaute Neugierde zu befriedigen. Er fragte: *»Wer war eigentlich deine Tanzpartnerin beim Ball da neulich. Ich fand die sehr nett. Übrigens auch attraktiv.«*

Meine Mutter seufzte hörbar und ließ die Schultern hängen. Dann blaffte sie los: *»Die ist ja wohl nicht ganz deine Kragenweite, oder?«*

»Hab ich doch gar nicht gesagt. Was soll das? Was legst du mir schon wieder in den Mund?«

Ich unterbrach die Unterhaltung meiner Eltern und sagte: *»Das war Karin. Ich gehe jetzt mit ihr.«*

Mein Vater schluckte seine Empörung hinunter und meinte anerkennend *»Gut, gut!«*, dabei nickte er mir freundlich zu. Dann ergänzte er schmunzelnd: *»Halt dir die warm. Das ist eine zum Heiraten!«*

Meine Mutter ertrug die Kommentare ihres Gatten schon lange nicht mehr. Ihr Nervenkostüm war aus extrem dünner Seide. »Red doch nicht so einen Quatsch, Ewald. Der Junge ist doch noch viel zu jung, um sich über so was Gedanken zu machen. In Wirklichkeit willst du dem Mädel doch nur selbst an die Wäsche. Dein gestörter Realitätssinn macht dich zu einem geifernden Idioten. Du machst dich lächerlich – und mich dazu!«

Meinem Vater war leider die eheliche Treue abhandengekommen. Eine Entwicklung, die meiner Mutter nicht verborgen geblieben war. Wahrscheinlich war es also sein schlechtes Gewissen, das ihn losbrüllen ließ: *»Deine Unterstellungen sind unerträglich. Du manipulierst, wo du nur kannst!«* Er holte tief Luft, vermutlich, um seine Tirade noch lauter und aggressiver fortzusetzen.

Ich grätschte gerade noch rechtzeitig dazwischen: *»Weiß einer von euch zufällig, wie spät es ist?«* Das entspannte die Lage jedoch nicht.

»Für mich zu spät!«, zischte meine Mutter, nur um beim Aufstehen noch eben schwungvoll ihre Tasse vom Tisch zu fegen.

Ich schüttelte den Kopf und brummte: *»Scherben bringen Glück!«*

Iris, meine blöde, drei Jahre jüngere Schwester glaubte noch nicht an das Glück der Scherben. Sie lief weinend hinter meiner Mutter her – während ich mich möglichst unauffällig aus dem Staub machte.

Die bisher beschriebenen Vorkommnisse dienen einzig dem Zweck, Zusammenhänge erkennbar zu machen. Um nachvollziehen zu können, warum ich mich im darauffolgenden Jahr einer Art Dreifrontenkrieg ausgesetzt sah. Da waren zum einen die Scharmützel im Freundes- und Bekanntenkreis. Die finale Schlacht, nach aufreibenden Monaten, schlug ich stellvertretend mit Fräulein Czernatzke. So nannten wir Claus Komischke, nach einer Figur aus irgendeinem Klassiker. Er hatte ein etwas weibisches Wesen und schnatterte wie ein Entenstall beim Besuch des Fuchses. Alle Sticheleien, Sprüche und Witzchen von allen auf meine Kosten galten der Körpergröße der Langen Stillen. Als Czernatzke zum Angriff überging, befanden wir uns gerade im Umkleideraum nach dem Schulsport. Allein. Wir hatten wohl rumgebummelt, folgten jedenfalls nicht dem Herdentrieb, denn die letzte Stunde war vorbei und man hätte hinaus ins freie Leben gleiten können. Ich fummelte an meiner Socke herum und versuchte sie so zu drehen, dass man ein Loch im Bereich des großen Zehs nicht sehen konnte. Breit grinsend schoss Czernatzke seine Granate auf mich ab, so viel bekam ich sogar in gebückter Haltung mit. »Willst du eigentlich noch wachsen oder hast du schon eine Trittleiter, um deine neue Flamme zu küssen?«

Wozu schaut man sich Cowboy- oder Boxerfilme an? Um Vorbilder zu finden und sich ihre Taten zu eigen zu machen. Innerhalb von zwei Sekunden wurde ich zu Old Shatterhand. Oder Rocky. Oder Bud Spencer. High Noon war zwar vorbei – es muss kurz vor zwei gewesen sein –, aber meine Faust schlug trotzdem erbarmungslos zu. Ich donnerte dem Fräulein dermaßen eine rein, dass er stumpf umfiel, wobei er sich auf dem Weg nach unten auch noch einen Schlag von der Holzbank einfing. Er blieb benommen liegen, war aber voll am Leben, das konnte man dem Geröchel entnehmen. Leicht nervös raffte ich im Eiltempo meine Sachen zusammen, rannte hinaus und traf im Flur vor der Turnhalle auf den Hausmeister. »In der Umkleide liegt einer, der fühlt sich nicht wohl. Wollen Sie mal nachschauen?« Das war doch nun alles andere als unterlassene Hilfeleistung. Im Gegenteil, ich finde sogar: Das war Erste Hilfe.

Czernatzke begab sich in den nächsten Tagen auf eine Art Friedensmission. Er schilderte meine Schlagkraft mit höchster Übertreibung und sorgte so dafür, dass mich niemand mehr auf Karin ansprach. Die Neckerei war vorbei. Sogar der halb legale Name »Die Lange Stille« blieb nun unerwähnt. Man fragte mich höchstens nach meiner Freundin, und mit der Zeit gewöhnten sich alle an »Karin«.

Die jedoch blieb leider immer drei bis fünf Zentimeter größer – Quatsch, länger – als ich, was natürlich nicht leicht wegzustecken war. Wenn wir Händchen haltend durch die Fußgängerzone schlenderten, um beim Spiel von Sehen-und-Gesehen-Werden mitzumachen, gab sie sich allerdings große Mühe, kleiner zu erscheinen. Fast hätte man sie statt die Lange Stille auch die Bucklige nennen können. Im Gegenzug tat auch ich viel für meine Haltung und ging so aufrecht wie möglich. Seitdem achte ich beim Schuhkauf immer auf möglichst hohe Absätze.

Die zweite Front, an der mir die Geschosse um die Ohren flogen, war mein Elternhaus. Präziser wäre es wohl, wenn ich mich als »zwischen die Fronten geraten« bezeichnen würde. Meine Eltern hatten den seit Langem schwelenden Konflikt zu einer offenen Konfrontation ausgebaut. Sie befanden sich im Kriegszustand, und wir Kinder mussten uns entscheiden, ob wir Freund oder Feind sein wollten. Je nachdem, mit wem man es gerade zu tun hatte, musste man schnell eine andere Fahne hissen. War ich mit meinem Vater allein, bestätigte ich ihm, dass seine Frau eine keifende Furie sein konnte, fernab jeglicher Logik. Schüttete mir meine Mutter ihr Herz aus, konnte ich ihr nur zustimmen, dass ihr Mann ein unzuverlässiger Hallodri sei. Diese Kriegslist wäre aufgegangen, hätte meine Schwester denn mitgespielt. Sie schlug sich jedoch recht schnell einzig auf die weibliche Seite und gab dort zum Besten, wie ich mich hinter Mutters Rücken über sie geäußert hatte.

Es kam, wie es kommen musste. Die Kriegsparteien verließen in entgegengesetzten Richtungen das Schlachtfeld und nahmen jeweils ein Kind als Beute mit. Ich blieb mit meinem Vater in der alten Wohnung, während Iris und meine Mutter zu Omi Lehne zogen, der Mutter meiner Mutter. Dort wäre ich auch lieber hin, da Omi Lehne ein schönes, geräumiges Haus mit einem verwunschenen Garten voller Obstbäume besaß sowie ein allzeit spendables Portemonnaie. »Hier Jung, hast 'n Schein« war ihre Standardformel bei jeder Verabschiedung.

Es gab aber auch Vorteile unserer Aufteilung. Mein Vater hatte keinen sonderlich ausgeprägten Ordnungssinn und nervte deshalb nicht rum, wenn es mal wieder »Wie sieht es denn hier aus?« bei uns aussah. Seine Ansprüche waren bescheidener Natur. War Landleberwurst und Bier im Kühlschrank, Nescafé Gold im Regal und Pumpernickel im Brotkasten, dann waren seine Bedürfnisse befriedigt. Um meine eigenen lukullischen Wünsche erfüllen zu können, legte er mir wöchentlich einen Zwanziger auf den Tisch. Geld, das ich gut gebrauchen konnte. Zusammen mit meinem Taschengeld wanderte es meist in den Plattenladen meines Vertrauens oder ins Park-Café. Trotzdem war ich zu jener Zeit ausgewogen ernährt und körperlich ohne jede Mangelerscheinung.

Damit komme ich zu Familie Mohrmann und ihrer Tochter Karin, der dritten und kompliziertesten Front. Sie war geprägt von sehr unterschiedlichen Abschnitten. Oder Schlachten. Sehr siegreichen, besser: entspannten (Karin). Und sehr strapaziösen, bei denen man ständig auf der Hut sein musste (ihre Mutter).

Anhand einer Szene lassen sich die Verhältnisse bei den Mohrmanns vielleicht am besten beschreiben. Circa drei oder vier Wochen nach dem Abtanzball überbrachte mir Karin die Einladung ihrer Eltern zu einem sonntäglichen Kaffeekränzchen. Im Kreis der gesamten Familie. Spätestens am Samstagabend vor meinem dortigen Auftritt erfasste mich eine ungemütliche Unruhe. Ich überlegte, wie ich rüberkommen wollte, ging die Möglichkeiten des äußeren Eindrucks auf Basis meines Kleiderschranks durch und bereitete Anti-Glatteis-Themen vor, auf die ich, in Not geraten, das Gespräch lenken konnte. Gerade noch rechtzeitig, also etwa eine halbe Stunde vorher, fiel mir ein Satz aus dem Mund meiner Mutter ein. Könnte aber auch der Volksmund gewesen sein: *»Man kommt nicht mit leeren Händen.«* Aber wo treibt man sonntags gegen halb drei einen Blumenstrauß auf? Und vor allem einen, der nichts kostet. Zusammenklauen ging nicht, es war Mitte Dezember. Aber leihen ging. Ich hetzte also mit dem Fahrrad zu Omi Lehne und redete nicht lange um den heißen Brei herum. Endergebnis: Sie lieh mir einen Strauß, den sie ohnehin am nächsten Tag hätte wegschmeißen müssen. Ich rupfte die überalterten Stängel heraus und arrangierte die übrigen Nelken, die noch über einen Rest Stehvermögen verfügten, zu einem einigermaßen ansehnlichen Bündel. Es kam ja sowieso mehr auf die Geste an.

Kaum hatte ich geklingelt, öffnete Karin lächelnd die Haustür und zischte mir zu: *»Küssen später!«* Direkt hinter ihr stand – empfangsbereit für die Nelken – Frau Mohrmann. Ich erinnerte mich sofort an ihren speckigen Rücken, den ich beim Elterntanz mehr als erwünscht zu spüren bekommen hatte. Meine Finger mussten sich geradezu in das Fettgewebe hineinkrallen, da mir die Dame ansonsten bei den Drehungen entglitten wäre.

Der Flur der Mohrmanns ähnelte eher einer Empfangshalle, jedenfalls war er viermal so groß wie unserer. Auffällig war ein ausladender Ölschinken an der Wand. Ich blieb davor stehen und hörte Frau Mohrmann sagen: *»Ein echter Radziwill!«* Es war nichts Abstraktes, aber dennoch ziemlich konfus. Irgendwie Dalí für Arme. Ich zählte still bis fünf, dann lobte ich den aufwendigen Rahmen des Bildes. Das war keine Show. Der gefiel mir wirklich.

Die Endlosserie der Fettnäpfchen, die ich bei Frau Mohrmann zielsicher ansteuerte, begann in diesem Moment. Und ich würde lügen, wenn ich behaupten würde, die äußerlich zur Schau gestellte Lässigkeit wäre ein Spiegelbild meines Innenlebens gewesen.

Zum Glück erschien in diesem Augenblick Karins älterer Bruder und lockerte die Stimmung auf. Er kam die Treppe herunter gehüpft, ging direkt auf mich zu und sagte: »*Hi, ich bin Peter. Kann dir leider nicht beistehen. Hab so 'nen ähnlichen Job wie du zu erledigen. Muss zu den Eltern meiner Freundin. Lass dich von den Zombies hier nur nicht einschüchtern!*« Er schlug mir freundschaftlich auf die Schulter, zeigte seiner Schwester kurz einen hochgestreckten Daumen, und weg war er.

Karin nahm meinen Arm und sagte: »*Komm rein. Mein Vater ist im Wohnzimmer, und erschrick nicht, mein Opa ist auch da. Aber der bekommt nicht mehr viel mit.*«

Mutter Mohrmann krähte von hinten: »*Guten Tag sagen sollte dein Galan dem Opa aber schon – und zwar ordentlich.*«

Als ich ins Wohnzimmer trat, erhob sich Dr. Mohrmann aus seinem Sessel, legte die Süddeutsche auf den Boden, kam mir entgegen und zeigte ein unverdächtig freundliches Gesicht. Diese entspannenden Sekunden brachten mich dazu, ihn mit einem formvollendeten Diener zu begrüßen. War nicht geplant. Reine Intuition.

Dann war der Opa dran. Er saß schon an der Kaffeetafel, ohne dem Geschehen um ihn herum sonderlich große Aufmerksamkeit zu schenken. Ich marschierte auf ihn zu, reichte ihm die Hand und sagte: »*Guten Tag, Herr Mohrmann!*« Laut und zackig, also so, wie es sich zur damaligen Zeit gehörte. Womit ich in Fettnapf Nummer zwei gelandet war, denn es war der Vater von Karins Mutter.

Meine Anrede holte ihn aus seiner halb dementen Schläfrigkeit. Lautstark empörte er sich: »*Von Metjendorf, wenn ich bitten darf. Hans-Joseph von Metjendorf. Mit Bindestrich. Und nicht der niedere Josef mit f, sondern der gebildete mit ph. Merken Sie sich das, mein Herr!«* Eine Ansage wie vom Band, und ebenso wie eine solche versiegte seine Aktivität mit dem Ende der Aufnahme.

Bei Tisch, nachdem die Kaffee-oder-Tee-Frage geklärt war und ich meinen Stuhl das zehnte Mal zurechtgerückt hatte, nachdem die Kirsch-Sahne-Schnittchen verteilt waren und harmlose Plaudereien begonnen hatten, störte Frau Mohrmann die sich leise entwickelnde Harmonie: *»Was lesen Sie denn so für Bücher, junger Mann?«* Auf diese unnötige Frage war ich von Karin vorbereitet und, mangels passender eigener, mit Antworten ausgestattet worden. Wir hatten viel gelacht, als Karin mich bei der Generalprobe im Park-Café ausfragte und ich die paar Titel und Inhaltsangaben aus mir herausquetschte.

Auch heute lief alles hervorragend – bis ich derbe patzte. Ich erwähnte den Fänger im Weizen und verwechselte auch noch den Autor. Frau Mohrmann fragte spitz: *»Meinen Sie den Fänger im Roggen?«*

»Ja klar, sowieso, genau, was sonst? Böll muss man einfach gelesen haben. Seine Beschreibungen gesellschaftlicher Vorgänge ...« Weiter kam ich nicht. Karin stieß aus der Tiefe ihrer Stille empor und übernahm für den Rest der Zeit die Konversation. Wer sie kennt, weiß, wie lobenswert dieser Einsatz von ihr war.

Zeitverzögert und in Häppchen bekam ich von Karin das Feedback serviert. Mutter M. soll mich einen *»hohlen Schaumschläger«* genannt haben: *»Große Klappe, nichts dahinter!«* Dr. M. hatte hingegen Partei für mich ergriffen. Er soll gesagt haben: *»Der Junge hat Potenzial. Der macht Progress.«* Und diesem Mann konnte man nun wirklich vertrauen, er war schließlich kein einfacher, dahergelaufener Arzt, nein, er leitete sein eigenes Institut. Röntgeninstitut Mohrmann. Er war demnach eine Kapazität des Durchblicks!

Für mich eine klare Bestätigung.

Ach, fast vergessen, da gab es auch noch Bärbel. Die kleine Schwester von Karin. Knapp vierzehn Jahre alt, Zahnspange, schlaffer, feuchter Händedruck und heiße Anwärterin auf den Titel »Die Kleine Stille«. Die Schweigsamkeit ihrer Schwester übertraf sie noch um Schiffsladungen. Dazu machte sie ein gleichgültiges Gesicht und schaffte es, diesen Ausdruck ohne jede Unterbrechung bis zum Abschied beizubehalten, was ihr das gefühllose Aussehen einer Schaufensterpuppe verlieh.

Meine Analyse der Familiendynamik im Hause Mohrmann, die ich auf dem Heimweg aufstellte und die sich über die Jahre bestätigen sollte, fiel eindeutig aus: Karin war zweifellos die Chefin, auch wenn das zu der Zeit noch niemand wahrhaben wollte. Und in ihrem Vater hatte sie einen zuverlässigen Adjutanten.

Überhaupt Karin. Unsere Beziehung lief ruhig in den von ihr vorgegebenen Bahnen. Wir trafen uns so oft es ging: Hallenbad, Tanztee, Schulfeten, Konzerte im Kurpark und Partys, die unsere Freunde in unregelmäßigen Abständen schmissen. Auf diesen Partys waren die Eltern meist nicht da, oder sie versuchten, sich so unsichtbar wie möglich zu machen, sodass der Wanderschaft über alle Körperregionen nichts im Wege stand.

Bevor die speziell dafür eingerichteten Körperteile den Job übernahmen, mussten die Hände das Nötige erledigen. Petting hieß alles, was nicht schwanger machte, aber schon eine Menge Spaß.

Im Frühsommer, als meine Mutter endlich auszog und ich die Wohnung nur noch mit dem häufig abwesenden Handlungsreisenden teilen musste, erweiterten sich die Möglichkeiten des ungestörten Miteinanders schließlich enorm. Analytisch, wie es ihre Art war, erkannte die Lange Stille sofort nicht nur die schöne Seite dieser Entwicklung, sondern auch die gefährliche. Ohne alle Umschweife setzte sie das Thema auf die Tagesordnung: *»Ich möchte erst mit dir schlafen, wenn wir mindestens ein Jahr zusammen* *sind.«* Genau so sagte sie es, und mir verschlug es fast die Sprache. Mit dem Satz war jedoch ein Damm gebrochen, und während anfangs noch das Gewicht der schlechten Nachricht in mir überwog, gewann zusehends die gute die Oberhand. Denn wir fingen an, uns wenigstens verbal der Sache anzunähern.

Drei Monate vor Ablauf der Frist schlug Karin einen konkreten Zeitpunkt vor. Der Jahrestag des Abtanzballs sollte es sein. Ich recherchierte und bemerkte, dass es ein Sonntag sein würde. Karin lächelte nachsichtig und sagte: *»Okay, dann einen Tag früher. Am Samstag.«* Es gibt nichts Besseres im Leben als klare Ziele, die man durch simples Älterwerden erreicht.

Erwähnt werden muss auch noch eine vierte Front, an der ich gefordert war: Die Lange Stille verschlang Bücher wie Vogelkinder Regenwürmer. Sahen wir uns ein paar Tage nicht, hatte sie wieder zugeschlagen. Dann war es plötzlich vorbei mit der Stille. Begeistert vom verdauten Buchstabensalat ratterte sie die Inhaltsangaben herunter, und ich wusste mittlerweile schon, was danach kam. Immer der gleiche Satz: *»Das musst du unbedingt lesen!«* Ich, der militante Nichtleser. Gleichzeitig war ich jedoch auch ein eifriger Selbstdarsteller, der gemocht, gelobt und bewundert werden wollte. Und mit nichts konnte man bei Karin mehr punkten als mit gelesenen Büchern. Mir fiel es naturgemäß leicht, begeistert zu erzählen. Vorgeführte Begeisterung war sozusagen meine Spezialität. Aber ihre Wälzer brachten mich an den Rand der Verzweiflung. Keinen einzigen schaffte ich komplett. Alles, was sie mir vorschlug, war zu dröge, zu lang oder zu kompliziert. Ich war ehrlich bemüht, nur leider noch nicht reif für Literatur.

Doch dann entdeckte ich die Marktlücke. Mein Kompetenzfeld. Die Waffengattung, in der mir niemand das Wasser reichen konnte. Schon gar nicht die Lange Stille. Musik! Popmusik, um genau zu sein! Karin konnte zwar Noten lesen und aus einem Klavier abgehackte, statische Tonfolgen herausklimpern, die vielleicht im Mittelalter modern gewesen waren, aber der musikalische Zeitgeist hatte sie nie heimgesucht. Damit stand es unentschieden zwischen uns.

Gegenseitige Anerkennung ist ein genialer Kitt für jedes Miteinander. Man weiß sich vom anderen geschätzt und fühlt sich deshalb zu ihm hingezogen. War mir damals von der Technik her natürlich noch nicht klar und nebenbei auch egal. Hauptsache, es funktionierte. Und die Sache zwischen Karin und mir funktionierte prima. Obwohl ich eigentlich mehr auf eine »spektakuläre« Freundin an meiner Seite aus war, eine, mit der man hätte angeben können. Dennoch gab ich mich mit der Langen Stillen zufrieden, weil ... Ja, warum eigentlich? War es etwa schon Liebe?

Zwischen Fräulein Czernatzke und mir herrschte nach dem Vorfall in der Umkleide monatelang Funkstille. Wir gingen uns aus dem Weg, und wenn wir uns sahen, übersahen wir uns. Das lief ein knappes Jahr so – nein, eigentlich nur sechs Monate. Dann kam er auf mich zu, leutselig, als wäre nie etwas gewesen: *»Interessiert dich wahrscheinlich nicht«*, meinte er höchst beiläufig, *»aber meine Schwester arbeitet in der Reichsapotheke. Sie hat deiner Freundin vor ein paar Tagen die Pille verkauft. Nur so als Info.«* Diese Nachricht erhielt ich fünf Wochen vor dem abgemachten Termin und sie steigerte meine Aufregung gewaltig.

Im Stadttheater steht Arthur Schnitzlers Reigen auf dem Programm. Die Premieren-Besucher sind von der Aufführung begeistert, zumindest überwiegend. Einige sind es nicht und wenige trauen sich beim

Schlussapplaus zu pfeifen. Ganz vereinzelt hört man sogar Buhrufe.

Das Ehepaar Mohrmann tritt aus dem Foyer hinaus in die warme Abendluft und ist ein Spiegelbild des Meinungsspektrums.

»Ich fand es geradezu scheußlich!«, platzt es aus Frau Mohrmann heraus.

Ihr Mann dagegen findet: »Sehr modern inszeniert, nicht übel. War doch sehr unterhaltsam.«

»Unterhaltsam nennst du das? Typisch Mann. Ist dir etwa die repressive Gewalt entgangen, mit der die Männer im Stück die Frauen unter Druck gesetzt haben?«

»Druck? Ich habe nur einvernehmlichen Sex wahrgenommen, und zwar jedes Mal!«

»Ha, Wahrnehmung und Realität – die Frauen konnten doch gar nicht anders. Für mich sind sie alle mehr oder weniger gezwungen worden. Was hätten sie denn sonst tun sollen?«

»Stopp, stopp, stopp! Haben wir das gleiche Stück gesehen?« Herr Mohrmann sagt das mit Nachdruck und bleibt einen halben Schritt zurück.

»Du brauchst mich gar nicht so anzuschreien, ich höre sehr gut. Und deine Stimmlage beweist nur, wie recht ich habe.«

»Dann bitte noch mal von vorne: War der Sex einvernehmlich, oder hat eine der Damen gesagt: Ich will das nicht?«

»Darauf kommt es doch gar nicht an. Männer wollen immer nur das Eine. Wird dir doch wohl nicht entgangen sein, oder? Du siehst die Seelen der Frauen überhaupt nicht. Kein Mann hat einen Blick dafür.«

»Aha, und die Seelen der Frauen haben keinerlei Fortpflanzungstrieb, ja?«

»Arnulf, sei doch bitte nicht kindisch. Du weißt, ich habe die Tagebücher von Schnitzler gelesen und kann beurteilen, wes Geistes Kind der Mann war. Ein Schwerenöter. Der fragt sich doch tatsächlich: ›Warum kann ich sie nicht alle haben?‹ Der Typ war ein Sexist. Und diese Geisteshaltung wabert auch durch das Stück.«

»Elke, stehen wir etwa kurz vor einer Bücherverbrennung?«, gießt der Doktor süffisant grinsend noch etwas Öl ins Feuer.

»Wenn du dich auf das Stück eingelassen hättest ... Ach, vergiss es. Ihr seid alle nur geile Böcke. Wie eine Frau empfindet, ist euch doch völlig egal. Das ist heute nicht anders als damals. Mir tun nur die jungen Mädchen leid, weil sie noch nicht kapiert haben, was läuft. Und am meisten sorge ich mich um meine Töchter.«

»Deine jüngere Tochter weiß noch gar nichts vom anderen Geschlecht, und deine ältere Tochter ist doch in guten Händen.«

»Pah, dass ich nicht lache. Dieser Werner ist doch geradezu exemplarisch. Hast du nicht bemerkt, wie er sie ansieht? Der zieht Karin doch schon mit den Augen aus. Es wird nicht mehr lange dauern, dann kriegt er sie rum. Wenn ich nur wüsste, wie ich dem armen Mädel helfen kann. Aber jedes vernünftige Wort führt nur zu Trotzreaktionen. Man ist ja so hilflos als Mutter.«

»Mit Trotzreaktionen kennst du dich doch aus, soweit ich mich erinnere. Obwohl – deine Entjungferung war sicherlich ein Akt repressiver Gewalt, den du nur zugelassen hast, damit du deiner Mutter ...«

»Arnulf, geht's noch tiefer unter die Gürtellinie? Mach dir lieber Gedanken, was wir für Karin tun können! Dieser Werner ist ein ganz übler Typ. Beim Ladies' Circle ist eine Lehrerin dabei, die hat mir gesteckt, wie schlecht er in der Schule ist. Ein Loser, ein Aufschneider und dazu noch aus sehr einfachen Verhältnissen. Seine Eltern haben sich gerade getrennt. Sodom und Gomorrha – und unser Kind mittendrin. Furchtbar.«

»Wenn sich seine Eltern gerade getrennt haben, wäre es doch eine gute Idee, ihn öfter einzuladen. Menschen, mit denen man gemeinsam isst und trinkt, werden einem vertraut, man lernt sie kennen. Und so einen jungen Menschen kann man noch beeinflussen.«

»Interessant, du willst ihn also so beeinflussen, dass er unsere Tochter in Ruhe lässt? Ist das dein Plan?«

»Unsere Tochter will doch gar nicht in Ruhe gelassen werden!«

»So? Was will sie denn dann?«

»Was wohl? Die hat ihren ersten Freund. Die genießt ihr Leben. Völlig normal alles. Ich werde mit ihr reden. Und ihn öfter zu uns einladen. Friss ein wenig Kreide. Du wirst sehen, der Junge ist gar nicht so übel. Karin weiß, was sie tut!«

Ich hatte ja schon erwähnt, wie ausgewogen ernährt ich mich in jenen Tagen fühlte. Großen Anteil daran hatte Familie Mohrmann. Kurz nachdem meine Mutter ihre Koffer gepackt hatte, fragte mich Karin nämlich, ob ich ihrem Vater helfen könne, einen Baum zu fällen. Ihr Bruder sei im Stress, und außerdem gebe es immer Krach zwischen Vater und Sohn.

Zwanzig Kilometer vor der Stadt besaßen die Mohrmanns ein Wochenendgrundstück tief im Wald. Ich glaube, so circa fünftausend Quadratmeter. Mittendrin ein kleines Holzhaus. Also für Mohrmannsche Verhältnisse klein, weil vom Landkreis nur achtzig Quadratmeter Wohn- und Nutzfläche erlaubt waren.

Ich fuhr mit dem Doktor allein hin, Karin wollte später mit ihrer Mutter nachkommen. *»Lasst euch Zeit«*, sagte Herr Mohrmann zu seiner Frau und sprach mir damit aus dem Herzen. Wir fuhren in seinem schnieken Alfa Spider Fastback, hinter uns auf den Notsitzen eine nach Benzin stinkende Kettensäge. Ich erfuhr, dass die Säge immer zu Hause übernachten musste, da diese Dinger bei Einbrechern ziemlich beliebt seien. Als wir dort waren, holte der Doktor die Säge aus dem Fond und wollte sofort loslegen. Ich ging dazwischen und fragte, ob es nicht besser wäre, erst einmal das Haus aufzusperren, Arbeitshandschuhe zu suchen und eine allgemeine Besprechung zur Vorgehensweise abzuhalten. So kannte ich es jedenfalls von meinem Opa, denn der hatte mich zu einer qualifizierten Forst- und Gartenhilfskraft ausgebildet.

»Was wollen Sie denn jetzt schon im Haus?«, fragte mein Vorarbeiter erstaunt.

Ich sagte: *»Schon mal gucken, wo der Erste-Hilfe-Kasten steht, für Pflaster und so, wo Handtücher, Haushaltsrollen, Schere und der ganze Kram liegen. Operationsvorbereitungen! ›Auf alles vorbereitet sein‹, hat mein Opa immer gesagt.«*

Herr Mohrmann grinste nur und nickte. Damit kam erst einmal etwas Ruhe ins Spiel. Dann zeigte er auf eine Baumgruppe, ein gutes Dutzend Fichten, die seine Frau als umsturzgefährdet eingestuft hatte. Um nicht beim nächsten Sturm die Hütte plattzumachen, sollten sie ihr Leben lassen. Klang nicht unvernünftig.

Unvernünftig bis zum Wahnsinn ging es dann aber los. Das Röntgengenie versuchte, die Kettensäge in Holzfällermanier zu starten. Also locker in der linken Hand gehalten und dann mit rechts das Anlasser-Seil mit Schmackes hochgezogen. Dabei schaukelte das Gerät immer wieder gefährlich nah an seinem Bein vorbei. Die Säge erkannte aber offensichtlich den Amateur, der sich an ihr zu schaffen machte, und sprang erst gar nicht an.

»Wenn Sie es in der Art weiter probieren wollen, wären Sie besser Chirurg geworden!«, sagte ich und nahm ihm die Säge ab. Ich arretierte den Handgriff fest unter meinem Schuh, hielt die Säge mit der Linken am Boden, drückte den Choke – der Doktor hatte es ohne versucht – und zog am Seil. Die Säge sprang sofort an. Ich ließ sie ein paar Mal hochdrehen und machte sie wieder aus. Begeistert von so viel Dynamik schnappte sich der Doktor seine Säge, startete sie nach meiner Methode und schritt munter auf den ersten Kandidaten zu. Er setzte zum Schnitt an und disqualifizierte sich damit vollends. Wieder ging ich dazwischen, drückte über seinen Arm greifend den Stopp-Knopf und schüttelte aufgeregt den Kopf.

»Wollen Sie die Hütte ganz ohne Sturm zerschreddern?«, brüllte ich und nahm ihm die Säge aus der Hand. *»Mann, wo setzen Sie denn an? Ohne vorher einen Blick in die Krone geworfen zu haben? Der fällt uns doch präzise aufs Dach. Außerdem, eine Schutzbrille ist ja wohl das Mindeste, oder?«* Er hatte keine, ich wenigstens meine Sonnenbrille.

Ich war sauer über so viel Dilettantentum und betete ihm mein komplettes Fachwissen zum Thema Wald- und Forstwirtschaft vor. Mein Opa hatte mich über Jahre damit traktiert. Wie ich nun merkte, absolut zu Recht. Als Vierzehn-, Fünfzehnjähriger hatte ich mit ihm eine halbe Kleingartenkolonie abgeholzt, weshalb sich jetzt ohne weitere Absprache ein Rollentausch vollzog. Ich war der Chef – der Röntgenologe ohne Durchblick mein Assistent. An der richtigen Stelle gesägte Kerben ließen die Bäume wunschgemäß umknicken, nachdem ich entgegen der Kerbung den finalen Cut ansetzte. Jeder Stamm landete exakt dort, wo ich ihn hinhaben wollte.

Danach wünschte sich mein Assistent praktische Scheiben – nicht zu schwer, um sie selbst in Kaminholz verwandeln zu können. Doch als ich dann seinen Umgang mit der Axt sah, griff ich erneut ein. Reine Katastropheninterventionsmaßnahme. Endergebnis: Ich hackte, er fuhr die Scheite per Schiebkarre ans Haus und stapelte an der Außenwand eine ordentliche Beige, wie mein Opa, der aus Süddeutschland kam, zu sagen pflegte.

Die Damen ließen sich tatsächlich viel Zeit, bis sie mit einem randvoll gefüllten Picknickkorb erschienen. Feinste Delikatessen kamen zum Vorschein. In einem zweiten Korb lagen ein paar Flaschen Jever. Gut gekühlt, also absolut bedarfsgerecht. Arnulf und ich stießen die Flaschen aneinander und tranken nachträglich Brüderschaft. Den »Arnulf« hatte er mir schon eine Stunde vorher angeboten.

Die Lange Stille beobachtete uns mit ihrem Speziallächeln, wohlwollend, amüsiert, stolz und auch ein wenig von oben herab.

Frau Mohrmann dagegen konnte ein *»Tse«* nicht unterdrücken.

Von diesem Tag an war ich regelmäßiger Gast am Tisch der Mohrmanns. Arnulf, Peter und Karin mir zugetan, Bärbel undurchsichtig neutral und Frau Mohrmann blieb, was sie von Anfang an war: eine feindlich gesinnte Kreuzspinne mit Dauerwelle. Außerdem eine penetrante Verdachtsschöpferin.

An einem Samstag gegen siebzehn Uhr – es war Ende November – fuhren Karin und ich mit unseren Rädern händchenhaltend stadtauswärts. Es war kalt und ein fieser Nieselregen tanzte in regelmäßigen Windböen vor den Fahrradlampen hin und her. Etwa anderthalb Stunden später erreichten wir das Waldgebiet. Der sandige Weg zwang uns zum Absteigen, weshalb wir noch ein paar Minuten schieben mussten. Karin hatte den Schlüssel für das Jägerzauntor nicht dabei, nur den fürs Holzhaus. Also wuchtete ich zuerst die Räder, dann meine Freundin über den Zaun. *»Fechterflanke«*, rief ich ihr zu und sprang. Meine Hose blieb an einer spitzen Holzlatte hängen, die einen Winkel in den Jeansstoff riss. Für uns ein Grund, ausgelassen zu lachen. Minutenlang.

Dann schloss die Lange Stille das Haus auf und begann, Kerzen anzuzünden, während ich den Kamin anfeuerte. In mitgebrachten Tüten war jede Menge Knabberzeug, Weintrauben, ein paar Scheiben Salami und zweihundert Gramm Edamer am Stück. Aus meiner Fahrradtasche zauberte ich einen Liter River Cola und einen Flachmann mit Weinbrand. Karin wickelte sich in eine Wolldecke und setzte sich im Schneidersitz vor den Kamin, in dem es noch einiges für mich zu tun gab, bis die Flammen rauchfrei brannten. Vielleicht brauchte ich auch einfach die Ablenkung, denn ich war extrem nervös. Innerlich. Äußerlich war ich natürlich vollkommen cool. Karin bot mir eine Wolldecke an, aber ich sagte: *»Erst die Arbeit, dann das Vergnügen!«* Ein platter Satz meines Vaters, hier auf einmal bedeutungsschwer.

Als die Hitze schließlich begann, unsere Gesichter zu röten, und Verlangen den Raum erfüllte, legte sich Karin hin und sagte: *»Komm!«* Einfach nur: *»Komm!«*

Weihnachten stand vor der Tür, und bei mir zu Hause ging es drunter und drüber. Meine Mutter lehnte einen Heiligen Abend in Gegenwart ihres Mannes ab. Selbst auf neutralem Boden. Mich jedoch lud sie ausdrücklich und zuckersüß zu sich ein. Mein Vater schwankte zwischen Wut und Eigeninteresse. Einerseits bestand er darauf, mit dem ihm zugeteilten Kind, also mir, zu feiern. Andererseits hatte er seit ein paar Monaten eine Freundin, die ihm ziemlich heilig war, erst recht an diesem Abend.

Ich besprach die Lage – wie übrigens alle Krisenlagen in meinem Leben – mit der Langen Stillen, die sie wiederum – wie immer – mit ihrem Vater besprach. Heraus kam Folgendes. Offiziell: Weihnachtsfeier mit meinem Vater an Heiligabend und am Fünfundzwanzigsten. Den zweiten Weihnachtstag bot ich meiner Mutter an, selbstverständlich im Doppelpack, also mit Karin. Inoffiziell saß mein Vater am Heiligen Abend bei seiner Freundin unterm Baum – und ich bei den Mohrmanns.

Da alles neu für mich war, störten mich die Familienrituale nicht besonders. Es herrschte Anzugpflicht à la Abtanzball, und der ganze Abend war nahezu im Minutentakt verplant. Damit ich mit dem ganzen Aktionismus klarkam, flüsterte Karin ab und zu: Jetzt machen wir dieses, jetzt kommt das. Ich wunderte mich, dass keine Kreidezeichen auf dem Teppich zu entdecken waren, denn selbst für das Familienfoto gab es eine exakt vorgegebene Aufstellung. Ich zwar neben Karin, aber ohne Körperkontakt. Die Mutter wünschte sich zehn Zentimeter Abstand zwischen uns – genau so sagte sie es. Ein zweites Foto wurde angekündigt, bei dem ich ausdrücklich nicht im Bild sein sollte. *»Nur die Familie, verstehen Sie, Werner?!«* Ich verstand, drückte mich an die Seite und machte einen langen Arm, hoffend, dass es wenigstens mein Daumen mit aufs Bild schaffen würde. Er schaffte es!

Dann wurde gesungen, angestoßen, gebetet, gegessen, gesungen, Klavier gespielt und gesungen, Geschenke ausgepackt, eine Geschichte vorgelesen und dann ging's ab zur Kirche. Dort das Gleiche. Gesang, Geschichte, Gesang. Auf dem Rückweg war Frau Mohrmann schon reichlich aufgekratzt. Zu Hause genehmigte sie sich noch ein paar Gläser der Feuerzangenbowle und wurde dadurch recht erträglich. Vor allem ging ihr der Kontrollwahn verloren. Arnulf war eingeweiht und zwinkerte uns zu, als Karin sagte: *»Ich bringe Werner noch raus!«* Raus, hieß hoch zu ihr ins Zimmer, Tür verrammeln und ... Ja, das war ein schönes Weihnachtsfest, kann man nicht anders sagen.

Heute würde ich die Lange Stille eher als ruhig bezeichnen. Oder anders ausgedrückt: Sie war nie aufgeregt. Sie beantwortete mir manchmal erst mehr als einen doppelten Augenblick später meine Fragen oder nahm sehr zeitversetzt Stellung zu meinen Erzählungen. Dabei war sie nie desinteressiert. Im Gegenteil! Sie suchte ständig meine Augen, um sich ein Bild – nein, viele Bilder – zu machen, bevor sie das Geschehen mit Text versah. Ich hingegen war generell sehr mitteilungsaktiv. Meine Oma hatte schon begonnen, mich *»Sabbelkopp«* zu nennen, als ich erst fünf Jahre alt war. Natürlich immer lieb gemeint. Sie fiel häufig ins Plattdeutsche und variierte die Ansprache an mich auch schon mal: *»Na, du lüttjen Sabbelphilipp, wo geiht di dat?«* In der Schule steigerte sich die Einschätzung der Lehrer über die Jahre von *»Werner ist ein kleines Plappermäulchen«* zu *»Werner redet ständig ungefragt dazwischen und stört den Unterricht«*.

Karin dagegen war – und blieb es immer – die Inkarnation, beinahe möchte ich sagen, die Erfinderin positiver Kommunikation. Sie gehörte zu den Leuten, die einen für gute Reflexe loben, wenn man gerade vom Pferd gefallen ist und nicht ins Krankenhaus muss. Alles, was sie sagte, hatte Hand und Fuß, war überlegt. Was mir damals natürlich nur gefühlt klar war.

»Ich habe dir eine Matratze mit Bettzeug in mein Zimmer gelegt. Da kannst du dann später schlafen.«

Als Karin dies sagte, begriff ich das »später« nicht nur intuitiv, sondern auch in vollem Umfang intellektuell. Eine schöne Steigerung der Festtagsstimmung. Trotzdem wollte ich noch einen Gag loswerden. Ich nahm mein Weihnachtsgeschenk von ihr – es war Demian von Hermann Hesse – mit ernstem Gesicht in die Hand und sagte: *»Ich möchte vor dem Einschlafen erst noch eine Runde lesen!«*

Aber Karin stahl mir die Schau, umarmte mich und säuselte: *»Oh ja, lies mir bitte noch ein bisschen vor!«*

Ich war nun ständig bei den Mohrmanns, dennoch schafften Karins Mutter und ich es, uns nahezu völlig aus dem Weg zu gehen. Unser Talent für diesen Affentanz möchte ich hier ausdrücklich loben, denn dieser Kraftakt unter ein und demselben Dach erforderte Kreativität, sehr gute Ohren und die Fähigkeit, sich unsichtbar zu machen.

Arnulf hingegen wurde ein väterlicher Freund. Ständig erfand er kleine Aufgaben für mich, die er allein mit seinen zwei linken Händen nur stümperhaft erledigt bekommen hätte. Wenn bei diesen Arbeitsdiensten im Haus, in der Praxis, auf dem Wochenendgrundstück oder in der Garage Feierabendstimmung aufkam, saßen wir noch bei einer Flasche Bier zusammen. Ich konnte ihm gut zuhören, ohne mich dabei anstrengen zu müssen. Ohne vorgetäuschtes Interesse, meine ich. Die Lange Stille beobachtete uns ab und zu mit etwas Abstand und schickte ihre wortlose Kommentierung mit den typischen Karin-Blicken rüber. Zufrieden, erfreut über unser harmonisches Miteinander, aber auch mit einer Prise Überheblichkeit angesichts unserer männerbündlerischen Zweisamkeit.

Mein Zustand, besser, meine Einstellung ihr gegenüber war höchst unaufgeregt. Heute kann ich es erklären: Ich war nicht gerade wild auf sie, aber ich fühlte mich bei ihr geborgen.

Die Konferenz des Prinz Herther Gymnasiums tagt schon seit Stunden. Die Problemfälle der Anstalt werden wieder und wieder durchgekaut. Dabei verläuft eine Demarkationslinie zwischen den jungen und den älteren Kollegen, zwar allesamt Pädagogen, aber ihre Auslegung der Pädagogik klafft weit auseinander. Es gibt einige schlechte Schüler. Aber ist schlecht schon gleichbedeutend mit unwürdig? Menschen neigen zu Krisen. Wenn es gerade kriselt, bedeutet das dann schon automatisch »schlecht«? Auf jeden Fall schlecht für den Menschen in der Krise. Den Einwand eines jüngeren Lehrers, Krisen seien menschlich, wischt der Direktor vom Tisch: »Hier geht es nicht um Menschlichkeit, hier geht es um Leistung!« Doch leider geht es auch ums Image. Schüler mit einem schlechten Image verschlechtern ihre Lage dramatisch. Auch wieder menschlich. Oder gucken Pädagogen hinter die Stirn ihrer jugendlichen Schüler? – Sollten sie eigentlich!

Mein Dreieinhalbfrontenkrieg löste sich nach und nach auf und ging über in einen gediegenen, entspannten Frieden. Das Haus Weber, also mein Elternhaus, war mittlerweile mehr oder weniger inexistent. Meinen Vater traf ich nur noch selten, aber wenn, dann in bester Laune. Meine Mutter besuchte ich kaum noch, da sie grundsätzlich miese Laune hatte. Wobei, je seltener ich kam, desto mieser die Stimmung.

Die Stichelei-Front meiner Kumpels hatte sich ja mit Czernatzkes Hilfe in allerreinste Luft aufgelöst. Keiner sprach mich mehr auf Karin an, und wenn sie Gegenstand unserer Gespräche war, dann nur, weil ich von ihr erzählte. In diesem Zusammenhang sprach ich nach wie vor von der Langen Stillen. War einfach cooler.

Mit meinem Freundeskreis verband mich vor allem die Liebe zu qualitativ hochwertiger Popmusik. Und um an dieser Stelle schon mal die Spreu vom Weizen zu trennen: Die Achtzigerjahre waren der musikalische Höhepunkt des Jahrhunderts! Wer das bestreitet, hat keine Ahnung. Ein paar Namen zementieren diese These: Fischer-Z, Joe Jackson, Peter Gabriel, Talking Heads, Police, R.E.M., Depeche Mode und so weiter.

Die Mohrmann-Front kam ja bereits zur Sprache. Alles lief rund und vor allem ruhig. Einmal punktete ich sogar bei Elke Mohrmann, als sie mich spitz fragte: *»Werner, was hören Sie denn für Musik? Wohl nichts Klassisches, wie?«*

»Doch, doch, eigentlich nur Klassiker!«, antwortete ich spontan.

Worauf sie meinte: *»Was denn so?«*

»Ich bring mal was mit«, zog ich mich grinsend aus der Affäre.

Und schon war auch Karins rettende Hand zur Stelle, die mich noch weiter aus dem Gefahrenherd in Richtung Flur zog. Sie sagte knapp *»Wir müssen jetzt los«*, und wir verschwanden.

In den darauffolgenden Tagen machte ich mir ernsthaft Gedanken, welche unbestritten hochwertigen Kompositionen ich ihrer Mutter vorspielen sollte, falls es zur Einlösung meiner Ankündigung kommen würde. Mein Vater, den ich um Rat fragte, suchte mir aus seinem Plattenschrank drei Scheiben raus und machte Kreuze hinter die Stücke, mit denen ich seiner Meinung nach einen guten Eindruck machen konnte. Jeder Titel war allererste Sahne! Allerdings mit einem schweren Manko behaftet: Nichts davon war aus meinen geliebten Achtzigern. Doch alles klang progressiv, laut und ungestüm, worauf ich großen Wert legte. Darunter »Bourée« von Jethro Tull, »Sabre Dance« von Ekseption und »Brandenburg Concerto« von The Nice.

Um vorbereitet zu sein, hörte ich mir die Stücke ein Dutzend Mal an und fand mehr und mehr Gefallen an ihnen, auch wenn es Jazz Rock war. Da ich das Gedudel, das sich Karins Mutter reinzuziehen pflegte, mittlerweile kannte, war ich mir sicher, damit einen Kontrapunkt setzen zu können.

Schließlich kam es bei einem sonntäglichen Frühstück zu meinem DJ-Einsatz. Familie Mohrmann hörte andächtig zu – das waren sie gewohnt –, und ich lieferte zur Zufriedenheit aller meinen Musikgeschmack ab. Nur Elke Mohrmann verzog das Gesicht, stand auf und brummte beim Hinausgehen: *»Der arme Bach!«*

Inzwischen weiß ich: Der Sabre Dance war gar nicht von Bach.

Wie gesagt, es herrschte Harmonie und Frieden, ständig gab's Spaß, Erlebnisse, Bestätigung und dazu prima Essen sowie guten Sex. Mehr kann man vom Leben doch nicht erwarten, oder?! Aber zufriedene Menschen senden offensichtlich aufreizende Signale aus, die von unfriedlich gestimmten Zeitgenossen empfangen werden. Sogleich kommen sie aus dem Hinterhalt gestürzt und greifen an.

Der Angriff war blau, jedenfalls der Umschlag, und in unfreundlichem Beamtendeutsch getextet. Er war an meinen Vater gerichtet, betraf aber mich. Um ihn zu entlasten, öffnete ich den Brief mit dem Absender meiner Schule selbst. Da stand was von nahezu ausgeschlossener Versetzung, versehen mit dem Hinweis, dass ein nochmaliges Verfehlen des Klassenziels mein Ende auf der Anstalt bedeuten würde. Diese Arschkrampen! Warum sagten sie mir das nicht ins Gesicht? Um ihnen ein gutes Beispiel von direkter und offener Kommunikation zu geben, sprach ich meinen Klassenlehrer gleich am nächsten Tag darauf an. Erst stotterte er etwas herum, doch dann rückte er mit dem Deal heraus, den sie auf einer Konferenz ausbaldowert hatten. Ich könne die Zwölfte normal beenden, bliebe aber aller Voraussicht nach hängen, und weil es dann das dritte Mal wäre, würde ich fliegen. Mit fünf Fünfen im Zeugnis. Ihr Friedensvorschlag sah meinen sofortigen freiwilligen Ausstieg vor. Als Belohnung gäbe es ein Abgangszeugnis und nur eine bis zwei Fünfen.

Ich sagte dem Pädagogen, das käme mir vor wie die Wahl zwischen erschossen oder erwürgt werden.

Er grinste und meinte: *»Ich würde das Erschießungskommando vorziehen!«*

Ich war bereits seit ein paar Wochen nicht mehr ständiges Mitglied der lerntätigen Jugend Deutschlands, als ich meinem Vater die frohe Botschaft endlich verkünden konnte. Nicht dass ich es ihm verschweigen wollte, er hatte vorher einfach nie Zeit. Zu den je nach Lebenslage wechselnden Devisen meines Vaters gehörte der Spruch: *»Stolpern darf man, aufstehen muss man!«* Nicht anders verhielt es sich in diesem Fall. *»Dann machst du eben eine Lehre!«*, meinte er trocken. Er munterte mich sogar mit dem Hinweis auf, dass ich ja durch die erfolgreiche Versetzung in die elfte Klasse immerhin den Realschulabschluss in der Tasche hätte. *»Mehr braucht man nicht im Leben.«*

Mein Vater machte immer *»aus allem das Beste!«* Und aus Prinzip erklärte er das, was er tat, zum Besten. Man hörte ihn dann *»besser ging's doch gar nicht«* oder *»besser so als anders«* sagen und seine Begeisterung schwappte häufig über.

In dieser Situation kannte die Dynamik meines Vaters keine Grenzen. *»Los, setz dich her. Wir überlegen mal, was du machen könntest.«* Er fühlte sich zum Berufsberater berufen, und wir gingen alle möglichen und unmöglichen Ausbildungen durch, besprachen das Für und Wider und die Chancen, die der jeweilige Vorschlag im Laufe meines zukünftigen Lebens bieten würde: *»zu viel Arbeit«, »zu wenig Geld«, »zu viel Konkurrenz«, »braucht man sehr gute Augen für«, »bekommt man Plattfüße von«* und so weiter. Zu jedem Beruf schien mein Vater Insiderkenntnisse zu haben, und er wusste genau, wovon man besser die Finger lassen sollte.

Im Verlauf der Diskussion setzten bei mir Ermüdungserscheinungen ein, während mein Vater immer euphorischer wurde. In ungeordneter Reihenfolge sprachen wir über Tischler, Bademeister, Kfz-Mechaniker, Optiker, Kellner, Bürokaufmann, Tanzlehrer und mehr. Mein favorisierter Vorschlag »Musikkritiker« fiel dem Einwand zum Opfer, dass es einen entsprechenden Lehrberuf angeblich nicht gab. Was schade war, denn mein Talent in diesem Bereich war allgemein anerkannt.

Am Ende blieb nur ein einziger Beruf auf der Welt übrig, für den es sich lohnen würde, die Mühen einer Ausbildung auf sich zu nehmen: Chemigraf! Die plausiblen Gründe dafür waren unter anderem meine Drei in Chemie, meine Zwei in Kunst, eine prima Vergütung schon während der Lehre, die Tatsache, dass der infrage kommende Betrieb direkt um die Ecke lag, sowie Vaters Analyse: *»Junge, du hast doch ein grafisches Auge!«* Das unausgesprochene Hauptargument war jedoch, dass mein Vater ebenfalls Chemigraf gelernt hatte.

Am nächsten Tag fiel er erneut über mich her und hatte Ergänzungen zu seinen Ausführungen mitgebracht. Wer in einem Verlag arbeite, hätte die ganze Welt in klein vor den Füßen. Redaktionen, Vertrieb, Buchhaltung, Technik, Werbung, Kundenservice und was weiß der Henker noch. *»Da bist du heute dabei, wenn die Entscheidungen fallen, was die Bevölkerung morgen zu denken hat. Junge, da wird Meinung gemacht!«* Klang nicht übel. Ich hatte zwar noch keine eigene Meinung, behielt das aber nie für mich. Irgendwas ließ sich schließlich zu allem und jedem sagen.

Elke Mohrmann ist aufgebracht und achtet nicht auf die angelehnte Wohnzimmertür. Im Flur steht die Lange Stille und bekommt den Redeschwall ihrer Mutter mit: »Ich habe es brühwarm von Ingeborg. Heute Nachmittag. Von der Schule geflogen ist er! Ein Versager! Was ich immer gesagt habe! Aber du hältst ihn ja für ein Genie. Merkst du gar nicht, wie du deiner Tochter damit einen Bärendienst erweist?«

»Elke …«

»Nichts Elke! Hör auf mit deinen Beschwichtigungen. Du behandelst diesen Werner, als wäre er ein Freund von dir. Überlegst du gar nicht, was das für einen Eindruck bei Karin hinterlässt?«

»So? Was denn für einen?«

»Das Kind ist doch noch völlig unerfahren. Deine übertriebene Sympathie für ihn muss sie doch geradezu irritieren. Karin hört auf dich. Leider mehr als auf mich. Mach ihr endlich klar, dass sie sich von diesem unfähigen Flegel befreien muss. Arnulf, versündige dich nicht an unserem Kind!«

Dr. Arnulf Mohrmann lacht laut auf. »Hast du es nicht eine Nummer kleiner?«

»Das Lebensglück meines Kindes liegt mir nun mal am Herzen. Sie ist viel zu jung, um diesen negativen Umgang als solchen zu erkennen. Arnulf – tu was! Schmeiß den Typen raus. Er hat hier nichts verloren. Der bringt nur Unglück, ich spüre es geradezu!«

»Seit wann ist ein Kind denn ein Unglück?« Dr. Mohrmann sieht seine Frau vielsagend an, sieht, wie sie im Zeitlupentempo die Nachricht verarbeitet, und freut sich klammheimlich auf die Szene, die gleich folgen wird.

Und er wird nicht enttäuscht. Elke Mohrmann sinkt auf den echten Perser, haut ihre Fäuste in die fünfzigtausend Knoten, schreit, wim-

mert und weint, bis sie erschöpft liegen bleibt. Ihr ganzer Körper zittert. Vielleicht sind es auch nervöse Zuckungen. Doch dann unterbricht sie abrupt die theatralische Einlage, kommt auf die Knie, deutet mit dem Zeigefinger auf ihren Mann und schleudert ihm angsteinflößende Blicke entgegen. Mit herrischer Schärfe schreit sie: »Das erledigst du!«

Zwei Megathemen blieben zwischen Karin und mir – vorerst – unbesprochen. Keine Ahnung warum. Sonst teilten wir wirklich alle Geheimnisse miteinander. Dennoch: Sie hat mir nichts gesagt, und ich ihr auch nicht. Dabei waren es äußerst persönliche Neuigkeiten, über die wir da hätten reden können. Doch von Karins Schwangerschaft erfuhr ich erst Jahre später. Und mir selbst war der Rausschmiss – denn nichts anderes war es – aus dem Gymnasium peinlich, und ich wartete erst noch eine ganze Weile, um die Aktion in ein positives Licht rücken zu können. Ich überbringe schlechte Nachrichten gern in Geschenkpapier. Habe ich von meinem Vater.

Um Karin eine Freude zu machen, las ich nach dem Schuldesaster ein Buch nach dem anderen und berichtete ihr aufgekratzt von neuen Erkenntnissen und literarischen Höhepunkten. Belesen zu sein war der gefühlte Wertmaßstab, mit dem die Lange Stille Menschen beurteilte. Wobei – so ganz stimmt das nicht. Immerhin fuhr sie auf mich schon zu einer Zeit ab, als ich bestenfalls ein profunder Kenner von Fix & Foxi war. Musikexpress, Sounds, Bravo und Rolling Stone wurden erst danach zu meinem wöchentlichen Lesefutter. Aus diesen Blättern saugte ich mein allseits bewundertes Musik-Know-how, das mich so manche Redeschlacht gewinnen ließ. Wissen ist eben Macht. Und für den Small Talk zwischendurch konnte ich stundenlang Otto und Heinz Erhardt zitieren. Und vor allem den Comic-Helden Werner, den ich später auch stimmlich perfekt draufhatte. Unbelesen war ich also nicht. Nur anders belesen. Doch jetzt zog ich in rascher Folge eine Literatur-Taube nach der anderen aus dem Zylinder und entfachte ein Feuer in Karin, ohne dass man sie je brennen sah. Eine innere Flamme. Diese tiefe, ruhige, unerschütterliche Zuneigung zu mir war ihre Reaktion auf ... Ja, was soll ich sagen? Auf mich! Was sonst? Eine Umarmung von Karin war wie eine warme Wolldecke am Nordpol. Da vermisste man nichts. Nur, wie sollte ich das damals schon checken? Mir fehlte doch jeder Vergleich. Einfach immer nur glücklich sein bringt gar nichts. Berge ohne Täler sind Flachland.

Ich wartete also, bis ich die Lehrstelle in der Tasche hatte. Dann bestellte ich im Park-Café einen Piccolo mit zwei Gläsern. Karin war noch stiller als sonst, was wohl an den Strapazen einer Reise mit ihrem Vater nach Holland lag. Aber sie freute sich ehrlich mit mir und meiner geschickten Abzweigung auf dem Lebensweg. Ich betonte vielleicht zu oft den Begriff »Graf«, der mir an meinem zukünftigen Beruf besonders gefiel. *»Ich mache Karriere als Chemiegraf, im Druck- und Verlagswesen. Wirst schon sehen. Mein Vater ist sich da ganz sicher!«*

Karin lächelte still, sah mich eine Weile an, und als die Spannung kaum mehr auszuhalten war, prophezeite sie: *»Glaub ich auch!«*

Das Bewerbungsgespräch mit dem technischen Verlagsleiter der VOLKSZEITUNG – im Volksmund VZ genannt – war dermaßen glatt gelaufen, dass es mich hätte stutzig machen müssen. Tat es aber nicht. Denn zu dem Zeitpunkt war mir eigentlich alles egal. Ich wollte einfach nur wieder irgendwo dazugehören. Dabei sein. Mich einreihen, um dann wie gewohnt aus der Reihe zu tanzen.

Ohne ein soziales Umfeld ist man ständig fimmelig, weil man sich so unwichtig, ja nutzlos vorkommt. Ich verbummelte die Tage und bemerkte es bald. Darum war ich erleichtert, als es hieß: *»Sie können nächsten Montag anfangen!«*

Turnusgemäß hätte das Lehrjahr eigentlich früher oder später begonnen, aber der technische Verlagsleiter wollte sich bei der Industrie- und Handelskammer für mich einsetzen. Sogar zur Berufsschule musste ich sofort, obwohl es zwei gute Gründe für meine Aversion gegen diese Ansage gab. Einmal generell der Begriff »Schule« und zum anderen der Weg dorthin. Chemigrafen wurden nur in Bremen beschult, was zwei Stunden Zugfahrt bedeutete. Um sechs Uhr fünf ging's los. Jeden Mittwochmorgen. Und jedes zweite Mal ohne mich, weil sich ein um fünf Uhr dreißig klingelnder Wecker nicht mit meinem Schlafbedürfnis in Einklang bringen ließ. Außerdem befand ich mich seit Beginn der Lehre unter einer permanenten, leichten Dauernarkose. Das lag an meinem Arbeitsplatz. Der ständige Säuremief in der Chemigrafieabteilung machte mich kirre. Die Dämpfe benebelten mein Hirn und verfolgten mich in den ersten Monaten bis in meine Träume. Wir mussten ja pausenlos Klischees ätzen, also die Reproduktionsfotografien für den Mehrfachdruck auf Metallplatten übertragen. Zu meiner Anfangszeit druckten wir noch altmodisch im Hochdruckverfahren. Zwei ältere Gesellen machten den Job im Labor. Beide stoisch, weltabgewandt und randvoll abgefüllt mit Resignation. Einer von ihnen hatte massiven Ausschlag an den Armen, im Grunde war er eine lebendige Warnleuchte. Aber anstatt wegzurennen, achtete ich zunächst nur darauf, die Ärmel meines unmodisch-grauen Kittels ständig bis zu den Händen herunterzuziehen. Auch sah man mich nie ohne die von der Firma gestellten pinken Gummihandschuhe.

So hatte ich schon nach vierzehn Tagen fünfundzwanzig vernünftige Gründe für eine fristlose Kündigung in mir angesammelt, die ich meinem Vater ausführlich darlegte. Er konterte mit sechsundzwanzig angeblich noch vernünftigeren Gründen, warum ich den Job weiter durchziehen sollte. *»Ohne Berufsausbildung bist du eine Milchkuh ohne Euter. Beiß die Zähne zusammen und entwickele Techniken, wie und wo du dich am besten verkrümeln kannst. Das geht nirgends besser als in einem Zeitungsverlag. Alle sind ständig in Hetze und achten nicht auf Leute wie dich!«*

Der Alte hatte recht. Genau so machte ich es. Musste ich zum Beispiel Platten in die Druckerei bringen, verlief ich mich ab jetzt regelmäßig im Haus, schaute in der Redaktion vorbei, stellte blöde Fragen, mimte Interesse für alles und jeden, und schon verging die Zeit wie im Flug.

Außerdem freundete ich mich mit unserem Pförtner an, der sich als perfekter Meldedienstleister entpuppte. Karin konnte bei ihm nach der Schule Nachrichten für mich hinterlassen, und wenn ich ausstempelte – die Stempeluhr war direkt neben der Pförtnerkabine –, überreichte er mir die kleinen Briefchen. Immer mit ausführlicher Personen- und Modebeschreibung. *»Heute hatte sie ein Blümchenkleid an. Mit weißem Gürtel. Was für eine Taille! Sie kam mit dem Fahrrad. Das solltest du deiner Süßen mal putzen!«* Und so weiter. Der Mann hieß übrigens Hornegger. Echt jetzt. Und natürlich nannten ihn alle Honecker, wenngleich Mielke richtiger gewesen wäre.

Den ersten Coup landete ich vier Monate nach meinem Eintritt in die Zeitungswelt. Ich hatte mir angewöhnt, unser Blatt täglich zu lesen. War schließlich eine Tageszeitung. Irgendwann wurde eine neue Jugendseite vorgestellt, die samstags erscheinen sollte. Allerdings war die Aufmachung grottenschlecht, langweilig und anbiedernd, die Sprache auf dem Niveau von kinderlosen Verwandten, die sich bei ihren pubertierenden Neffen einschleimen wollen. Mir war sofort klar, dass sich meine Generation damit bestenfalls aufs Klo verdrücken würde. Und zwar nicht zum Lesen. Genau mit dieser Argumentation, beiläufig in der Redaktion eingestreut, landete ich einen Volltreffer.

»Was fehlt denn deiner Meinung nach?«, fragte mich ein älterer Redakteur.

»Na zum Beispiel eine Rubrik mit Musikkritiken. Besprechungen der wichtigsten Neuerscheinungen.«

Der Mann tat so, als wäre er interessiert, und ich versprach ihm eine beispielhafte Lieferung für den nächsten Tag. Mein Verriss von Smokie sowie die mitgelieferte Lobhudelei auf David Bowie gefiel den Herren und sorgte für spontane Heiterkeit in der Redaktion. Ich hatte geschrieben:

Licht aus! Whoom! Spot an!

> Neeeeein ...! Was an Smokie immer auffälliger wird: Das Geld aus ihren sogenannten Hits geben sie bei der Altkleiderstelle ab, um bevorzugt Cord-Sakkos alter Geschichtslehrer für Chris Norman zu kaufen. Der Rest wird genutzt, um sich bei talentlosen Songschreibern mit abgelehnten Kompositionen zu versorgen. Bestes Beispiel ist die aktuelle Single »Run To Me«, die wegen der schlabberigen Gitarrenarbeit eigentlich Run Away heißen müsste. Ganz anders der Herr Bowie, David mit Vornamen. Mit nur einer Gummizelle, einer Planierraupe und der Restgarderobe eines Wanderzirkus (siehe Video) erschafft er mit seiner neuen Single »Ashes to Ashes« einen Hit, zu dem es sich nicht nur famos abzappeln lässt – auch Moped frisieren, Fransenjeans kürzen oder Fassbier mit Schuss

gehen damit gut. Merke: Wo bei David schon die ersten Schweißperlen austreten, herrscht bei Smokie noch der Dreißigjährige Krieg. Peinlich!

Euer Werner

Damit kam ich ins Blatt. Jede Woche! Nicht zu fassen, oder? Ein Musikredakteur im grauen Kittel. Meine Spalte hieß: Die Platten-Guillotine. Unterschrift: Euer Werner. So stieg ich zur Lokalprominenz auf. Jedenfalls bei meinesgleichen.

Der Gesprächsfaden zwischen Mutter und Tochter ist gerissen. Der Vorfall hat Elke Mohrmann in die Sprachlosigkeit getrieben. Es ist ein Mix aus Empörung, Enttäuschung, Überheblich- und Hilflosigkeit. Sie weint oft, wenn sie allein ist. Sie spürt ihre Unfähigkeit, sucht nach Worten, findet aber keine passenden. Karin ist ihr entglitten. Gespürt hat sie den unaufhaltsamen Prozess schon länger. Inzwischen weiß sie es. Beschreibt es ihrem Mann und bittet um Rat. Nur, dessen Ratschläge empfindet sie als Schläge, sind in ihren Ohren Vorwürfe, machen sie wütend, verstärken ihren Frust.

Eine Mutter von drei Kindern, der eines abhandengekommen ist. Eine Frau, die den Beziehungstrümmerhaufen vor sich erkennt, aber nicht realisiert, dass sie Beziehung als Beherrschung lebt.

Ob ich die nun folgenden Ereignisse in der richtigen Reihenfolge wiedergeben kann, bezweifle ich stark. Es passierte einfach zu viel. Das Leben nahm Fahrt auf, so kam es mir jedenfalls vor. Gibt es einen Puls der eigenen Zeit? Falls ja, dann schlug er stetig schneller, wenngleich sich die Taktzahl nur schleichend erhöhte. Unbemerkt von mir.

Karin war inzwischen in der dreizehnten Klasse. *»Ich sollte besser etwas mehr für die Schule tun«*, sagte sie unaufgeregt und lächelte ein wenig verlegen. Aus gutem Grund! Ihre Anforderungen an sich selbst waren in meinen Augen wahnsinnig übertrieben. Ich wusste zwar, dass sie Medizin studieren wollte, aber ihr Zeugnisdurchschnitt lag ohnehin schon bei Eins-Komma-Irgendwas. Genau um dieses Irgendwas ging es ihr. Sie wollte ein glattes Einser-Abi, um sich keine Gedanken um den Numerus clausus machen zu müssen. Ein reines Luxusproblem in der Streber-Liga.

Die nächste Ansage kam von meinem Vater. Er meinte, es sei an der Zeit, es den Vögeln gleichzutun und aus dem Nest zu flüchten. Damit meinte er sowohl mich als auch sich. Er rechnete mir vor, wie viele Fantastilliarden es sparen würde, wenn er Vollzeit bei seiner Freundin wohnen würde. Er sei ja ohnehin meistens dort, sie mache seine Wäsche, könne prima kochen – und: *»Lebensmittelpunkte verschieben sich nun mal im Laufe des Lebens.«*

Mein neuer Mittelpunkt sollte ab sofort ein möbliertes Zimmer bei Frau Kasupke sein. Er habe mit der Dame bereits alles geregelt und auch angedeutet, dass ich eine Freundin hätte. Seinem Augenzwinkern entnahm ich die Erlaubnis für Damenbesuch bei Frau Kasupke, was diese später tatsächlich eingeschränkt bestätigte: *»Aber nur bis zweiundzwanzig Uhr, junger Mann!«*

Mein Vater hatte mich mit dem – *»besser geht's doch gar nicht«* – Vorgang dermaßen überrumpelt, dass ich nur sprachlos schluckte, als die Parole hieß: *»Morgen ziehen wir um. Ich habe schon einen Nachmieter. Pack deine Sachen heute Nacht, morgen kannst du ja* *blaumachen.«* Wenn Sentimentalität als die Schwäche, Abschied zu nehmen, beschrieben wird, muss ich meinem Vater in dieser Situation grenzenlose Stärke bescheinigen. Die Auflösung meines Elternhauses – in dem ich immerhin achtzehn Jahre verbracht hatte – vollzog sich explosionsartig und ließ zunächst keinerlei Rührseligkeit aufkommen. *»Um elf Uhr fahre ich dich rüber!«*, posaunte mein Vater überschwänglich und mit einer derart ansteckenden guten Laune, dass ich glaubte, an einer Fahrt ins Blaue teilzunehmen. Er selbst sorgte dabei für einen unerschöpflichen Getränkenachschub, brüllend laute Begleitmusik aus seinem Plattenlager und Kartoffelsalat mit Würstchen, den seine Freundin mitbrachte.

Vier oder fünf Freunde von ihm tauchten mit Umzugskartons auf, und zwei Freundinnen seiner Freundin kamen mit Bergen an alten Zeitungen. Da hinein wickelten sie Geschirr und Gläser, während sie gleichzeitig rauchten, tranken, lachten und sich über den Rest-Haushalt meiner Mutter lustig machten. Die Kumpel meines Vaters wiederum zerlegten unsere Möbel und erzählten sich pausenlos Witze wie: Zwei Männer stehen an der Bar. Sagt der eine: *»Ich glaube, meine Frau ist tot.«* Fragt der andere: *»Wieso glaubst du das?«* Antwort: *»Im Bett ist es wie immer, aber die Küche sieht aus ...«* Darüber lachten sie stundenlang. Der heiteren Stimmung im Hause konnte man sich beim besten Willen nicht entziehen, zumal ich mir ja generell eine Grund-Coolness verschrieben hatte, die mit allem und jedem fertigwerden konnte.

Irgendwann – es muss kurz vor Mitternacht gewesen sein – klingelte es plötzlich Sturm. Mehrere Nachbarn hatten sich zu einer Bürgerinitiative zusammengeschlossen und protestierten lautstark gegen unsere Lautstärke. Mein Vater bot allen eine Flasche Bier an, berichtete fröhlich von unserem anstehenden Auszug und meinte: *»Leute, das ist doch wirklich ein Grund zum Feiern für euch, oder? Heute Nacht bleibt ihr schön wach und danach* *könnt ihr aus dem Haus einen Sarg machen. Was Besseres kann euch doch gar nicht passieren!«* Aber damit überschätzte mein Vater die Flexibilität unserer zukünftigen Ex-Nachbarn. Um zwei Uhr kam die Polizei, und mein Vater versprach, die Musik leiser zu drehen. Schon kurz darauf bauten seine Freunde die Stereoanlage ab, und es herrschte endgültig Ruhe.

Mit der kam ich allerdings nicht klar. Ich hockte in meinem Zimmer, wo ich bis dahin schleichend mein bisheriges Leben zusammengepackt hatte. Eine Stunde und mehr war allein dafür draufgegangen, die Poster meiner musikalischen Heroes von den Wänden zu nehmen. Jedes einzelne löste massive Gefühlsschwankungen aus und stellte mich vor herzzerreißende, nein: existenzielle Entscheidungen. Wollte ich zum Beispiel Steven Patrick Morrissey weiterhin anbeten oder jetzt schon in die Kategorie »Idioten« abschieben? Das war emotionale Schwerstarbeit! Auch jeder einzelne Pulli musste auseinandergefaltet, begutachtet, auf Erinnerungen gecheckt, wieder zusammengelegt und in einen Karton geworfen werden. So was erledigt man nicht im Handumdrehen. Das nimmt einen mit. Und mit der plötzlichen Stille, ohne die betäubenden Rhythmen aus dem Hintergrund, waberte eine belastende Schwere durch mein Zimmer.

Apropos Stille. Mit Karin an meiner Seite wäre die Aktion wahrscheinlich erträglicher gewesen. Sie fehlte, ohne dass ich mir das eingestanden hätte. Doch leider war mein Vater mit seinem Umzugsüberfall zu unsensibel an die Sache herangegangen. Mit einem gewissen Informationsvorlauf hätte ich ohne die Lange Stille keinen Finger gerührt. Wäre sie da gewesen, hätte ich alles um einiges entspannter abgewickelt, allein schon durch den automatischen Selbstbewusstseins-Schub, den sie bei mir auslöste. So aber saß ich morgens um fünf fix und fertig in meinem Zimmer und – heute kann ich es ja zugeben – war am Flennen. Kraftlos, müde, entwurzelt und allein. Im Schneidersitz vor meinem Bett, die Arme auf der Matratze verschränkt, darauf der Kopf. In dieser Haltung schlafend fand mich mein Vater um kurz nach sieben.

Während der Packaktion war mir klar geworden, dass ich kein Nestflüchtling war, sondern ein Vertriebener. Der Heimat beraubt. Ausgewiesen ohne Recht auf Rückkehr. Seit jener Zeit gehe ich mit dem Begriff »Flüchtling« vorsichtiger um. Es ist einfach ein Unterschied, ob man selbst flieht, weil einem die Verhältnisse nicht mehr passen, oder ob man mit Gewalt zur Flucht gezwungen wird. Meine Flucht gehörte jedenfalls zur brutaleren Kategorie. Ich wollte nicht weg. Für mich war die elterliche Wohnung mein gefühltes Zentrum, die Höhle, die mir Sicherheit und Geborgenheit vermittelte, auch wenn ich ständig unterwegs war. Allein das Gefühl, einen sicheren Rückzugsort zu haben, war wichtig, und nach seinem Verlust fühlte ich mich unbeschreiblich verloren. Zwei, drei Wochen ging das so, dann zog ich mal wieder die Ereigniskarte.

Die Stadt hat zwei Tageszeitungen, was angesichts der Einwohnerzahl mindestens eine zu viel ist. Werner Weber arbeitet bei der »Volkszeitung« im Bodo Bock Verlag. Die Konkurrenz – »Die Umschau« – gehört einer Partei, die sich schon seit Jahren erhebliche Verluste leistet. Die roten Zahlen der Umschau passen insofern zum verlegerischen Konzept des Blattes. Der alte Slogan »Uns liest der kleine Mann« deutet jedenfalls in diese Richtung. Als ein neuer Chef kommt, der vermeintlich alte Zöpfe abschneidet, spürt man einen frischen Wind in der Stadt. Die Umschau bekommt ein anderes Gesicht, sieht nun irgendwie moderner aus, und plötzlich gehört »der kleine Mann« nicht mehr zur Zielgruppe. Gediegen lautet der neue Slogan: »Uns liest man gern!«

Immer häufiger taucht er im Stadtbild auf, und auf Klapptischen in der Fußgängerzone werden Abonnenten geworben. Tatsächlich ist die Werbekampagne erfolgreich.

Bodo Bock ärgert sich. Er ist ein Verleger von altem Schrot, und Korn gehört zu seinen bevorzugten Schnäpsen. Eine leicht rötlich gefärbte Nase zeigt es an. In diesen unerfreulichen Tagen kippt er so manches Glas mehr, weil er danach besser denken kann. Und dann kommt ihm eine Idee...

Frau Kasupkes Warmherzigkeit schien gut gekühlt zu sein, wenn auch nicht direkt frostig. Sich in ihrer Gegenwart wohlzufühlen, war offenbar nicht einmal ihrem Ehemann gelungen. Sein Bild hing mit einem Trauerflor versehen in dem dunklen Flur ihrer Wohnung, obwohl er schon vor zwölf Jahren von seinem Recht aufs Ableben Gebrauch gemacht hatte. Drei Tage nach meinem Einzug feierte sie im Kreis zweier Freundinnen ihren fünfundsiebzigsten Geburtstag. Ich erinnere mich so genau daran, weil es der Tag war, an dem ihr Kater verschwand. Natürlich gab sie mir die Schuld an seinem Verschwinden. Denn als mein Vater mich in seinem Kombi, vollgestopft mit seinen Muster-Muffen und -Schellen sowie dem ersten Schwung meiner Sachen, bei ihr abgesetzt hatte, streunte Morli neugierig in meinem Zimmer herum. Was ich mir natürlich verbeten habe. Ohne körperliche Gewalt! Jedenfalls fast. Aber mit seinem Verschwinden hatte ich nichts zu tun!

Zurück zur Firma. Weil ich meine Plattenkritiken immer wieder erst in allerletzter Sekunde ablieferte, bekam ich einen Anschiss vom Chefredakteur. Das wurde ein regelrechter Erkenntnisgewinn, weil hinter seiner Kritik eine Weisheit fürs Leben lauerte: »*Hör mal Werner, wir zahlen dir fünfundzwanzig Mark für deine paar hingestocherten Zeilen und müssen darauf länger warten als aufs Christkind. Ab sofort bekommst du dreißig Mark, dafür will ich aber immer zwei Kritiken Vorlauf haben. Nächste Woche lieferst du drei Artikel ab, ist das klar?!*«

Ich ging zu meinen beiden depressiven Vorgesetzen und erklärte ihnen die Lage. Aufgrund der Ansage des Chefredakteurs beantragte ich zwei freie Tage, weil ansonsten die Samstagsausgabe nicht erscheinen könnte. Die beiden glotzten mich verständnislos an, bis einer sagte: »*Mach doch.*«

Zwei Tage Baggersee! Hinterher tippte ich in der Firma meine Kritiken fein säuberlich ab, zählte wie befohlen die Anschläge pro Zeile sowie die Zeilenanzahl und war mit mir zufrieden. Meine Zufriedenheit steigerte sich noch erheblich, als ich dem zuständigen Redakteur meine Texte vorlegte. Er überflog mein Geschreibsel – mit sichtlichem Desinteresse – dann sah er mich über seine fetten Brillengläser an und meinte: »*Da, du hast Post. Wir bekommen immer mehr Leserbriefe von irgendwelchen Kindern, die deine Kritiken verreißen. Wir wollen deshalb eine Spalte ‚Briefe an Werner' einführen. Lies den Kram durch, und die interessantesten zwei beantwortest du. Jeweils einspaltig, neun Zeilen, kein Wort mehr. Dafür gibt's einen Zehner extra.*« Ich war nicht nur zufrieden, ich war geradezu beglückt.

Die meisten Aufträge in der Chemigrafieabteilung bekamen wir per Rohrpost. Analoge Nachrichtentechnik mit Über- oder Unterdruck. Durch das ganze Verlagsgebäude zog sich ein wirres Röhrennetzwerk. Jede Abteilung hatte eine eigene Station für den Ab- und Eingang. Kam so eine Büchse angeschossen, fiel sie am Rohrende in einen Ledersack, nachdem vorher eine Art Fahrradklingel den Empfang quittiert hatte. Was überflüssig war, denn die Anlage machte auch so schon genug Krach. Zu meinen Aufgaben gehörte es, eingehende Sendungen zu öffnen und die beiliegenden Fotos oder Anzeigen in den Auftragskorb zu legen. Auf einem Formular trug man die Ankunftszeit ein und eruierte, ob es sich um etwas Dringendes, sehr Dringendes oder extrem Dringendes handelte. Aufträge ohne den Zusatz »Dringend« verschlampten wir regelmäßig. Ab und zu kamen auch mal Scherzsendungen, Informationen des Betriebsrats oder der Geschäftsleitung. Mit anderen Worten: Rundschreiben per Blasrohr.

Auf diese Weise erfuhr ich vom Aufruf des Verlegers zu einem Slogan-Wettbewerb. Bodo – alle nannten ihn so – wollte der Konkurrenz Konkurrenz machen und forderte seine Belegschaft auf, kreativ zu sein. Das Beste aber war die Belohnung. Der Sieger sollte dreihundert Mark bekommen und einen Einkaufsgutschein von Karstadt. Wert ebenfalls dreihundert. Ich zeigte den Zettel meinen Kollegen und einer sagte: *»Der Alte ärgert sich über die Umschau mit ihrem Uns-liest-man-gern-Schwachsinn. Schmeiß weg, Junge. Den Preis holen sich sowieso die Redakteure. Da haben wir armen Schweine keine Chance.«*

Doch die Sache wollte mir nicht aus dem Kopf. Und in der Mittagspause schlug bei mir ein Blitz ein. Ich schrieb meinen Slogan plus Name und Abteilung auf und sendete die grandiose Idee per Rohrpost ins Sekretariat. Danach herrschte Funkstille. Drei Wochen lang. Dann kam aus dem Rohr plötzlich die Sensation. Die Sieger des Wettbewerbs sollten sich nachmittags um fünfzehn Uhr im Verlegerbüro einfinden, um ihre Preise entgegenzunehmen. Drei Namen standen da. In alphabetischer Reihenfolge. Daher war ich der Dritte. Aber ich war mir sicher, dass ich den Vogel abgeschossen hatte. Kurz vor der Zeit klopfte ich bei Bodos Sekretärin an, die mich auf einen Stuhl in der Ecke ihres Büros verbannte. *»Es geht erst los, wenn alle da sind!«* Wie von meinen Kollegen vorhergesagt, erschienen reichlich zu spät zwei Redakteure. Der Chefredakteur und ein junger Sportschreiberling.

Wir warteten noch ein Weilchen, dann tauchte Bodo in der Tür auf. Er lud uns in sein Zimmer ein, spendierte eine Runde Bommerlunder, rief seine Sekretärin und fragte herrisch, wo denn der Fotograf bliebe. Der Dussel hatte den Termin vergessen, und so mussten wir mit dem Alten noch zwei weitere Bommis – wie er sie nannte – trinken. Drei Klare am Nachmittag, mir kam langsam die Klarheit abhanden!

Als der Kameramann dann endlich da war, legte Bodo los. Er freue sich, die Anzahl der Vorschläge sei überwältigend gewesen, die Auswahl der besten Slogans eine schwere Aufgabe und so weiter und so fort. Endergebnis: Ich bekam fünfundzwanzig Mark, einen Einkaufsgutschein und war unehrenvoller Dritter. Doch das war nicht das Problem. Das Problem war der skandalöse erste Platz, der an den Chefredakteur ging. Sein Slogan *»Lesen, was Niveau hat!«* war in meinen Augen unterirdisch. Da half auch der vierte Bommi nicht, den Bodo uns aufnötigte, nachdem ein Foto von ihm und seinen Preisträgern mit den jeweiligen Urkunden und, gut sichtbar, den Gutscheinen von Karstadt gemacht worden war.

Habe ich erwähnt, dass Bodo die Gläser randvoll einschenkte? Im Hinausgehen sah ich aus dem Augenwinkel, wie er sich nach dieser Anstrengung noch ein Gläschen gönnen wollte, und rief abfällig zum Abschied: *»Na denn noch mal Prost!«* Bodo brüllte, ich solle wieder reinkommen und was mein Auftritt zu bedeuten hätte. Unverblümt und mit der Klarheit von vier Bommerlundern, die eher sechs gewesen sein dürften, sagte ich ihm, dass ich seine Wahl für einen Griff ins Klo hielt.

»Der Spruch zieht keinen Hering vom Teller!« Wortwörtlich sagte ich es so, während ich vor seiner roten Nase leicht hin- und herschwankte.

»Lernen Sie erst mal zu verlieren, junger Mann! Bei mehr Einsendungen wären Sie chancenlos gewesen. Wissen Sie mit dem Begriff

›Respekt‹ überhaupt etwas anzufangen?« Danach kam noch die Nummer von den Lehrjahren, die keine Herrenjahre seien, und von wegen wie viel Verständnis er der Jugend entgegenbringen würde. Alle weiteren Plattitüden, die er mir auftischte, habe ich verdrängt. Zum Schluss wurde es dann aber geradezu unheimlich: *»So, jetzt vertragen wir uns mal wieder. Bin schließlich kein Unmensch. Hier, den trinken wir auf gute Zusammenarbeit!«* Der nächste Bommi gluckerte ins Glas und durch die Kehle. Arbeitsunfähig machte ich mich aus dem Staub, ohne mich vorher von den depressiven Chemigrafen zu verabschieden.

Als ich in mein Zimmer bei Frau Kasupke kam, um erst einmal meinen Rausch auszuschlafen, saß die Lange Stille milde lächelnd auf meinem Bett. Ein Knie angezogen und leicht hin- und herwippend, sofern das Wippen nicht Teil meiner Verfassung war. *»Bestanden!«*, sagte sie, ohne ihre Haltung zu verändern oder etwas von mir zu erwarten. Nach ein paar zu langen Momenten schnallte ich die Tragweite, riss sie ungestüm um, schmiss mich auf sie, küsste sie wild von oben bis unten ab und gratulierte zwischendurch nahezu atemlos. Mein unkontrollierter Auftritt war nur durch die Überschwänglichkeit meiner dargestellten Freude und die Bommis zu erklären. Jedenfalls mir.

Um wenigstens ein kleines bisschen zu ihrem Abitur aufzuschließen, gab ich bekannt, Sieger im Slogan-Wettbewerb geworden zu sein, wofür ich nun die kontrollierten Glückwünsche von Karin empfing. *»Ah, ihr musstet feiern, wie?!«*, erklärte sie sich meinen Zustand und drückte meinen Kopf aufs Kissen. *»Schlaf ein wenig!«*, befahl sie, streifte mir die Schuhe ab, gab mir einen Kuss auf die Stirn und zog die Gardinen zu. *»Schlaf, mein Liebling. Ich weck dich nachher.«* In der Verdunkelung nahm ich den Kreisverkehr in meinem Kopf noch stärker wahr. Doch allmählich ließen mich die unbeschreiblichen Glücksgefühle von Geborgen- und Zufriedenheit davonschweben.

Ein paar Stunden später wachte ich auf. Mit trockenem Mund und Druck im Schädel. Ich blinzelte in den Raum und nahm neue Gegenstände darin wahr. Bei Licht sah ich, dass es zwei Koffer, etliche Kartons, ein paar Taschen und ein Bastkorb waren, aus dem – kein Zweifel möglich – Karins Strickutensilien herauslugten.

Im Röntgeninstitut Mohrmann herrscht Hochbetrieb. Dr. Mohrmann, ein Diktiergerät in der Hand, inspiziert eine Gesamtkörperaufnahme der neuen Gammakamera. Karin Mohrmann tritt leise hinter ihren Vater, legt ihm ihre rechte Hand sanft auf die Schulter und blickt ebenfalls gespannt auf die Darstellung der Lymphbahnen und -knoten im Beckenbereich eines Patienten.

»Schau mal hier, das sind Lymphfisteln. Auf jeden Fall kein Tumor. Das Kontrastmittel macht die Knoten und Gefäße wunderbar sichtbar. Einfach schön, nicht?!«

»Oh ja, wirklich«, raunt Karin. »Siehst du mehr als beim Scanner?«

»Viel mehr! Die Abtastung beschleunigt sich enorm, vorausgesetzt, die Radiopharmaka sind richtig dosiert. Szintigramme in rascher Bildfolge, einfach genial! Aktivitätskurven von Organen, ist jetzt alles möglich. Das nenne ich Fortschritt!«

»Papa, ich will auch einen Fortschritt machen. Fort von zu Hause. Ich kann mit Mama nicht mehr unter einem Dach leben. Ich wollte es dir nur sagen.«

Dr. Mohrmann dehnt ein »Ahhhaaa« ins Unendliche. Sein Blick klebt auf dem Bildschirm fest. Er folgt im Zeitlupentempo den wie gemalt anmutenden Lymphbahnen, ohne jegliche Diagnoseanstrengung. Es geht nun nicht mehr um Medizin, es geht um zu vermittelnde Vernunft.

Darum sagt er: »Warte, bis du das Abitur in der Tasche hast. Ich glaube, zu Hause kannst du besser lernen.«

Karin folgt ebenfalls den wie Perlenketten aussehenden Lymphen. Nach einer Weile gibt sie ihrem Vater einen Klaps auf die Schulter und sagt: »Gut. Aber keinen Tag länger. Danke Paps!« Sie dreht sich um und lässt den Radiologen mit seinen Innenansichten allein.

Elke Mohrmann hat mit allen Teilnehmern des Theaterkreises Streit. Sie will nicht mit »diesen Amateuren« spielen, und die wollen von »dieser Diva« keine Befehle entgegennehmen. Zwischen den Stühlen sitzt Raul Castelbranco. Er leitet den semiprofessionellen Theaterkreis und verdient damit sein karges Brot. Ein wachsweicher Mann, homosexuell, künstlerisch hochbegabt, gelernter Tänzer und Schauspieler, aber leider der deutschen Sprache nur eingeschränkt mächtig. Was ihn mal in dieses Kaff verschlagen hat, weiß er selbst nicht mehr. Aber er weiß, wie wichtig Elke Mohrmann in seinem Leben ist. Sie sponsert den Theaterkreis mit erheblichen Mitteln und garantiert damit Rauls Job. Deshalb geht er auf all ihre Schrullen ein, auch wenn es ihm körperliche Schmerzen bereitet. Ihre aktuelle Idee ist wieder mal ein klarer Fall für eine Intensivtherapie: Sie will das Einpersonenstück »Der Kontrabaß« von Patrick Süskind auf die Bühne bringen. Von ihr persönlich umgeschrieben auf eine Kontrabassspielerin. Die Nerven von Raul Castelbranco sind wund, fast blutig. Die Nerven von Elke Mohrmann sind zwei Wochen vor der Premiere reine Zündschnüre. Sofern sie nicht gerade den Text rezitiert, schreit sie nur noch. Zwei Menschen am Abgrund. Und eine Familie hinter Barrikaden oder auf der Flucht.

Auf Zehenspitzen ging ich ins Bad, weil ich mal musste, aber auch, weil ich Stimmen gehört zu haben glaubte. Aus dem Wohnzimmer. Karin im Gespräch mit Frau Kasupke. Ich verstand zwar kein Wort, die Stimmung schien jedoch harmonisch zu sein. In dem Moment zuckte es mal wieder in meinem Hirn, und die Idee des Tages war geboren. Ich vergaß das Pinkeln, öffnete leise die Wohnungstür und rannte runter in den Hof. Gleich neben der Durchfahrt am Rande des Hofs war ein verrostetes Pflanzgitter, in dem sich ein Rosenstrauch festgebissen hatte. Dort parkte ich grundsätzlich mein Fahrrad, weil mir die zehn Meter bis zum Unterstand zu weit waren. Aus dem Augenwinkel war mir dort eine Rosenblüte aufgefallen, nicht größer als ein Moosröschen, aber leuchtend rot. So rot wie mein Blut, das beim ungeschickten Abbrechen der Blüte den grünen Stängel benetzte.

Zurück im Haus, ging ich schnurstracks, ohne anzuklopfen, in die gute Stube meiner Vermieterin und hielt Karin diesen schmerzbehafteten Liebesbeweis vor die Nase. Sehr eindrucksvoll fiel dabei ein Tropfen meines Herzblutes – denn das muss es gewesen sein – auf Frau Kasupkes weiße Tischdecke.

Karin freute sich riesig, vermied aber vor der Dame des Hauses den fälligen Körperkontakt. »Setz dich kurz«, sagte sie, lächelte Frau Kasupke an und erzählte in aller Ruhe, was ab jetzt Sache sei. *»Wir ziehen nächste Woche um. Frau Kasupke räumt ihr Schlafzimmer für uns, da haben wir mehr Platz und außerdem ein Waschbecken. Frau Kasupke, wir sind Ihnen sehr dankbar!«*

Meine – nein, unsere – Vermieterin grinste wohlgefällig, und unterdrückte in ihren Händen den zwanghaften Reflex, Daumen und Zeigefinger zu reiben. Aber ich erspürte die unsichtbare Geste, das Zeichen ihrer Geldgier.

Kurz darauf stand Karin auf, gab Frau Kasupke die Hand und sagte: *»Schade, aber wir müssen jetzt los. Ich habe Werner zum Essen* *eingeladen. Danke für den Schlüssel, und seien Sie unbesorgt, wir hinterlassen die Küche immer tadellos!«*

Ich stapfte auf Socken hinter Karin her in mein Zimmer und fragte nur: *»Welcher Film läuft denn hier grade ab?«*

»Erzähl ich dir alles in Voglers Haxenhaus. Wir feiern mein Abitur. Ich lad dich auf deine geliebte Currywurst ein. Hier, nimm die Schuhe. Beeil dich.« Während sie so sprach, fingerte sie zwei Pflaster aus ihrem Kosmetikbeutel, der obenauf in einem der Koffer lag. Von Karin fachmännisch bandagiert ging es los.

Die Nachrichtenlage stellte sich folgendermaßen dar: Karin hatte Arnulf eingeweiht, Herr Dr. Mohrmann habe daraufhin mit Frau Kasupke gesprochen und ihr ein Angebot gemacht, das sie nicht ablehnen konnte. Die Differenz zwischen meiner alten und der nun fälligen höheren Miete übernahm Karins Vater. Sie strahlte mich an und meinte: *»Wie schön! Unsere erste gemeinsame Wohnung.«* Es macht einfach gute Laune, wenn man glückliche Menschen in seiner Nähe hat, die einem das Gefühl geben, Teil ihres Glücks zu sein.

Bei Voglers bestellte Karin, ohne noch mal nachzufragen, für mich die Riesen-Currywurst und einen halben Liter Haake Beck, für sich einen Griechischen Salat und ein Glas Sekt. Zunächst hörte ich ihr zu, wie sie ihren letzten Schultag beschrieb – und hielt mit meinem Auftritt im Verlegerbüro dagegen. Dann legte sie mir dar, wie sie sich die nächsten Tage vorstellte: *»Morgen machst du frei, dann haben wir ein langes Wochenende für uns. Wir schlafen im Waldhaus. Es soll schönes Wetter geben. Vielleicht gehen wir vorher noch ein wenig an den Baggersee?!«*

Karin trank insgesamt drei Gläser Sekt, was angesichts ihres Abiturs mehr als angemessen war. Nach zwei Halben schüttete ich noch zwei Sekt obendrauf, sodass wir sehr heiter zu Frau Kasupke zurückliefen. Gott sei Dank schlief sie bereits, beziehungsweise ließ sich nichts anmerken.

Als ich am nächsten Morgen aufwachte, kam Karin gerade vom Einkaufen zurück, wofür mir das Verständnis fehlte. An ihrer Seite wach zu werden, gefiel mir weitaus besser. Ich duschte gedankenverloren, aber pfeifend, dann bepackten wir die Räder und fuhren zum Baggersee.

Komische Gedanken gehen ja häufig außergewöhnlichen und vor allem plötzlichen Ereignissen voraus. *»Baggersee?«*, dachte ich irgendwann tatsächlich und teilte meine Gedanken mit Karin: *»Wie überflüssig. Das Baggern ist doch nun wirklich nicht mehr nötig, wenn man eine feste Beziehung hat. Was wollen wir hier?«* Wäre ich doch nur weiter diesem Gedanken gefolgt und hätte daraus meine Schlüsse gezogen. So aber entwickelte sich eine mittlere Katastrophe. Jedenfalls beinahe.

Für Ende Mai war es ein ungewöhnlich warmer Tag. Karin schwamm ein paar Runden in dem kalten, klaren Wasser, ich war sogar bis zu den Oberschenkeln drin. Die waren hinterher rot angelaufen. »Eisbein à la Karin« nannte ich das Ganze, und uns ging es richtig gut. Als wir auf einer Decke nebeneinanderlagen, vertiefte ich mich in Sounds oder Scritti, die angesagtesten Musikmagazine zu jener Zeit (die Bravo war da schon lange verpönt). Irgendwann bemerkte ich, dass Karin, ihren Kopf auf den angewinkelten Arm gestützt, mich sanft lächelnd beobachtete. Unsere Blicke trafen sich und ich grinste zurück.

»Ich werde dich heiraten!«, sagte die Lange Stille völlig ohne jeden Zusammenhang und veränderte dabei ihren Gesichtsausdruck keinen Deut. Und jetzt mal ehrlich: Was soll man darauf sagen? Gibt es irgendeinen Knigge, irgendeine Weisheit eines Naturvolks, um für diesen Moment die richtige Antwort parat zu haben?

Wenn ich die Zeit nur zurückdrehen könnte...

Mein Kopf bewegte sich langsam, gelangweilt schaute ich in meine Lektüre und sagte mit allerbester Beiläufigkeit: *»Aber nur,* *wenn du ab sofort aufhörst zu wachsen und ich mindestens noch fünf Zentimeter vom Universum geschenkt bekomme.«*

Coolness muss man sich erarbeiten. Deshalb hielt ich den Blick starr ins Heft gerichtet und zeigte keine weiteren Regungen. Deshalb bemerkte ich viel zu spät, dass es Karin völlig den Boden unter den Füßen weggerissen hatte. Als ich schließlich zu ihr rüberschielte, sah ich, wie ihr Körper vom stillen Weinen durchgeschüttelt wurde. Unkontrollierte Muskelkontraktionen. Erschreckt beugte ich mich zu ihr und wollte sie zu mir drehen, aber sie ließ keinen Blick in ihr Gesicht zu. Die Tränen rannen wasserfallartig über ihren Arm. Ich Idiot. Entschuldigungssalven wie aus Stalinorgeln geschossen – doch nichts half. Karin war weit weg in ihrem Inneren. Kein Rankommen. Die Lage schien aussichtslos. Mein verbales Pulver war jedenfalls verschossen, und ich fasste den Entschluss, die Sache nun sehr männlich anzugehen. Streicheln und Flehen, schöne Worte und Küsse, alles vergebens. Was macht man da? Man gibt sich und seiner Liebsten einen Ruck.

Mit voller Kraft und ohne Vorwarnung drehte ich sie auf den Rücken, griff ihren Arm im Wrestling-Stil, zog ihn von ihrem Gesicht und brüllte: *»Ich heirate dich, sobald ich mein erstes eigenes Geld verdiene. Auch wenn du dann drei Meter groß bist. Hör jetzt auf zu flennen! Du bist ab sofort mit mir verlobt!«*

Meine Verlobte brauchte endlos lange, um – sinnbildlich – wieder auf die Füße zu kommen. Erst nach und nach verwandelten sich die Bäche aus Trauertränen in einen Schwall aus Freudentränen. Übergangslos. Für einen Zuschauer schwer zu checken, weshalb ich sie einfach umklammerte wie einen Verbrecher, den man auf frischer Tat ertappt hat und bis zum Eintreffen der Polizei festhalten muss. Drei Stunden lang sprachen wir kein einziges Wort. Und das war gut so. Denn so konnte ich ein Gesetz für unsere Ehe for-mulieren. Und mir wieder und wieder in Gedanken vorsagen. Eine Szene wie eben wollte ich jedenfalls nicht noch einmal erleben.

Am späten Nachmittag, vor der Mohrmannschen Waldhaustür, war ich endlich so weit. Ich fasste Karins Hände, drückte sie wie ein Schraubstock und rezitierte die Verse, die ich mir zurechtgelegt hatte. Oder nein, ich erklärte sie. Genau, es war kein Gesetz, es war eine Präambel, ein feierliches Vorwort. Und das ging so: »Hör zu! Du heiratest einen Sprücheklopfer. Was auch immer passiert, ob ich arm oder reich sein werde, ob es durch dünn oder durch dick gehen wird. In jeder Lebenslage werde ich Sprüche raushauen. Ohne Sprüche ersticke ich. Wenn du damit nicht klarkommst: Schnapp dir einen anderen! Ich werde dich nie beleidigen, aber ich fürchte ...« Weiter kam ich nicht.

Karin küsste mich, doch vorher sagte sie noch: *»Halt die Schnauze!«*

In den Redaktionsräumen der Volkszeitung brodelt es eigenartig. Alle Redakteure arbeiten still und angespannt. Die laute Hektik der Normalität ist von einer unsichtbaren Kraft in eine gespenstische Ruhe verzaubert. Man sieht rote Köpfe, Schweißperlen und geraufte Haare. Es gilt, eine noch nie da gewesene Situation mit den richtigen Worten zu beschreiben. Attentate, Regierungsstürze, Sturmfluten, autofreie Sonntage – alles war der reinste Kinderkram gegen das Inferno, welches dem Leser heute betitelt und dargelegt werden muss. Der Papierkorb des Chefredakteurs quillt bereits über vor verworfenen, zu Knäueln zerdrückten Entwürfen. Die Tragödie hat kosmische Ausmaße.

Aber: Darf man das überhaupt beim Namen nennen? Interessiert es den Leser? Wo beginnt die Verunsicherung? Und wie weit geht die Informationspflicht?

Doch das Blatt muss fertig werden. Der Andrucktermin ist bereits überschritten. Die Titelzeile ist eine Qual. Aber wer sich damit nicht quält, gibt das Heft aus der Hand. Vier Wörter? Oder gehen auch drei? Die könnte man fetter drucken. Für Insider jedenfalls genügten drei: »Bodo ist tot«.

Die Existenzängste der Mitarbeiter gipfeln bei allen, die am Firmentratsch teilnehmen, in der Beschreibung des nahenden Untergangs. Aber was denkt die Bevölkerung? Erkennt sie überhaupt die Tragweite? Man weiß schließlich um die Trägheit der Masse. Aber ja, Journalismus bedeutet Verantwortung. Die unaufgeregte Öffentlichkeit ist ein kostbares Gut. Daher werden es doch vier neutral gehaltene Wörter, die die Emotionen nicht allzu sehr hochkochen lassen: »Trauer um Bodo Bock«.

Als ich am Montagmorgen – wie häufig zu spät – zum Dienst erschien, war ich vermutlich der einzige Mensch der Stadt, der noch nichts vom Tod unseres Verlegers gehört hatte. Als die Kollegen mich dann mit der Information überfielen, stritt ich sofort ab, irgendetwas mit seinem Ableben zu tun zu haben. Der Fall lag ähnlich wie bei Frau Kasupkes Katze. Dennoch schwebte ein Hauch von Verdacht über mir, denn auf Seite zwei der Montagsausgabe, die dem toten Chef insgesamt vier Seiten widmete, war das letzte Foto dieses »großartigen Mannes« genau mit jenem Hinweis abgedruckt: *»Bodo Bock im Kreise seiner Mitarbeiter. Von links nach rechts«*, hieß es da und ganz rechts stand nun mal »Werner Weber«. Und dieser Werner Weber zog auf dem Foto eine dermaßen blöde Visage – direkt zum Reinhauen. Das gab ich auch gegenüber jedem, der mich darauf ansprach, offen zu. Und natürlich erzählte ich allen Interessierten von den Bommerlunder-Attacken des Alten, im Lichte derer meine Grimasse sogar noch harmlos ausgefallen sei.

Ich schien allerdings der Einzige zu sein, der die Situation spannend fand. Den Begriff »Angst um den Arbeitsplatz« kannte ich jedenfalls nicht. Meiner bisherigen Lebenserfahrung mangelte es schlicht an einer Vergleichsgröße. Doch jeder im Haus, mit dem ich ins Gespräch kam, hatte eine Variation davon auf Lager: *»Wie geht es jetzt bloß weiter?«* oder *»Das ist auch unser Ende!«* Mir war das, ehrlich gesagt, völlig egal. Nein, es erfasste mich geradezu eine Euphorie, weil ich zu wissen glaubte, dass es weitergehen würde. Und dass eine Zeit mit hohem Unterhaltungswert auf uns wartete. »Neues« hatte für mich generell ein gutes Image, sieht man mal von meinem Schulabflug und dem Umzug zu Frau Kasupke ab. Aber selbst diese Beispiele zeigten, wenn man einer Sache etwas Zeit einräumte, wurde alles gut, ja sogar besser. Und das war das Beste am »Neuen«, wie mein Vater gesagt hätte.

Ich schilderte unsere Zukunft in perfekter Ahnungslosigkeit dermaßen rosig, dass ich mir immer mehr darin gefiel, den Kaffeesatzleser zu geben. Bei den Kollegen kam das gut an, schnell war ich ein gesuchter Gesprächspartner im Verlag. Was auch daran lag, dass bei der Betriebstrauerfeier selbst für einen Premium-Kaffeesatzleser wie mich nicht erkennbar war, wie die Familie von Bodo die Nachfolge regeln wollte. Genau genommen gab es nämlich gar keine Familie. Nur eine hagere Witwe, die Bodo mal – so wurde getuschelt – aus unserer Telefonzentrale »mitgenommen« hatte. Seitdem lebte die Dame ein unauffälliges Leben im Verlegerbungalow und blieb der Öffentlichkeit nahezu verborgen. Die Bombe platzte erst zwei Wochen, nachdem Bodo Bock seinen letzten Bommi getrunken hatte.

Denn wie aus dem Nichts tauchte eine Tochter auf. Das erste Mal zu sehen bekam ich sie auf unserer Wirtschaftsseite. Als Schwarz-Weiß-Foto. Und ich wette, allen interessierten, besseren Kreisen unserer Stadt verschlug es die Sprache, als dort von der neuen Verlegerin die Rede war, die eine uneheliche, aber anerkannte Tochter von Bodo sei. Es wurde sogar gemutmaßt, sie habe fünfundsiebzig Prozent des Verlages geerbt, während der Witwe nur ein mageres Viertel blieb. Ihr Name: Natascha Czeslawa.

Auf dem Schwarz-Weiß-Bild sah sie völlig normal aus. Eine unscheinbare Dreißigjährige mit kurzen Haaren, die sich später, bei unserer ersten Begegnung, als dunkelblond herausstellten. Die Tuschelfrequenz im Verlag erreichte Zitteraal-ähnliche Ausschläge, die Aufregung übertraf selbst jene, die unmittelbar nach Bodos Tod geherrscht hatte. Jeder, der sie schon mal kurz gesehen hatte, präsentierte seine Interpretation der vermuteten Persönlichkeit unserer neuen Chefin. Natürlich war auch ich extrem gespannt, also erhöhte ich die Zahl meiner Wanderschaften durchs Gebäude – trotzdem blieb sie mir verborgen.

Gott sei Dank nicht lange. Schon wenige Tage nach ihrem Antritt hieß es, sie sei auf einem Rundgang durchs ganze Haus, um sich persönlich vorzustellen. Die Information, dass sich so ein Geschöpf in den Gestank der Chemigrafieabteilung herablassen wollte gefiel mir und löste bei meinen depressiven Kollegen hektische Betriebsamkeit aus. *»Ordnung schaffen!«*, hieß plötzlich die Devise, die sie selbst mit ungewöhnlichem Arbeitseifer in Angriff nahmen. Da konnte ich nur staunend zuschauen.

Und dann kam sie. In Begleitung des kaufmännischen Leiters und des Chefredakteurs. Freundlich und mit einem charmanten Lächeln. Hosenanzug aus feschem Jeansstoff, rote Schühchen, Rollkragenpulli und keinerlei Schmuck.

»Puh, Sie sollten hier mal lüften!«, waren ihre ersten Worte.

Sie begrüßte die beiden Depressiven per Handschlag und blieb dann vor meinem Arbeitsplatz stehen, an dem ich – einen guten Eindruck produzierend – auf einer geätzten Platte herumwienerte. *»Ah, da ist ja der junge Mann von dem letzten Foto meines Vaters. Herr Weber, stimmt's?«*

Ich war verblüfft und erhob mich, behielt aber den Lappen in der Hand. *»Stimmt!«*, sagte ich und grinste sie an.

»Heute schauen Sie aber fröhlicher drein. Auf dem Foto schienen Sie mir ... äh, wie soll ich sagen, nun ja, nicht gerade bester Laune gewesen zu sein.«

»Stimmt genau!«, sagte ich wieder knapp und blickte nun einen Zacken frecher zu ihr rüber.

»Und? Gab es Gründe für Ihre schlechte Stimmung?« Nun wurde die Situation brenzlig. Zum Glück standen ihre beiden Begleiter hinter mir, sodass ich eine zaghafte Andeutung machen konnte, eine winzige Kopfbewegung, die auf die Mithörer hinweisen sollte, sowie ein schräg gezogener Mund mit kurz in die Höhe gehender Augenbraue. Natascha Czeslawa verstand. Sie meinte: *»Ach, erzählen Sie es mir irgendwann einmal.«* Dann ging sie um meinen Tisch zu den anderen, lächelte ein letztes Mal in die Runde und verschwand mit einem gut gelaunten *»Tschühüss«*.

Zum Feierabend, als ich gerade die Stempeluhr in Gang setzen wollte, kam Honecker auf mich zu und sagte: *»Du sollst noch mal ins Sekretariat raufkommen. Und hier ist noch ein Zettel von Karin. Die wartet im Park-Café auf dich!«*

Ich schüttelte den Kopf und sagte: *»Wie praktisch, dann brauche ich den Zettel ja gar nicht mehr zu lesen.«* Doch Honecker ließ sich durch solche Bemerkungen nicht verunsichern.

Im Sekretariat standen neuerdings Blumen auf dem Schreibtisch und die Tür zu Bodos Büro war offen. Ich war kaum eingetreten, da hörte ich schon Nataschas Stimme: *»Kommen Sie rein!«* Das Büro war nahezu unverändert, nur die drei fetten Ficus Benjamini waren garantiert neu. Die Verlegerin wollte nicht um den heißen Brei herumreden, jedenfalls empfing sie mich mit dieser Ankündigung. Und dann kam: *»So, was war da los?«*

Die Wirtschaftsredaktion der Volkszeitung hat von der neuen Verlegerin einen klaren Auftrag bekommen. Es soll ein ganzseitiges Interview mit ihr gedruckt werden, in dem sie ihren Plan für Verlag und Zeitung erläutern kann. Das soll der Beruhigung von Mitarbeitern, Banken, Werbekunden und Lesern dienen und die Gerüchte über einen anstehenden Verkauf im Keim ersticken. Im Vorgespräch hat sie dem zuständigen Redakteur erklärt, welche Fragen – besser, welche Antworten – ihr wichtig sind und wie weit sie sich in die Karten schauen lassen möchte. »Mein Privatleben ist tabu, aber ich erzähle gerne von meiner Ausbildung, meinem letzten Job und sage auch ein, zwei Sätze zu dem Verhältnis zwischen meinem Vater und mir!« Eigentlich ist damit ein logischer Rahmen vorgegeben, doch der Redakteur bekommt das Interview nicht in den Griff. Vor allem die Ansage, es vor Drucklegung absegnen zu lassen, macht ihn nervös.

Natascha Czeslawa ist ebenfalls nervös. Sie spürt den Widerstand der Redaktion und tritt die Flucht nach vorn an. Sie verfasst einen Brief an die Leser. Sie schreibt »Liebe Freunde unserer Zeitung« und erklärt dann, wie ihre Ausbildung abgelaufen ist (Verlagskaufmannslehre, danach Studium der Volkswirtschaft), für welche Zeitungen sie gearbeitet hat und warum sie nicht bei der Beerdigung ihres Vaters dabei sein konnte (Job in New York). Sie habe sich, so schreibt sie, in den letzten Jahren in enger Abstimmung mit ihrem Vater auf die anstehende Aufgabe vorbereitet und werde nun mit aller Energie die nötigen Schritte zur Modernisierung des Hauses vorantreiben (Umstellung auf Offsetdruck, mehr Farbe im Blatt etc.). Sie betont ihre

Freude, diesen Wandel in Angriff nehmen zu dürfen, und endet mit den Worten: »Ich brenne für die Volkszeitung!«

Der Brief löst Befürchtungen bei der Konkurrenz, Ängste bei der Belegschaft und mildes Interesse bis hin zu Gleichgültigkeit bei der Leserschaft aus. In der Hautevolee der Stadt ist der Brief weiteres Öl ins Feuer der Gerüchteküche. Bodo Bock, Verleger, Sponsor, Mitglied im Mittelstandskreis, Aufsichtsrat der Volksbank, Vizepräsident des Golfclubs – dieser Mann hat es also mit einer Czeslawa getrieben. Hinter dem Rücken aller, insbesondere seiner Freunde. Und seine Frau? Wusste sie davon? Wie kann man ein Kind so lange geheim halten? Fragen über Fragen und viel Gesprächsstoff.

Auf dem Weg zum Park-Café stieß ich direkt vorm Bavaria-Brunnen mit Fräulein Czernatzke zusammen. Er kam gerade aus der Kneipe, begrüßte mich höflich und bot mir eine Camel an, die ich nur ungern annahm. Zu jener Zeit war ich noch kein richtiger Raucher, galt aber als professioneller Schnorrer. Kaum brannten die Glimmstängel, meinte Czernatzke, wir sollten ein schnelles Radler trinken. Auch dazu lud er mich ein. Er kam recht zügig auf die neuesten Entwicklungen in seinem Leben zu sprechen. Erstens: Er hatte seit drei Tagen ein eigenes Auto. Einen Japaner. Zwölf Jahre alt, aber: *»Läuft wie ein munteres Lama.«* Zweitens: Er war durchs Abi gefallen. Und drittens: Man würde ihn hinter seinem Rücken als Schwulen outen. Drittens überraschte mich, denn soweit ich es mitbekommen hatte, war die Sache nie hinter seinem Rücken abgelaufen. Wir hatten ihn immer für schwul gehalten und das auch wie völlig selbstverständlich ausgesprochen. Auch in seinem Beisein. Zu der Zeit war »schwul« schon nichts

Besonderes mehr und wurde nicht als Schimpfwort benutzt. Jedenfalls nicht aggressiv. Mehr so im Spaß.

»*Und, denkst du auch, ich bin schwul?*«, fragte er unvermittelt und sah mich dabei irgendwie lauernd an.

Ich sagte wahrheitsgemäß: »*Mir doch scheißegal. Ich habe ganz andere Probleme.*«

Sofort stieg Czernatzke auf das Thema ein und wollte wissen, worum es sich bei meinen Problemen handelte. Damit wurde er der erste Mensch, mit dem ich meine Gefühlsschwankungen im Rahmen des Verlobungskomplexes besprach. Seit der Szene am Baggersee kamen mir ständig Bedenken, ob meine Reaktion nicht vielleicht voreilig gewesen war. Jetzt tauchte plötzlich die Gefahr einer baldigen Hochzeit am Horizont auf, zumindest, wenn man meine Aussage auf die Goldwaage legte.

Der Konflikt, in dem ich mich wähnte, war durch zwei Konstanten, besser, zwei unverrückbare Gegensätze gekennzeichnet. Einerseits wäre ich lieber gestorben, als Karin zu enttäuschen. Andererseits erschien mir meine Bedingung für eine Heirat wie ein Paar Betonschuhe, die sich nicht so einfach abstreifen ließen, bevor man ins tiefe Wasser geworfen wurde.

Ich war zu dem Zeitpunkt knapp zwanzig Jahre alt! Vergibt man sich da schon moralisch bindend für... Ja, für wie lange eigentlich?

Czernatzke entpuppte sich als prima Zuhörer. Er setzte ein absolut seriöses Gesicht auf und sagte in regelmäßigen Abständen: »*Verstehe!*« Und nachdem ich meine widersprüchlichen Gedanken einigermaßen verständlich dargelegt hatte, lief er zur Höchstform auf. Sein Feedback hatte Qualität: »*Hör zu, Werner, darüber muss ich nachdenken. Aber eines schon mal vorweg – ich werde mit niemandem darüber sprechen. Und du solltest es auch nicht tun. Lass das Ganze ein Weilchen vor sich hin köcheln. Im Moment besteht ja, wenn ich das richtig sehe, noch überhaupt kein Zugzwang.«*

Ich verdaute seine Worte, dann bedankte ich mich und schob ab ins Park-Café. Dort angekommen war ich schon wieder ganz der Alte. Es gab nun wirklich genug Material für ein Euphorie-Feuerwerk. Ich verstand gar nicht, wie ich Czernatzke gegenüber plötzlich so nachdenklich gewesen sein konnte. Es galt jetzt, Karin mein Gespräch mit Natascha – also der neuen Verlegerin – eins zu eins wiederzugeben. Da war nicht die geringste Übertreibung notwendig, denn der Verlauf unserer Konversation war sensationell gewesen. Um die Spannung zu erhöhen, startete ich meinen Bericht mit: *»Morgen melde ich mich bei der Fahrschule an.«*

Karin nickte aufmunternd, ja geradezu bestätigend und sagte mit einer gewissen Gewissheit in der Stimme: *»Das Geld dafür hast du ja bestimmt.«*

Genau das richtige Stichwort! *»Ich bekomme noch zweihundertfünfundsiebzig Mark, weil mir der alte Verleger irrtümlicherweise nur das Geld für den dritten Preis des Slogan-Wettbewerbs gegeben hat. Außerdem konnte ich Natascha eine Werbekampagne andrehen. Dafür gibt es noch mal fünfhundert! Mit dem Geld kann ich locker zweimal durch die Fahrprüfung segeln.«* An dieser Stelle untertrieb ich sogar ausnahmsweise. Natascha hatte mir nämlich weitere tausend in Aussicht gestellt, falls mein Vorschlag erfolgreich sein würde. Ich wollte der Langen Stillen aber keine falschen Hoffnungen machen, für den Fall, dass sie so viel Geld schon als Voraussetzung für die versprochene Hochzeit ansehen würde.

Meine Werbekampagne hatte es in sich. Dass danach noch viele folgen würden, ahnte ich damals nicht und hätte es auch aus keinem Kaffeesatz der Welt herauslesen können.

Der Slogan unseres Konkurrenzblattes hieß ja: *»Uns liest man gern!«* Mein Geniestreich lautete: *»Uns liest man gerner!«* Und weil zu der Zeit die Comicfigur Werner hohe Popularität genoss, ging mein kompletter Spruch: *»Uns liest man gerner! Werner«*.

Ich überzeugte Bodos Tochter im Handumdrehen von der Elektrizität, die in dem vermeintlich falschen Deutsch steckte. *»Das gibt einen Sturm im Wasserglas«*, sagte ich voraus, und so kam es auch. Natürlich war der Werner »Euer Werner« aus der erfolgreichsten Kolumne im Blatt – also ICH. Aber um dem Vorschlag die persönliche Note zu nehmen, schien mir der Hinweis auf den Comic-Helden vernünftig. Die Kampagne an sich war mir ganz spontan eingefallen, als ich bei Natascha im Büro stand. *»Wir drucken fünfhundert A1-Plakate und pflastern damit die ganze Stadt zu. Das erledige ich mit ein paar Kumpanen. Reine Nachtarbeit. Kostet etwas Benzingeld und zwei Eimer Tapetenkleister.«* Die neue Verlegerin war von meiner Präsentation hin und weg. Sie lachte sich windschief und sprach von Guerilla-Marketing, ein Begriff, den ich auf der Stelle in mein Vokabular übernahm. Obwohl – es war ja eher ein Partisanen-Anschlag.

Mir wird es ein ewiges Rätsel bleiben, wie EIN Land oder auch nur EINE Stadt so viel gute Musik hervorbringen kann. Beatles, The Christians, Pink Industry, Frankie Goes to Hollywood, Echo & the Bunnymen – und jetzt auch noch The La's! Alles aus Liverpool. Die La's haben, was man braucht, um sich nicht schämen zu müssen, wenn man die anderen klingenden Namen hört. Ohrwurmartige Melodien, knackig-poppige Gitarren und schon auf der ersten Scheibe ein Welthit. Zum Glück gibt's den Auto-Reverse-Modus auf meinem Tapedeck.

Da habe ich mir beide Seiten mit »There She Goes« draufgespielt. Kann man locker hundertmal am Tag hören! Bei The La's besteht absoluter Kaufzwang!

Euer Werner

Zuerst rief ich Petzi Opolka an, dem ich schon öfter geholfen hatte, wild Plakate aufzuhängen. Von ihm kam sozusagen das Know-how. Meist waren es Konzertankündigungen irgendwelcher Bands aus der untersten Promi-Liga. Leider konnte Petzi nicht. Er schob wenigstens einen glaubhaften Grund vor, sodass mir die Laune erst später abhandenkam. Doch nachdem ich vom dritten Kumpel mit eigenem Auto zusammengestotterte Ausreden kassiert hatte, rief ich widerwillig und entnervt Fräulein Czernatzke an. Er war sofort Feuer und Flamme, lobte noch mal sein japanisches Lama und war dann auch wie versprochen Freitagabend gegen Mitternacht im Moulin Rouge. Ich spendierte der Langen Stillen ein Glas Sekt und uns Männern zwei kleine Hemelinger. Dann instruierte ich meine kleine Mannschaft, verteilte Argumentationshilfen für den Fall, dass wir erwischt würden, und beschrieb die Aktion prophetisch als riesigen Spaß. Danach fuhren wir zum Verlag. Der Nachtportier wusste Bescheid, denn die Materialien lagen direkt vor seinem Arbeitsplatz. Vorsorglich hatte ich circa zwanzig Liter Kleister angesetzt. Etwas feuchter als auf der Packung angegeben, denn Plakate brauchen nicht die Konsistenz schwerer, vor allem aber längerer Tapeten. Czernatzke und ich wuchteten die recht schweren Plakate auf den Rücksitz des Lamas.

Anschließend legten wir den Kofferraum mit alten Zeitungen aus und luden die beiden Kleistereimer sowie den nagelneuen Quast ein. *»Fahr vorsichtig!«*, ermahnte ich Czernatzke, was er leider völlig missverstand. Er durchfuhr die Kurven in solch aggressivem Schneckentempo, dass jede vernünftige Polizeistreife aufmerksam werden musste. Noch bevor das erste Plakat hing, standen wir wie befürchtet am Straßenrand und wurden kontrolliert. Immerhin, Karin erwies sich als spontan und ideenreich. Sie erklärte dem Wachtmeister, wir hätten ein Aquarium an Bord und wollten daher nichts riskieren. Der Beamte kicherte und wollte nur noch wissen, ob wir was getrunken hätten. *»Ich einen Sekt, die Jungs bloß Limo.«* Karin lächelte verschämt, und wir bekamen die Erlaubnis zur Weiterfahrt.

Dann ging es ratzfatz. Zuerst in den dunkleren Seitenstraßen. Czernatzke hielt an, Karin sprang mit zwei, drei Plakaten über dem linken Arm und dem Quast in der rechten Hand raus, ich wuchtete den Eimer aus dem Auto und übernahm die Plakate. Karin tunkte den Quast ein, wedelte das tropfend-klebrige Zeug auf den Untergrund, ich klatschte die Plakate drauf und strich mit den Händen einmal drüber – fertig. Ich war der Einzige, der schmierige Finger bekam. Doch auch darauf war ich vorbereitet. Vorne im Fußraum lag ein altes Handtuch von Frau Kasupke, von dem ich hoffte, dass sie es nicht vermissen würde.

Unser nächster Angriff galt Bauzäunen, Stromkästen, Wänden, die vor uns schon andere Wildplakatierer attackiert hatten, und, besonders wichtig, Kreuzungen. An deutschen Kreuzungen standen immer irgendwelche flächigen Schaltschränke, Telefonzellen, Streusandboxen oder Werbeschilder von Firmen, für die sich eh niemand interessierte.

Endlich, gegen fünf Uhr dreißig morgens, klebte über dreihundertmal mein Slogan »Uns liest man gerner! Werner« in der Stadt. Unter dem Spruch stand lediglich VOLKSZEITUNG, aber mit einem fetten roten Balken darunter. À la BILD. In der Grafikabteilung hatte es noch Zoff gegeben, als ich meinen Entwurf dort vorlegte. *»Es heißt: Die Volkszeitung«*, meinte der Obergrafiker und wollte mir etwas über Corporate Design erklären. Da habe ich ihm aber was von der neuen Zeit erzählt, die nun anbrechen würde, und er könne sich da gerne mal bei der Verlegerin erkundigen. Ich wertete ihren Auftrag nämlich als Freifahrtschein und benahm mich entsprechend, was natürlich nicht überall gut ankam.

Zurück zu Hause legten wir uns für ein paar Stunden hin, und als ich wieder aufwachte, stand Karin mit einem Frühstückstablett in den Händen und – besser ging es nicht – der Volkszeitung unterm Arm im Zimmer. Ich riss das Blatt an mich, und da war sie – meine Kampagne! Unten rechts, Griffanzeige auf dem Titelblatt! Quadratisch. Genau so, wie ich es wollte. Und ohne »Die«. »Uns liest man gerner! Werner – VOLKSZEITUNG«. Mehr geht ja wohl wirklich nicht, oder?

In der Nacht von Samstag auf Sonntag beendeten wir die Aktion. Wir klebten noch mal knapp zweihundert Plakate in kleinen Dörfern im Umkreis von vielleicht zehn Kilometern um die Stadt. Überall dort, wo wir gelesen wurden. Morgens gegen fünf Uhr setzte uns Czernatzke am Waldhaus ab. Das war wirklich nett von ihm. Er sollte dafür allerdings auch hundertzwanzig Märker bekommen. Damals viel Geld.

Wie gut organisiert ich war, sah man daran, dass ich neben Tapetenkleister, Quast und Handtuch auch an eine Flasche Sekt gedacht hatte. Zwar warm, aber für unsere Hitze erfrischend genug. In dieser Nacht erklärte Karin den Sommer 1988 zum »Summer of Love«. Das sei wahrscheinlich die beste Zeit unseres Lebens, und wir sollten jede Sekunde genießen, meinte sie. Dazu kam von mir kein Widerspruch. Ich sah die Sache ähnlich. Nur war ich nicht bereit, diesen Sommer schon als die beste Zeit meines Lebens anzusehen. Mir war mehr danach, mein vor mir liegendes

Leben ständig als die beste Zeit zu erleben. Und damit begab ich mich auf den Weg, der nur eine Richtung kannte: Vorwärts! Alles würde, sollte, musste immer besser werden. Der Drehzahlmesser meines Lebensmotors kletterte langsam, aber sicher in Richtung roter Bereich.

»Herr Weber, Frau Dr. Gebhard-Gebeiner wartet auf Sie. Haben Sie den Termin schon wieder verschlafen?«

»Entschuldigung! Nein, verlesen.«

Werner Weber legt Die Bekenntnisse des Hochstaplers Felix Krull neben die Pillenbox auf seinen Nachttisch. Das Buch hat ihm ein anonymer Absender ins Landeskrankenhaus geschickt. Mit einer Widmung in zwei Wörtern: »Für Werner«. Der Patient bildet sich gegen alle Vernunft ein, in den Druckbuchstaben eine bekannte Handschrift zu erkennen, was aber kaum möglich ist.

In der Tür wartet der Krankenpfleger, nicht direkt entspannt. »Wollen Sie auf Socken zur Chefin?«, fragt er leicht gereizt.

»Wieso, es regnet doch nicht im Haus«, sagt Werner Weber, zieht seinen Trainingsanzug aus blauer Kunstseide zurecht und schlurft los, immer einen halben Schritt hinter dem Pfleger.

»Finden Sie Ihren Auftritt eigentlich gut?«, fragt der plötzlich, wartet kurz und sieht den Patienten vorwurfsvoll an.

Herr Weber entgegnet: »Und wie laufen Sie bitte schön rum? Wie der Edeka-Mann.«

»Das ist nun mal unsere Dienstkleidung, Herr Weber.«

»Kein Wunder, dass die meisten Leute in diesem Irrenhaus nicht wieder auf die Beine kommen. Lauter weiße Riesen, die einen noch tiefer in die Scheiße drücken.«

»Herr Weber, wir sind kein Irrenhaus! Reden Sie sich das nicht ein. So, hier sind wir. Seien Sie nett zu unserer Chefin! Sonst müssen wir das wieder ausbaden.«

Werner Weber, inzwischen zweiundvierzig Jahre alt, tritt ins Büro der Anstaltsleiterin. Oder ist es ein Behandlungsraum? Er nickt wortlos, die Dame nimmt ihre Füße vom Schreibtisch und schüttelt zur Begrüßung missbilligend, wenngleich lächelnd, den Kopf.

»Lieber Herr Weber, ich habe mir die ersten siebzig Seiten Ihrer Lebensgeschichte durchgelesen. Ist das bisher alles oder haben Sie schon weitergeschrieben?«

»Ja. Nein.«

»Was denn nun?«

»Ja, ist alles. Nein, ich habe noch nicht weitergeschrieben.«

»Also, Herr Weber, ich hatte gehofft und es Ihnen auch vorgeschlagen, dass Sie einen anderen Ton finden. Sie schreiben schnodderig und überheblich, da ist kein Einsehen oder gar eine Selbstanalyse erkennbar. Herr Weber, Sie hatten einen Zusammenbruch, Sie waren am Ende. Sie sollten sich neu aufbauen, Erkenntnisse gewinnen, sich kritisch mit Ihrem falschen Leben auseinandersetzen.«

»Ich dachte, es gibt kein falsches Leben im richtigen – oder so.«

»Herr Weber, Adorno meinte mit seinem Satz, es gäbe kein richtiges Leben im falschen, genau das, was auch ich Ihnen sage. Ein Weiter wie bisher' bringt Sie ganz schnell in die nächste Sackgasse. Noch mal, Sie hatten einen totalen Zusammenbruch. Sie waren psychisch und physisch am Ende. Sie brauchen einen Neubeginn!«

»Mmmh, und wer sagt, dass man für einen Neubeginn auch einen neuen Ton braucht?«

»Herr Weber, genau das ist Ihr Irrtum. Sie haben sich allmächtig gefühlt. In Ihrer Welt gibt es nur Sie als Alleskönner. Aber wenn Sie wirklich alles könnten, wären Sie nicht kollabiert. Sie überfordern Ihre Systeme. Es wäre gut, wenn Sie das erkennen und an sich arbeiten.«

»Warum bin ich dann in Ihrer Irrenanstalt gelandet? Und warum

die ganzen Pillen? Wenn ich den Job sowieso selber erledigen muss, wozu dann Ihr Psycho-Gefängnis? Da können Sie mich doch genauso gut laufen lassen!«

»Herr Weber, ich lasse Sie erst laufen, wenn ich das Gefühl habe, Ihnen geholfen zu haben. Um es klipp und klar zu sagen: Wenn Sie nicht mehr suizidgefährdet sind. Schauen Sie, wir beide haben vereinbart, dass Sie sich mit Ihrem bisherigen Leben auseinandersetzen. Sie haben die Gruppentherapie verweigert und sich gleichzeitig über Langeweile beschwert. Daher habe ich den Vorschlag gemacht, dass Sie Ihre Lebensgeschichte aufschreiben, in der Hoffnung auf Reflexionen. Schreiben als Therapie sozusagen. Und Sie waren einverstanden. Aber was bekomme ich von Ihnen? Reine Selbstdarstellung. Das ist aber nicht der Zweck der Übung, verstehen Sie? Das führt zu nichts.«

»Halt, halt, Frau Doktor, Sie haben gesagt, ich solle mein Leben authentisch erzählen. Ohne Beschönigungen. Sie sagten irgendwas von Wahrheit oder so. Was an meiner Schreibe ist denn bitte schön nicht wahr?«

»Herr Weber, Sie übersteigern sich. Sie suhlen sich in vermeintlichen Erfolgen, die Sie sich zurechtlügen. Dadurch landen Sie in einer Spirale, die Ihnen die Luft nimmt. Sie haben zu viele Dinge an sich gerissen, wollten sich überall beweisen. Damit überforderten Sie sich. Herr Weber, Reflexion heißt die Aufgabe, nicht Rechtfertigung. Sie stolpern über Ihre selbstgefällige Art. Das lese ich aus jedem Ihrer Sätze.«

»Frau Doktor, mein Leben war so. Präzise so, wie ich es beschrieben habe. Alles ist so passiert. Soll ich etwa, nur um Ihnen zu gefallen, die Tatsachen verdrehen?«

»Nein, nicht die Tatsachen. Aber die Sicht auf die Vorgänge. Warum glauben Sie, kam es zu dem Zusammenbruch? Herr Weber, Sie sind in einem äußerst bedenklichen Zustand bei uns eingeliefert worden. Das können Sie doch nicht leugnen!«

»Tue ich ja auch gar nicht. Warten Sie doch einfach ab. Ich erkläre das schon noch. Ihnen – und mir. Ich kneife nicht. Hoff' ich jedenfalls.«

Montag und Dienstag sollte ich freimachen als Ausgleich für die Nachtarbeit. Wir waren noch im Tiefschlaf, als vor dem Jägerzauntor ein Auto hielt und unablässig hupte. Karin weckte mich, und wir liefen zum Fenster. Als die Huperei endlich aufhörte, stieg ein Mann aus dem Wagen.

Es war ein grauer, alter Ford. Wahrscheinlich ein Escort. Der Name passte jedenfalls. Ich erkannte sofort Honecker, unseren Pförtner. Er fummelte umständlich am Tor herum, wodurch wir Zeit hatten, uns anzuziehen. Wir öffneten die Tür, und Honecker brüllte in Stasi-Manier: *»Mitkommen. Sofort. Die Verlegerin will dich sprechen!«* Immerhin hatte er keine Handschellen dabei.

»Soll ich mitfahren?«, fragte die Lange Stille besorgt.

Aber ich wiegelte ab und sagte: *»Bin gleich wieder zurück.«*

Honecker hatte ganze Arbeit geleistet. Als man mich zu suchen begann und ihn fragte, ob er wüsste, wo ich wohne – im Lohnbüro hatten sie nur die Adresse der ehemaligen Familienwohnung –, kombinierte er haarscharf aus den Briefchen von Karin, wer sie war. Er fuhr zum Röntgeninstitut, und Arnulf gab ihm die Adresse vom Waldhaus.

Natascha Czeslawa saß mit dem kaufmännischen Leiter des Verlages zusammen. Beide wirkten angespannt. Ich war vielleicht einen halben Meter in ihr Büro getreten, da schoss sie schon los: *»Werner, hören Sie zu! In der Stadt ist der Teufel los. Ich hatte bereits Anrufe vom Oberstadtdirektor, vom zweiten Bürgermeister und mehrmals vom Leiter des Ordnungsamtes. Wir stecken knietief in der Scheiße. Ihre ungenehmigte Plakataktion …«*

»Wieso ungenehmigt? Sie waren doch voll dafür!«, platzte ich dazwischen.

»Herrgott, ungenehmigt im Behördensinne. Also, wir haben einen Plan. Und ich erwarte, dass Sie mitspielen!«

Der Plan war ein Geniestreich allererster Güte, wenngleich das erst sehr viel später erkennbar wurde. Sie schickten mich sofort los, um mir einen Gewerbeschein zu besorgen. An meiner Seite, als Aufpasser oder Helfer, der Steuerberater des Verlages. Kaum hatte ich den Wisch in der Hand, da ging es auch schon weiter zur Sparkasse. Kontoeröffnung auf Werner Weber Werbung, oder WWW, wie ich meine Firma spontan nannte. Der Steuerberater erklärte mir, ich hätte jetzt eine Gesellschaft bürgerlichen Rechts, deren alleiniger Gesellschafter ich sei. Zur Feier des Tages überreichte er mir ein Kassenbuch, in dem ich alle Belege eintragen sollte. Belege? Meine Verwirrung steigerte sich noch, als mich der Steuerberater zurück im Rathaus an einen schneidigen Schickimicki-Typen mit gegelten Haaren weiterreichte – den Anwalt des Verlages. Der erklärte mir nun, was ich zu tun hatte: Ich musste alle Schuld auf mich nehmen, sagen, dass ich den Auftrag des Bodo Bock Verlages falsch verstanden hätte und es vor allem nie wieder tun würde. Dann ging es ins Büro des Ordnungsamtsleiters, wo der Winkeladvokat alles, was er mir gerade eingetrichtert hatte, noch einmal wiederholte. Ich brauchte nur zu nicken. Dem Chef der städtischen Ordnung war offensichtlich mulmig zumute. Er jammerte was von Hunderten von Beschwerden – von Privatleuten, dem Gartenbauamt, dem Straßenbauamt, der Konkurrenz –, er bekäme Druck von oben, genauer gesagt, von allen Seiten. Er deutete was von Schadensersatz und Reinigungskosten an, Unsummen, die mein Leben zerstören würden, wie ich kleinlaut einwarf. Auf einmal veränderte sich das Gesicht des Mannes. Er hatte wohl eine Idee. Wir sollten auf dem Flur warten, er müsse mal kurz telefonieren. Als er uns zurückholte, lächelte er mich gütig wie Frau Holle an und fragte: *»Wie schnell können Sie Ihre Plakate wieder einsammeln?«*

Ich überlegte noch, da kam mir der Anwalt zuvor: *»Herr Weber fängt gleich heute Abend an. Das geht schnell.«*

Mich überraschte er damit, aber dem Ordnungsbeamten gefiel die Ansage total. Es wurde noch ein wenig gesmalltalkt, dann verließen wir – wenn ich mich recht entsinne – fröhlich das Büro. Der Advokat lobte sich überschwänglich, während er mich mit seiner Mercedes-Pagode zurück zum Verlag fuhr. Wir stürmten das Büro von Natascha, die sich mehrfach bekreuzigte, als sie die Neuigkeiten hörte.

Dann kam der Höhepunkt des Tages:

»Werner, schreiben Sie uns eine Rechnung über zweitausendfünfhundert Mark. Fragen Sie unseren Steuerberater, wie er es gern getextet hätte. Für ein Jahr übernehme ich die Kosten seiner Tätigkeit für Sie. Herzlichen Glückwunsch, Sie sind ab sofort Unternehmer!«

Überwältigt, aber auch etwas schusselig, sagte ich: *»Mist, dabei hatte ich Barauslagen. Wie mache ich das denn jetzt?«*

Die Verlegerin klatschte in die Hände, so sehr amüsierte sie mein dummes Gesicht. *»Die versprochenen fünfhundert bekommen Sie in bar obendrauf. Ist das so in Ordnung?«* – War es.

Honecker weigerte sich, mich zurück ins Waldhaus zu fahren. Er habe bald Feierabend und müsse in seinen Garten. Idiot. Erst da bemerkte ich, dass es bereits später Nachmittag geworden war, was mich auf die Idee brachte, zum Röntgeninstitut Mohrmann zu laufen. Der Weg dorthin war nicht weit.

Arnulf kreuzte an der Rezeption auf, nachdem man ihm ausgerichtet hatte, sein Schwiegersohn sei da. Den Scherz ließ er unkommentiert und nahm mich mit in sein verdunkeltes Büro. *»Was gibt's?«*, fragte er munter.

»Ich brauche eine preiswerte Taxe zum Waldhaus. Mein Fahrrad ist dort, und wenn ich Glück habe sogar meine Freundin.«

Arnulf verstand, schaute auf die Uhr und meinte: *»Abfahrt in fünfundsechzig Minuten!«*

Diese Minuten verbrachte ich damit, im Wartezimmer »Frau im Spiegel« und ähnlichen Schund zu lesen und die ausgefüllten Kreuzworträtsel zu kontrollieren. Ich brauchte dringend stupide Ablenkung. Die Ereignisse des Tages mussten erst mal in Ruhe sacken.

Auf der Fahrt erzählte ich Arnulf dann alles minutiös. Er hörte staunend zu und fand es prima beziehungsweise großartig. Und das war es ja auch.

Die Volkszeitung wird überschüttet mit Leserbriefen. Gefühlt alle Realschul- und Gymnasiallehrer der Stadt beklagen den Niedergang der deutschen Sprachkultur, einige drohen mit Boykott, andere heben nur warnend ihre kompetenten Zeigefinger. Ältere Leser verwahren sich gegen die primitive Anbiederung. Jüngere Leser finden die Kampagne cool, schreiben aber keine Leserbriefe.

»Uns liest man gerner! Werner« ist in aller Munde. Familien entzweit das Thema, Stammtische diskutieren kontrovers und die Kaufmannschaft ist klammheimlich neidisch auf den gelungenen Coup. Natascha Czeslawa – ohnehin gern gesehener Gast auf Partys und Business-Versammlungen – wird im direkten Gespräch für ihren Mut gelobt und hinter ihrem Rücken getadelt. Auffällig ist, wie unauffällig langsam die Plakate aus dem Stadtbild verschwinden. Einige hängen noch monatelang, ohne dass sich jemand darüber beschwert.

Die Volkszeitung steigert ihre Abonnentenzahl innerhalb von drei Monaten um mehr als eintausendfünfhundert Leser, im freien Verkauf legt das Blatt achtzehn Prozent zu. Neunzehn Monate nach Beginn der Kampagne erscheint die letzte Ausgabe der Umschau. Die Inha-

ber-Partei investiert nun doch lieber in rote Fahnen als in rote Zahlen, obwohl sie durch den Fall der Mauer Vermögenszuwächse in Millionenhöhe zu verzeichnen hat – aufgrund ungerechtfertigter Enteignungen von 1933, die ausgeglichen werden.

Der »Sommer unseres Lebens« wurde es nur teilweise. Die Lange Stille und ich pendelten zwischen dem Zimmer bei Frau Kasupke und dem Waldhaus hin und her. In der Firma erlebte ich derweil eine interessante menschliche Tragödie, die ich voller Neugier verfolgte. Meine beiden depressiven Kollegen wandelten sich von eher fröhlichen Gesellen – ich hatte ihnen bisher völlig zu Unrecht das Adjektiv »depressiv« angeheftet – zu ausgesprochen niedergeschlagenen Kreaturen, deren Todessehnsüchte und Weltuntergangsgläubigkeit erst jetzt das Anhängsel »depressiv« verdienten. Richtiger wäre es sogar, sie von »depressiv« in die Kategorie »suizidgefährdet« umzutopfen.

Beide hatten den Brief an die Leser unserer Verlegerin aufmerksam studiert. Und sie deuteten die Zeichen an der Wand völlig richtig als das nahende Ende. Der Offsetdruck war der Totengräber der Chemigrafen, so viel stand fest. Zutiefst menschlich und feinfühlig versuchte ich, die beiden aufzubauen, ihnen eine Perspektive zu vermitteln: *»Ihr könnt doch ins Showgeschäft gehen – wie Peter Maffay! Vielleicht sogar als Duo!«* Die Information, dass Peter Maffay einst Chemigraf gewesen war, hatte ich schließlich von ihnen. Nebenbei recht stolz verkündet.

Doch meine beiden Ausbilder spürten in sich keinerlei Gesangs- oder anderweitiges Talent, und meine launigen Vorschläge verstärkten nur ihre unübertreffliche Niedergeschlagenheit.

»Noch sieben Jahre bis zur Rente, und dann so was!«, brummelte der Jüngere immerzu. Darauf kam stets reflexmäßig der Seufzer des anderen: *»Und vier bei mir.«*

Meine ersten konkreten Handlungen als Unternehmer waren die umgehende Anmeldung bei der Fahrschule, die ich bis dahin verschlafen hatte, und die Anschaffung eines neuen Walkmans. Den alten – und das sollte sich noch als Riesenfehler herausstellen – schenkte ich Bärbel, der Schwester von Karin.

Ein weiteres Zeichen der Professionalisierung: Der kaufmännische Leiter des Verlages wollte, dass ich für meine Glossen von nun an ordentliche Rechnungen ausstellte. Nicht etwa aus Cleverness, sondern aus purer Ahnungslosigkeit fragte ich: *»Wie hoch denn?«*

Und er sagte: *»Fünfzig plus Steuer.«* Pling – meine imaginäre Kasse klingelte.

Bei all dem um mich herumtobenden Wahnsinn war es jedoch nicht leicht, noch vernünftige Plattenkritiken zu schreiben. Ich fing an, schludriger zu recherchieren, aber scheinbar fiel das niemandem auf.

Schluss mit Pampe – Joe Jackson ist da!

Bitte dankt A&M Records. Die haben Joe durchgelassen. Der kann Rock 'n' Roll auch ohne Gitarre. Der weiß, wie es sich anfühlt, wenn ihr eure Freundin mit einem anderen Kerl seht. Er kann Klavier, kann Saxofon und er singt jeden an die Wand. Zudem weiß er, mit welchen Schuhen man korrekt auf eine Party geht. Immer noch aktuell sein Hit: »Is She Really Going Out With Him«. Wer ihn im Rockpalast verpasst hat, weiß nicht, dass man mit seinem »Slow Song« selbst schwierige Beziehungsprobleme wieder in den Griff bekommen kann. Seine aktuelle CD »Laughter & Lust« ist ein Muss in jeder anständigen Sammlung! Hört euch mal »Oh Well« an! Ist zwar ein Cover, aber kosmische Sonderklasse. Danach: Kaufen!!!

Euer Werner

Werner Weber Werbung war, wie der Name schon sagt, eine Werbeagentur, wenngleich zu Beginn für mich noch recht unkonkret. Verrückt war jedoch, dass nicht meine Agentur – also ich –, sondern Betriebsfremde die Werbetrommel rührten. Sehr qualifiziert sogar! Natascha Czeslawa stellte den Kontakt zu meinem zweiten Kunden her. Der erste war ja ihr Verlag. Eines Tages, mitten im Hochsommer, kam sie zu uns Chemigrafen und meinte: *»Herr Weber, mein Friseur braucht eine Werbekampagne. Wäre das nicht etwas für Sie?«*

Und ob! Ich suchte den Salon auf und sah die Außenwerbung. Der Laden hieß: Waldemar Becker, Damen und Herren. Ich machte gleich ein paar Vorschläge. Einer ging so: *»Dein Friseur Becker – Auf Wunsch auch geschnitten!«* Für mich verblüffend entschied sich der Juniorchef aber für: *»Friseur-Team-Becker – Ihr Becker für schöne Haare«*. Ich scribbelte noch schnell ein passendes

Logo zum Slogan, ließ es in der verlagseigenen Grafikabteilung setzen und hatte einen zufriedenen Kunden. Für Jahre!

Die Lange Stille dagegen wurde im Verlauf des Sommers immer stiller – nein, melancholischer. Ihre Gefühle für mich entwickelten sich, heute weiß ich das, intensiver und gingen tiefer. Auf jeden Fall deutlich tiefer als meine für sie. Ob Karin das damals schon gecheckt hat, kann ich nicht sagen. Ich erklärte mir ihr Verhalten, ihr Wesen, ihr Sein – was immer man da sagt – auch ganz banal als Reaktion auf die Verhältnisse. Zum einen steckte sie mitten in einer Kafka-Phase. Jahre später, nachdem ich ein, zwei Bücher vom guten Franz in die Finger bekommen hatte, wurde mir klar, dass man davon, gerade wenn man es verinnerlichte, nur eigenartig werden kann. Das Geschreibsel des Mannes zieht den Leser, wenn er nicht abgeklärt und seelisch stabil ist, in einen Taumel drohenden Realitätsverlustes. Wer sich etwa ein paar Stunden in den »Prozess« eingelesen hat, der kann doch danach nicht einfach zur Tagesordnung übergehen, oder?

Hinzu kam Karins familiäre Situation. Alles zerbröckelte, wenngleich in Zeitlupe. Mutter Mohrmann war bei ihrem Versuch, Süskinds »Kontrabaß« auf die Bühne zu bringen, während der Generalprobe zusammengebrochen. Sie hatte fast zehn Minuten des Textes verschluckt beziehungsweise übersprungen und es erst kurz vor Schluss bemerkt. In Ermangelung einer Souffleuse war ihr Kartenhaus eingestürzt. Herr Castelbranco war wohl mittendrin zur Toilette gesprintet. Jedenfalls war das die offizielle Erklärung des Desasters.

Arnulf hatte die Freiräume genutzt, um einer medizinisch-technischen Assistentin seines Instituts beim Umzug zu helfen. Seine Rechtfertigung, dass er danach vor Erschöpfung auf ihrer Couch eingeschlafen und erst mitten in der Nacht wieder wach geworden sei, beunruhigte Frau Mohrmann. Wir hörten von Szenen in bis dahin unbekannter Phonstärke – so geschildert von

Karins Bruder Peter. Die Lange Stille ließ sich zwar nichts anmerken, aber Nachrichten dieser Art beschäftigten sie. Wie auch die Neuigkeiten über Bärbel. Die liefe neuerdings in aufreizendem Billig Look herum und kommentiere alles ordinär und abfällig.

Karin beauftragte daraufhin Peter, ein sonntägliches Kaffeetrinken im Waldhaus zu organisieren. Die Ansage hieß: Zwei konfliktfreie Stunden mit Sahne. Und tatsächlich kamen sie alle und verhielten sich wie sedierte Papageien. Für gelegentliche Unterhaltung und Showeinlagen sorgte einzig Hans-Joseph von Metjendorf. Seine senilen Stänkereien brachten alle zum Lachen, und der Apfelkuchen auf seiner Hose – von wo er ihn stilsicher weiter aß – war eine schöne Abwechslung. Danach fuhr Frau Mohrmann ihren Vater nach Hause, sodass sich der Rest der Familie unter meiner Anleitung noch zu einem friedlichen Lästerkonzert versammeln konnte.

Der Langen Stillen tat dieser Sonntag spürbar gut, und uns beide belebte er im rauschhaften Miteinander auf der kleinen Wiese hinter dem Haus. Später. Nach der Dämmerung. Ich hatte einen Teppich aus dem Haus geholt, Karin ein paar Decken und eine Kerze im Weckglas. Zweisamkeit im Freien. Kann ich nur empfehlen.

Elke Mohrmann macht Raul Castelbranco Avancen. Da der jedoch mehr auf Männer steht, bleibt ihr Erfolg hinter den Erwartungen zurück. Die umgezogene MTA macht ihrem Chef Avancen. Da der jedoch einen Ruf zu verlieren hat und darum weiß, bleibt es bei unerfüllten Erwartungen. Jedenfalls vorerst.

Bärbel Mohrmann macht dem Freund ihrer Schwester Avancen.

Da der jedoch mit sich und den sich häufenden Hochzeiten, auf denen er tanzt, genug zu tun hat, registriert er das nicht und fördert damit nur die Intensität ihrer Bemühungen. Darin ähnelt sie ihrer Mutter und der MTA des Röntgeninstituts Mohrmann.

Karin Mohrmann fährt derweil mit ihrem Bruder Peter nach Erlangen, um sich dort eine Unterkunft zu suchen. Ihr Lebensgefährte hat dafür keine Zeit sowie immer noch keinen Führerschein. Karin findet ein möbliertes Zimmer mit Duschkabine, das der Betreiber des darunterliegenden Lebensmittelgeschäftes vermietet. Voraussetzung für den Mietvertrag ist ihre Zusage, jeden Samstag zwischen zehn und vierzehn Uhr an der hauseigenen Fleischtheke auszuhelfen. Ein Grundkurs in Anatomie, könnte man meinen, wenngleich die Lange Stille nicht Veterinär-, sondern Humanmedizin zu ihrem Fach erkoren hat.

Der »Sommer unseres Lebens« begann zu schwächeln. Erste Anzeichen dafür waren Blätter auf den Straßen, die ihre beste Zeit hinter sich zu haben schienen. Vom Baum gefallen – eine nette Metapher für die Vergänglichkeit allen Seins. Als Nächstes würden wir Chemigrafen vom Baum fallen. Entsprechende Herbststürme hatten sich in der Firma bereits angekündigt. Eine Betriebsversammlung wurde angesetzt, um die schöne neue Zeit, die angeblich bevorstand, zu verherrlichen. Was jedoch recht unbeholfen eingeleitet wurde durch eine Rede des technischen Leiters der Druckerei. Titel: »Vom Bleisatz zum Lichtsatz«.

Genial waren dagegen die Worte von Natascha. Die Verlegerin grinste in die Runde, verbreitete gute Laune und sagte: *»Bald wird nicht nur mit Wasser gekocht, sondern auch gedruckt!«* Sie spielte damit auf das Offsetverfahren an, das im Grunde auf der Abstoßung von Fett und Wasser basiert. Voller Stolz beschrieb sie die demnächst anrollende Rollenoffsetmaschine, ein Dinosaurier von dreihundertfünfzig Tonnen, elf Meter hoch und fast dreißig Meter lang.

Ausgerechnet Honecker, der von Tuten und Blasen nun wirklich keine Ahnung hatte, quakte dazwischen: *»Und, wo stellen wir den Kasten hin?«*

Natascha ließ sich davon jedoch nicht aus der Ruhe bringen, im Gegenteil. *»Sehr gute Frage«*, meinte sie. *»Mein Vater hat, vorausschauend, wie er war, das Nachbargrundstück der Feuerwehr gekauft. Den Garagenteil reißen wir nächste Woche ab. Dort entsteht dann unsere neue Druckerei-Halle.«*

Honecker ließ nicht locker und fragte: *»Und was machen wir, wenn's brennt?«*

»Lieber Herr Hornegger, wenn Sie unsere Zeitung lesen würden, wüssten Sie, dass die neue Feuerwache vor drei Wochen am Friesenplatz eingeweiht wurde. Sollte also während Ihrer Dienstzeit ein Brand ausbrechen, laufen Sie bitte nicht aufs Nachbargrundstück. Da ist keiner mehr. Rufen Sie einfach die 112 an – die Nummer gilt unverändert.« Ein herrliches Gejohle brandete auf, die komplette Belegschaft gönnte Honecker diese Blamage und Schadenfreude schwappte über.

Selbst für uns Chemigrafen hatte Natascha dann noch ein Ass im Ärmel. Sie sprach uns direkt an und malte unsere Zukunft rosa-weiß. *»Meine Herren, Sie können demnächst Ihre grauen Kittel bei der Altkleidersammlung abgeben. Sie werden Repro-Techniker und erhalten schicke neue weiße Kittel.«*

Ich persönlich stand dem Farbwechsel recht positiv gegenüber, aber meine depressiven Kollegen sahen ihre schlimmsten Befürchtungen bestätigt. Erst recht, als später die Gründung einer Arbeitsgruppe zur Umstellung der Drucktechnik angekündigt wurde. In diese Gruppe sollte auch unsere Abteilung einen Vertreter entsenden. Sofort überlegte ich, wie ich mich dort hineinmogeln könnte. Ich hatte auch schon ein paar Ideen, doch mit dem, was dann kam, hatten die nichts zu tun.

Die Lange Stille hörte sich, wie stets, ruhig und konzentriert die Beschreibungen meiner spannenden Lebenswirklichkeiten an, dennoch bemerkte ich, dass sie für diese Zugewandtheit mehr und mehr Kraft aufbringen musste. Der Grund war ihr vorauseilender Abschiedsschmerz. Sie hatte in meiner Sammlung eine Scheibe von Spliff entdeckt. Der Song »Heut Nacht« lief bei ihr daraufhin in Dauerschleife. Bei der Stelle »Küss mich noch mal, bevor du gehst« drückte die Melancholie jedes Mal auf ihre Tränendrüsen, sodass ich sie schnell in die Arme nehmen musste.

Natürlich wollte sie studieren. Allerdings war in unserem Heimatstädtchen noch niemand auf die Idee gekommen, eine medizinische Fakultät zu eröffnen. Es wurde zwar diskutiert, ob wir die größte Müllverbrennungsanlage der Nation erhalten sollten, von einer Universität war jedoch nie die Rede. Daher musste Karin zum Städtele hinaus, und ich – ihr Schatz – blieb hier.

Mir selbst fehlte wohl die nötige Fantasie, um von dem stetig näher rückenden Abreisetermin belastet zu sein. Karin dagegen brauchte zunehmend häufiger Körperkontakt, wollte mich gar nicht mehr loslassen, weil sie ja wusste, dass sie mich bald unweigerlich loslassen musste. Selbst als ich – meinen Vater zitierend – den doch recht logischen Hinweis zum Besten gab, dass das Beste an einer Abreise die Wiederkehr sei und Weihnachten ja quasi vor der Tür stünde, hatte das keine tröstende Wirkung auf sie. Meine Verlobte wurde schlicht trauriger, je näher der Abschied heranrückte. Auch die Gespräche, die sie anstieß, kreisten mehr und mehr um das Thema. Einmal wollte sie tatsächlich wissen, ob ich sie, wenn sie in Erlangen sei, betrügen würde. *»Mit wem denn?«*, habe ich ernsthaft und nicht ohne Neugier gefragt.

Dieser Themenkomplex entwickelte sich zwischen uns ansteigend unerfreulicher. Vor allem, weil ich Karin nicht zurückfragte, ob sie mich betrügen würde. Warum sollte ich das auch fragen? Der Gedanke kam mir gar nicht. Leider wirkten meine üblichen Sprüche darüber hinaus eher kontraproduktiv. *»Gut, dann geh ich eben nicht fremd, sondern bekannt«*, haute ich einmal raus, ohne den ernsten Hintergrund dieses Quatsches zu erahnen. Meine etwas oberflächliche Leichtigkeit kam der seriösen Schwere ihres Gemüts in die Quere – weiß ich natürlich heute erst. Andererseits: Karin belastete sich mit einem vermuteten Unglück, dessen Realisierung ich gar nicht in Betracht zog. Wirklich nicht!

Als es dann so weit war, brachte ich sie fröhlich zum Bahnhof, war auf ihre Tränen mit einer Ladung Taschentücher vorbereitet und freute mich ehrlich auf das Wiedersehen. Was natürlich so direkt beim Abschied schwer vermittelbar war. Ich umarmte, drückte, küsste sie und schob heimlich einen Liebesbrief in ihre Jackentasche. Ich hatte einen Zug gezeichnet, mich als grinsenden Kobold und Karin aus dem Fenster hängend mit Tränen in C-Rohr-Stärke. In einer darüber schwebenden Sprechblase hieß es: *»Hier steigst du ein, hier steigst du wieder aus!«*

Karin war zu diesem Zeitpunkt der wichtigste Mensch in meinem Leben. Schon allein deswegen, weil ich sonst niemanden ernst nahm. Mich selbst natürlich ausgenommen. Das einzige Versagen, das man mir vorwerfen könnte, ist die Tatsache, nicht geheult zu haben. Aber mir war ja auch nicht nach Heulen zumute. Ist das etwa verwerflich?

Der Zug rollte an, ich sprang wie Pumuckl neben dem Waggon her, schmiss Luftküsse in ihr geöffnetes Fenster und beschleunigte mein Tempo, bis der Zug schließlich zu schnell für mich war. Danach lief ich sofort in die Firma, und meine Gedanken wurden von außen neu justiert.

Durch Karins frühen Abreisetermin kam ich unüblicherweise

eine viertel Stunde vor Dienstbeginn in die Abteilung. Ich hätte demnach der Erste sein können. War ich aber nicht, wenngleich ich es war, der die Lichter anschaltete. Nach dem üblichen Neonröhren-Geflacker erhellte sich der Raum – und der zweite Abschied des Tages hing vor mir. Oh Mann, da war plötzlich Schluss mit lustig, Leichtigkeit oder gar Coolness. Da war keine Vorfreude auf ein baldiges Wiedersehen mehr möglich.

Vor mir baumelte mein Kollege, der ältere, mit einem Abschleppseil um den Hals an der oberen Krümmung der Rohrpostleitung. Was für ein Schock! Meine erste Leiche. Nie zuvor hatte ich einen toten Menschen gesehen – also in echt. Zunge halb raus, Augen geschlossen und nur mit einem Schuh. Der andere lag auf dem Hocker daneben. Gewandet in seinen grauen Kittel, aber, und das war ungewöhnlich, mit weißem Oberhemd und Schlips. Korrekt gebunden.

Ich brauchte eine endlos lange Zeit – obwohl es nur Sekunden gewesen sein können –, bis ich die Situation raffte und vom Tatort floh. Einfach wegrannte. Warum? Weil ich weinte, wie ein vom Baum gefallenes Kind.

Am Bahnhof von Erlangen wartet niemand auf Karin Mohrmann. Ihre Augen sind trocken, die Tränendrüsen leer. Einem Taxifahrer ist der Weg in die Friedrichstraße zu kurz. Er mault rum, will seinen Platz nicht wegen dieser Mini-Tour aufgeben, noch dazu für eine Studentin, die garantiert keinen Pfennig Trinkgeld geben wird. Die Lange Stille räuspert sich, dann sagt sie knapp: »Fahren Sie los!« Sie hält dem mürrischen Franken einen Zehnmarkschein hin und ergänzt: »Das müsste reichen.«

Zwei Koffer, eine Reisetasche, ein Leinenbeutel und ein Lederrucksack verschwinden im Kofferraum. Lediglich das Buch unter ihrem Arm – es ist Roßhalde von Hermann Hesse, die falsche Lektüre für sentimentale Stimmungen – wandert mit in den Fond.

Am nächsten Tag geht es ohne Taxe zur Uni. Die Schlange vor dem Immatrikulationsbüro scheint hundert Meter lang zu sein. Genug Zeit, um die angehenden Kommilitonen zu studieren. Grob lassen sich diese in drei Kategorien einteilen: Die geborenen Chefärzte mit eingebauter Professur, über allen und allem schwebend. Die zotteligen Freaks, wahrscheinlich vom zweiten Bildungsweg angespült. Und die Normalen. Die sind eher ruhig, in sich gekehrt und undurchschaubar. Erst wenn man genauer hinsieht, entdeckt man die Sprösslinge aus besserem Haus. Manche von ihnen müssen, andere wollen hier sein.

Ähnliche Studien wie Karin betreibt Lisa Rohel. Plötzlich steht sie lächelnd neben Karin und sagt: »Du redest nicht gerne viel, stimmt's?«

Karin lächelt zurück und sagt: »Stimmt!«

»Schön«, sagt Lisa, wendet den Blick nach vorn und ergänzt: »Dann passen wir ja zusammen!«

Endlich sind sie an der Reihe. Der Raum der vier Sachbearbeiter scheint seit zwanzig Jahren nicht gelüftet worden zu sein. Altes Holz, schwere Schränke und urfränkischer Behördenmief, der Ordnung und Unterordnung vermittelt. Karin grüßt, legt ihre Unterlagen vor den Beamten und hört als Begrüßung: »Sind Sie schon woanders eingeschrieben?«

»Nein«, antwortet Karin.

Zurück kommt ein Unsicherheit auslösendes: »So?!?!«

Lisa Rohel ist zuerst fertig. Sie tritt neben Karin und sagt knapp: »Ich warte im Café Mengin auf dich.«

Warum bringt man sich um? Keine Ahnung! Die unumkehrbaren Folgen wären schon Grund genug für mich, davon Abstand zu nehmen. Freiwillig aus dem Leben zu scheiden musste eine anstrengende und unangenehme Maßnahme sein. Und das dann auch noch mit einem Strick zu erledigen, schien mir eine unnötige Erschwernis. Natürlich hatte ich schon von ausweglosen Situationen gehört, in die Menschen geraten können. Doch in einer solchen würde ich mich in mein Inneres verkriechen. Einfach die Decke über den Kopf ziehen und abwarten. Dachte ich jedenfalls damals.

Die Beerdigungsfeierlichkeiten für unseren Kollegen waren skandalös. Sagten später alle. Die halbe Firma saß in der Kirche, wo der »Man in Black«, der Zeremonienmeister, der studierte Seelsorger, eine lausige Nummer abzog. Er ließ durchblicken, der Verstorbene hätte den falschen Weg gewählt. Sein Vorwurf in der Sache war unüberhörbar. Obwohl er beim Totenrequiem meinte: *»Gott ist der Ausweg, der jedem Menschen offensteht.«*

Die Würdigung unseres toten Kollegen fiel geradezu unwürdig aus. Der Werbeteil für den christlichen Glauben und die diesen Glauben verwaltende katholische Kirche stand klar im Mittelpunkt. Hinterher waren wir alle sauer und schimpften wie die Spatzen. Trotzdem, als die Orgel mit Volldampf loslegte und sechs Männer den Sarg an uns vorbei aus der Kirche trugen, rang ich erneut um Fassung. Der arme Kerl. Das war doch wirklich nicht nötig. Nur vier Jahre noch. Die hätte er locker abgerissen.

Das Bild, wie er da hing, steckte noch lange in meinem Kopf fest. Kein Tag ohne einen Gedanken an ihn. Stets ging mein Blick hoch zur Rohrpost, und ich nickte ihm einen stillen Gruß zu, wenn ich in die Chemigrafie kam.

Karin war zwei Tage weg, da erreichte mich ihr erster Brief. Danach kamen fast täglich welche. Immer in einem blauen Kuvert mit ihrem Namen in Druckbuchstaben auf der Rückseite. Mindestens wöchentlich schickte ich eine Antwort.

Auf einen einfachen Nenner gebracht: Sie war ständig geknickt über unsere Trennung, ich versuchte ständig, sie mit Lustigkeiten zu trösten. Jeden Tag um neunzehn Uhr telefonierten wir. Sie in einer Telefonzelle, ich bei Frau Kasupke. Diese Termine versäumte ich nie. Jedenfalls fast nie.

Ebenfalls bei Frau Kasupke erreichte mich ein Anruf von Fräulein Czernatzke. Es sei so wichtig, dass man es am Telefon nicht besprechen könne. Also trafen wir uns eine Stunde später im Runden-Eck, einer altväterlichen Kneipe, in der man seine Ruhe hatte. Er war schon da, als ich kam, vor sich einen Block und eine Ladung bunter Filzstifte.

Das Gespräch ging gleich gut los. *»Ich zahle!«*, sagte Czernatzke. *»Bestell, was du willst. Boulette gefällig?«* Dass damit ein historischer Abend seinen Anfang nahm, wurde erst in der Nachbetrachtung sichtbar.

Zu den Fakten: Czernatzkes Onkel betrieb drei Tattoo-Studios in verschiedenen Kleinstädten. Alle in Ostfriesland. Blöderweise hatte er seine kleine Kette McTattoo genannt und nun vom amerikanischen Bouletten-Riesen eine Abmahnung erhalten. Ihm blieben noch zwei Wochen, um den Namen zu wechseln. Als ob McDonald‘s nicht andere Probleme gehabt hätte – aber mir war es wurscht. Und später recht. Wir starteten eine heitere Namenssuche, malten Logos im Akkord und tranken engagiert, bis Czernatzkes Zigaretten alle waren. Für ihn das Zeichen zum Aufbruch.

Vorher hatten wir nicht nur über dreißig Namen auf dem Block, sondern auch den Plan geschmiedet, WWW ab sofort gemeinsam zu betreiben. Mit anderen Worten: Ich hatte jetzt einen Partner. Und was für einen! Czernatzke brachte Power, Struktur, Geld und kaufmännische Kompetenz in meinen kleinen Werbeladen.

Schon am übernächsten Tag entschied sich der Onkel für

»TATTOO min Leevsten büst« – ein Name, der ein Witz sein sollte und für einen Roll-out außerhalb Ostfrieslands schwer vermittelbar gewesen wäre. Sagten wir ihm auch so, er wollte es aber trotzdem durchziehen. Damit war er der Erste in einer Serie beratungsresistenter Kunden.

Vielleicht ist es angebracht, an dieser Stelle einmal aufzulisten, was in meinem Leben damals alles so ablief. Allen voran die Pflege meiner Beziehung zur Langen Stillen – logisch. Aber dann: Wöchentlich zwei Plattenkritiken schreiben (hundert Mark), Leserbriefe beantworten (dreißig), ständig neues Werbematerial für den Friseur entwickeln (etwa zweihundert im Monat), die Arbeit für den Ex-McTattoo-Laden, meine Lehrstelle (fünfhundertachtzig im Monat), Mitarbeit in der Offset-Gruppe (Gott sei Dank während der Arbeitszeit), Überstunden wegen des Todes unseres Kollegen (ungefähr zweihundert extra), einmal im Monat meine Mutter besuchen, zweimal im Monat mit meinem Vater Currywurst essen gehen, jeden zweiten Samstag Arnulf bei irgendetwas helfen, freitag- und samstagabends in die Disco (Fortbildung in Sachen Musik), Wäsche waschen im Waschsalon (dabei Fachzeitschriften studieren), regelmäßige Geschäftsbesprechungen mit Czernatzke im Runden-Eck und so weiter und so fort. Rückblickend eigentlich völlig nachvollziehbar, dass ich da die Berufsschule Berufsschule sein ließ. Ärgerlich war nur, dass ich mit dem Führerschein nicht vorwärtskam. Nicht wenige Fahrtermine verschusselte ich. Dann stand der Fahrlehrer an irgendeiner Straßenecke, wartete auf mich, wurde sauer, und ich musste die Stunde hinterher trotzdem bezahlen. Aber ich schwamm ja im Geld.

Zusammenfassend erkenne ich heute, dass meine permanente Selbstüberforderung zu jener Zeit ihren Anfang nahm. Warum ich es nicht gemerkt habe? Na, weil meine Stimmung immer top war!

Zu Weihnachten wurde die Stimmung dann noch besser. Die Lange Stille kam nach Hause. Und ihr Zug hielt sogar auf dem selben Gleis, sodass meine Vorhersage – *»Hier steigst du ein, hier steigst du wieder aus!«* – hundertprozentig zutraf. Bei ihrer Abfahrt als Trost gemeint, bei der Ankunft ein Grund für einen Lachanfall.

Wir hatten beide einen riesigen Heißhunger auf Fleisch. Unser Fleisch. Wir fielen übereinander her, und der Summer of Love gab eine Sondervorstellung im Winter. Tolle Tage, obwohl ich zwischendurch immer mal wieder in die Firma musste.

Bei den Mohrmanns herrschte damals schon grundsätzlich eine eigenartige Atmosphäre, die Karin dazu veranlasste, unser Weihnachtsfest ins Waldhaus zu verlegen. Sie hatte ihren Führerschein bereits in der Tasche und von Arnulf einen gebrauchten Golf geschenkt bekommen. Den sollte sie zwar erst an Heiligabend in Empfang nehmen, aber in Anbetracht der Umstände lieferte er ihn schon zwei Tage früher aus.

Karin schrieb einen Brief an die Familienmitglieder, zeigte ihn mir und fuhr dann ins Röntgeninstitut, um ihn zu fotokopieren: *»Wer Lust auf ein friedliches Weihnachtsfest hat, kommt am ersten Weihnachtsfeiertag um zwölf Uhr zum Brunch ins Waldhaus. Bitte bringt alle etwas fürs Büfett mit.«*

Dafür, dass angeblich niemand zugesagt hatte, deckte Karin den Tisch für einen halben Gesangsverein. Ich musste sogar noch einen Terrassentisch reinholen, der ebenfalls eine grüne Weihnachtsdecke verpasst bekam. Aus diesem widerlichen Vlies-Zeugs, halb Papier, halb Stoff, mit kitschigen Motiven drauf, die der Fantasie irgendeines Chinesen entsprungen sein müssen, der sich so die deutsche Weihnacht vorstellte. Ich persönlich mochte diesen Müll erst, wenn er den Kamin in Schwung brachte.

Zu ihren Vorbereitungen gehörte außerdem der Befehl, mich ordentlich zu rasieren und ein frisches Hemd anzuziehen. Völlig neu war mir das nicht, meine Mutter nervte an Weihnachten ähnlich rum. *»Das ist schließlich ein Festtag.«* Originalton Karin und meine Mutter.

Zuerst kamen Elke und Arnulf mit Opa von Metjendorf. Danach erschienen Peter, seine Freundin und Schwester Bärbel.

Sie gaben eine perfekte Vorstellung von heiler Welt mit Küsschen hier und Küsschen da. Plötzlich klopfte es an der Tür, alle drehten sich erstaunt um, und das Weihnachtsmärchen begann: Meine Mutter, mein Vater und meine blöde Schwester, alle aufgebrezelt und mit Paketen unterm Arm. Im Auto meines Vaters keine Muffen und Schellen, sondern Schüsseln, Töpfe und Körbe. Essen auf Rädern sozusagen.

Ich war so baff, dass Karin die Vorstellungsrunde übernahm.

Hans-Joseph von Metjendorf mit Bindestrich wurde in einen Sessel abgeschoben und blieb vorerst sich selbst überlassen. Peter übernahm die Abteilung Lockerheit, machte Späße, während Karin ein hinter meinem Rücken vorbereitetes Tablett mit Sektgläsern aus der Küche holte. Dann drückte sie mir eine Flasche Fürst Metternich in die Hand, öffnete selbst eine zweite, und schon ging die Zuprosterei los. Arnulf fühlte sich gedrängt – und wahrscheinlich war er es auch –, meine Eltern und die gesamte heilige Familie offiziell zu begrüßen. Anschließend bat er uns feierlich, auf den Frieden in der Welt anzustoßen. In die dadurch entstandene Stille grätschte die Lange Stille. Sie ergriff das Wort und verkündete die frohe Botschaft: *»Wir möchten, dass ihr es wisst – Werner und ich haben uns verlobt!«*

Ziemlich übergriffig, oder? Ganz unabgesprochen! Die Strafe folgte unmittelbar. Betretenes Schweigen, krampfhaftes Bemühen, das Entsetzen im Gesicht zu verbergen, und viele Blicke auf den Boden. Wieder mal war es Peter, der als Retter in Aktion trat: *»Hätte schlimmer kommen können«*, sagte er, was Arnulf zum Anlass nahm, auf Karin und mich zuzugehen und uns in die Arme zu nehmen.

Dann küsste mich die Lange Stille auf die Stirn, drehte mich zu den Zuschauern und flüsterte: *»Sag auch was!«*

Aber was sagt man da? Womit sich und den anderen über den Berg helfen? Doch ich wäre nicht Werner Weber gewesen, der Schnacker der Nation, der Pausenclown, der Kasper, wenn ich nicht einen Geistesblitz gehabt hätte: *»Hat jemand Hunger? Wäre schade um das schöne Essen.«*

Mein Vater setzte noch einen drauf. Er grinste und meinte: *»Prima, es gibt ja auch genug zu verdauen.«*

Aus dem Hintergrund brüllte Opa von Metjendorf plötzlich: *»Hat sich Karin mit dem Werner verlobt? Den Jungen hätte ich auch geheiratet!«*

Eine Runde Lachen für alle. Weihnachten 1988. Unvergessen!

»Sie sind ab jetzt Studenten!« Mit dieser erstaunlichen Erkenntnis hat der Professor wenige Tage nach der Immatrikulation die Einführungsveranstaltung eröffnet. Die Studentin Karin Mohrmann hat ein Studienbuch und feste Vorsätze. Auf Anraten ihres Vaters sucht sie sich schnell eine Stelle für ein klinisches Praktikum, das sie dann in den Semesterferien beginnt. Sie kommt zur Aufnahmestation, ist den Schwestern als Pflegepraktikantin zugeordnet und macht sich nützlich. So nützlich, dass sie den Job für ein paar Jahre neben dem Studium beibehalten wird.

Die Universität hat ein klares Ziel. Sie will möglichst schnell die Spreu vom Weizen trennen. In den Grundfächern Chemie, Physik, Biologie und Latein werden alle auf das gleiche Level gebracht und mit unerbittlichen Klausuren getriezt. Kein Problem für die Lange Stille.

Wer diesen Angriff übersteht, wird danach erstmals im weißen

Kittel in der Anatomie mit teils schon reichlich angeschnittenen Leichen konfrontiert. »Warum tragen Sie die Kittel?«, will der zuständige Professor wissen.

»Weil wir Ärzte werden«, kommt es vorlaut aus dem Saal.

»Nein, Herr Kollege, es ist wegen des spritzenden Leichenfetts!«

Beim Blick in einen geöffneten Schädel fordert er sie auf, die Seziermesser zu zücken. Einige Hoffnungsträger des Gesundheitssystems quittieren ihre Gefolgschaft. Lisa Rohel und Karin Mohrmann sind dagegen unerschütterlich. Sie haben sich inzwischen angefreundet und teilen die Liebe zu Literatur und klassischer Musik. Im zweiten Semester werden sie zusammenziehen. Eine Wohngemeinschaft mit eigenem Klavier nimmt beide auf. Karin hat genug von der Fleischtheke und will ihre freie Zeit lieber in der Intensiv-Aufnahme mit Intoxikationen verbringen. Ihren Horizont erweitern.

Bevor die Lange Stille zurück nach Erlangen fuhr – dieses Mal im Golf –, gab es noch ein klärendes Gespräch zwischen uns. Von mir ins neue Jahr gelegt und damit nicht mehr den Weihnachtsfrieden belastend. Ich kritisierte dieses und jenes, vor allem aber die überraschende Verlobungsannonce. Karin hörte mir still zu, nickte zwischendurch, ließ sich aber nicht aus der Ruhe bringen. *»Fertig?«*, fragte sie zum Schluss, worauf ich meinte: *»Das reicht ja wohl!«*

Dann kam ihre Rede: *»Werner, du hast deine Art, ich meine. Du bestehst auf deinen Sprüchen, ich will dich immer wieder überraschen. Ich verbiege dich nicht, nehme dich, wie du bist. Lass das auch für mich gelten.«*

So war sie. Ich hatte eine lange Weile doziert, sie war in einer halben Minute am Ziel. Wenigstens gingen meine Kommunikationsvorschläge widerspruchslos durch: Maximal ein Brief pro Woche und telefonieren nur jeden zweiten Tag. Karin hakte das Ganze mit »*Guter Vorschlag*« ab, und damit war die Sache bereinigt.

Die nachfolgenden Begebenheiten gehören zu den Tiefpunkten meines Lebens. Ein Fall für eine Fuhre nachträgliche Scham.

Es muss gegen dreiundzwanzig Uhr gewesen sein, als ich nach Hause kam. Von der Straße aus sah ich mal wieder das Licht in meinem Zimmer brennen, was einen Anschiss von Frau Kasupke zur Folge haben würde. Vom Leben stark gefordert, neigte ich zu Vergesslichkeit. Doch als ich ins Zimmer kam – saß da Bärbel im Schein der Nachttischlampe. Die Schwester der Langen Stillen. In meinem Bett!

»*Was willst du denn hier?*«, blaffte ich überrascht.

»*Stress zu Hause, da dachte ich, bei dir wäre es netter.*«

»*Aha*«, stammelte ich und: »*Wie bist du überhaupt reingekommen?*«

»*Ich kenne Frau Kasupke. Karin hat mich ihr vorgestellt. Sie hat nichts dagegen, wenn ich heute hier übernachte.*«

»*Spinnst du?*«, erschrak ich und schüttelte nur noch den Kopf.

Wir hatten zwar das alte Ehebett von Frau Kasupke in Beschlag genommen, aber Karins Seite war natürlich nicht bezogen. Bettwäsche gab es nur von meiner Vermieterin, und die schien schon zu schlafen. Aber warum hatte sie Bezug und Laken nicht schon rausgerückt, wenn sie doch angeblich Bescheid wusste? Ich blieb mürrisch, verzog mich ins Bad und kam korrekt im Schlafanzug, also mit T-Shirt und Unterhose, wieder raus. Mein Plan war, die Nacht ohne Bettwäsche auf Karins Seite zu überstehen und Abstand zu halten.

Bärbel saß unverändert am Bettrücken, nur war die Decke inzwischen etwas heruntergerutscht, sodass man eine nackte Brust erkennen konnte. Jedenfalls halb. Bis zu dem braunen Halbkreis in der Mitte.

»Bist du etwa nackt?«, fragte ich entgeistert.

Und sie meinte bloß: *»Ist das schlimm?«*

»Halleluja«, entfuhr es mir, leider mit einem breiten Grinsen.

Da lüftete sie die Bettdecke, gab den Blick frei auf einen außerordentlich ansehnlichen Körper und sagte: *»Komm!«* Das gleiche *Komm!*, das ich aus ihrer Familie schon einmal gehört hatte. Dabei sah sie mich auffordernd, lüstern, überlegen, erwartungsvoll – was weiß ich – an, und lockte mich damit Loreley-mäßig zu sich.

Bärbel war deutlich kleiner als Karin, glich das aber mit einem sehr viel üppigeren Vorbau aus. Vom Prinzip her, und nur theoretisch, entsprach sie äußerlich genau meinen Wunschvorstellungen. Große Brüste und ansonsten eher zierlich. Optisch eine Augenweide, sah man mal von ihren kleinen Wurstfingern ab. Ich kroch zu ihr ins Bett, und der Rest war die Befolgung unumstößlicher Naturgesetze. Schlicht und einfach sehr befriedigend.

Von dem Tage an kam es zu regelmäßigem Sex zwischen uns, immer konspirativ, immer wild und hemmungslos. Bärbel konnte sich unnachahmlich gehen lassen. Wir hatten uns gegenseitig ein Schweigegelöbnis abgenommen, und ich vertraute ihr. Und ja, auch wenn es mir keiner glaubt, mir war immer unwohl dabei. Also danach zumindest. Ein schlechtes Gewissen, überrollt von stärkeren Trieben.

Natürlich wusste ich schon damals, dass die Lange Stille nicht nur die schöneren Hände, sondern auch den besseren Charakter hatte. Aber die Abwägung zwischen Charakter und Geilheit übernimmt nun mal nicht der Verstand. Und so wie so: Welcher Einundzwanzigjährige folgt schon seinem Verstand?

Viel später, Monate waren ins Land gegangen, kochte bei mir kurz die Moral hoch und ich machte Bärbel derbe Vorwürfe. *»Warum tust du deiner Schwester so 'ne Scheiße an?«*, schrie ich.

Darauf entgegnete sie eiskalt: »*Karin war mir immer in allem überlegen, und das hat sie mich auch spüren lassen. Jetzt zahl ich's ihr heim.*« Dabei grinste sie rotzfrech und schamlos. Herrgott, was war die abgebrüht. Unsympathischer ging es nicht. Und genau diese Erkenntnis holte mich dann auch ein, nur eben zeitversetzt. Unsere Affäre lief danach nur noch ein paar Wochen, höchstens zwei, drei Monate.

Die Sache mit Bärbel hatte natürlich Folgen. Denn – da besteht bei mir nicht der geringste Zweifel – sie hatte mich verdorben. Auf die schiefe Bahn gebracht. Hemmschwellen geschliffen. Klingt wie Küchenpsychologie? Gestörte Selbstwahrnehmung?

Meinetwegen, aber ich sehe es nach wie vor so!

Im Frühjahr setzte Czernatzke eine Geschäftsbesprechung an, in der er mir seinen Businessplan erklären wollte – ein Begriff, der bis dahin in meinem Leben keine Rolle gespielt hatte.

Das hier sei die letzte Besprechung dieser Art im Runden-Eck, begann er seine Ausführungen, was mich schon mal störte. Ich fand, unsere Kneipen-Agentur-Arbeit verband auf sinnvolle Weise das Nützliche mit dem Angenehmen. Wir hatten einen großen Tisch, genug Licht, waren mitten im Leben und brauchten keine Praktikanten, die uns Kaffee kochten. Wir beschäftigten einen Wirt und tranken frisch gezapfte Kreativitätsbeschleuniger. Zwischendurch gab es eine Ladung Pistazien zum Knabbern und auf dem Weg zum Klo wurde so manch interessanter Small Talk geführt.

»*Hör zu*«, fuhr Czernatzke fort, »*wir haben nicht viel Zeit. Gleich kommt unser neuer Mitarbeiter, und ich will dir vorher alles erklären.*« Er hatte Büroräume in einer alten Kaserne aufgerissen. Dort zu wohnen sei zwar offiziell verboten, aber der Vermieter würde uns eine Dusche einbauen und zwei Augen zudrücken. Ein Auge für sein Zimmer und eines für meins. Die Miete betrug nur lumpige dreihundert Mark, im Gegenzug sollte unsere Agentur die Location etwas promoten, um weitere gewerbliche Mieter anzulocken – der Startschuss für ein neues, ausschließlich dem nicht produzierenden Gewerbe vorbehaltenes Viertel. Und wir sollten die glorreichen Ersten sein.

Kaum war das verdaut, zog Czernatzke das nächste Kaninchen aus dem Zylinder: Er habe den Auftrag einer bäuerlichen Erzeugergemeinschaft an Land gezogen, die für ihr Fleisch ein Label bräuchten, eine Dachmarke, unter der der Vertrieb laufen sollte. Und gleich darauf ließ er die nächste Rakete des Abends steigen: *»Für den Job bekommen wir pauschal fünftausend im ersten Step!«* Ich war beeindruckt und begann, ihn überschwänglich zu loben. Aber Czernatzke wollte noch gar nicht gelobt werden. *»Wart's ab!«*, drückte er meine Euphorie nieder. *»Es kommt noch viel besser. Denn gleich kommt Benno Lüllemann.«*

»Ginger Lüllemann?«, rief ich erstaunt. *»Was machen wir denn mit dem?«* Lüllemann hieß immer nur Ginger, weil er rote Haare hatte und Fan von Ginger Baker war. Lange vor mir war er von der Schule geflogen, seitdem hatte ich ihn aus den Augen verloren. Spontan erinnerte ich mich, dass er ein super Zeichner war, in der Schulzeitung tolle Karikaturen abgeliefert hatte – was wahrscheinlich sein Genickbruch war – und als engagiertester Sprayer weit und breit galt.

»Ginger hat eine Lehre zum Druckvorlagenhersteller gemacht. Weißt du, was das bedeutet? Der ist Grafiker! Der hat Erfahrung! Der kennt sich aus! Das ist unser Mann!«

Wenig später kam »unser Mann« angeschlurft. Zottelige, lange Haare, ein zirkuszeltähnlicher Parka und gelbe Finger von den selbst gedrehten Zigaretten, ohne die er keine Sekunde überleben konnte. Doch so verpeilt sein äußerer Auftritt auch wirkte, fachlich war er auf der Höhe der Zeit. Er hielt uns einen Vortrag über Desktop-Publishing, und dass man ab sofort auf gar keinen Fall mehr ohne einen Apple Macintosh Grafikcomputer auskommen könne, wenn man nicht untergehen wolle. Von den Dingern hatte ich schon in der Berufsschule gehört und tat deshalb so, als wäre ich Spezialist auf dem Gebiet. *»Die Zeiten von Fixogum sind vorbei«*, bemerkte ich überlegen und schuf damit das Klima, auf das Ginger Lüllemann scharf war.

»Wenn ihr einen Mac anschafft, arbeite ich drei Monate umsonst bei euch. So lange gehe ich stempeln«, meinte er.

Und Czernatzke antwortete cool: *»Geht in Ordnung! So 'n Teil wollten wir sowieso grad an Land ziehen.«*

Als Ginger fröhlich von dannen zog, machte ich Czernatzke an: *»Was redest du für einen Blödsinn, weißt du eigentlich, was so 'ne Kiste kostet? Mindestens zwanzigtausend.«*

Aber mein Partner blieb gelassen. *»Geld spielt keine Rolle. Umsatz ist alles, worum wir uns kümmern müssen. Der Schornstein muss rauchen. Kredite gibt's an jeder Straßenecke, vorausgesetzt, der Laden läuft.«*

Und der Laden begann zu laufen. So schnell, dass man kaum noch hinterherhecheln konnte.

Mein Auszug bei Frau Kasupke verlief nicht ganz so harmonisch, wie ich es mir gewünscht hätte. Als ich ihr von der freudigen Nachricht berichtete, in der Hoffnung, sie würde sich mitfreuen, zog sie eine Schnute und ging wortlos in die Küche. Zehn Minuten später klopfte sie bei mir und präsentierte eine Mängelliste, die es abzuarbeiten gelte. Unter anderem fehlten eine Tasse (war kaputtgegangen), zwei Messer (brauchte ich in der Firma), ein Handtuch (für meine Kleisterhände), die Tapete wäre beschädigt (Ich glaube, es war der Kleber vom Poster der Stone Temple Pilots, bin mir aber nicht mehr sicher?) und als Höhepunkt: eine der Matratzen hätte Feuchtigkeitsschäden.

Ich sagte gut gelaunt: *»Kasüppchen, so läuft das nicht. Schwund ist immer, und mit der Bettnässerei bin ich lange durch. Das war ich nicht.«*

Da verzerrte sich ihr kantiges Gesicht und sie meinte: *»Wie würde es denn laufen, wenn ich Ihrer Karin mal ein paar Informationen zustecke?«*

Was lief denn hier plötzlich ab? Das war doch eine blitzsaubere Erpressung, oder? Ich pfiff kurz, wie man pfeift, wenn man »verstanden« signalisiert, und sie drehte ab. *»Ich melde mich«*, rief ich ihr hinterher, da schmiss sie auch schon die Zimmertür zu.

Czernatzke, mit dem ich mich daraufhin besprach, schlug vor, eine Monatsmiete extra zu zahlen. Was ich ihr dann auch zwei Tage später offerierte. Und siehe da, ihr Gesicht strahlte wie die Morgensonne, sie nahm die Scheine entgegen, zählte umständlich zweimal nach und brummte: *»In Ordnung. Ich schweige bis zum Grab.«*

Im Spätsommer marschierte ich in Nataschas Büro. Bei unserer Verlegerin hatte ich den fettesten Stein im Brett, daher hoffte ich auf ihr Verständnis: *»Frau Czeslawa, ich würde gerne kündigen. Das mit der Lehre macht doch keinen Sinn mehr – der Beruf stirbt ohnehin aus. Ich bin ja selber in der Totengräbergruppe. Außerdem ist meine Agentur, zu der Sie mir verholfen haben, schwer im Aufwind. Sorry, könnte ich sofort aufhören?«*

Natascha lachte laut, bot mir einen Stuhl an, bestellte bei ihrer Sekretärin Tee und wollte wissen, welche Stärke der Aufwind unserer Agentur denn inzwischen habe. Ich berichtete mit den Werber-üblichen Übertreibungen, und sie klatschte mehrmals vor Freude in die Hände. *»Wie toll ist das denn!«*, lobte sie meine Geschichten und konnte gar nicht genug davon hören. Dann kam ihr Gegenvorschlag. Ich solle noch bis zur endgültigen Umstellung auf den Offset im Unternehmen bleiben. Ab sofort bezahlt auf Gesellenlohnbasis. Und sie bewarb sich geradezu, meine – also unsere – Kundin bleiben zu dürfen. Ich war platt. Und total unglücklich. Denn ich hatte Karin versprochen, am nächsten Tag mit ihr für zwei Wochen nach Mallorca zu fliegen, was ohne festen Job kein Problem gewesen wäre. Man hörte so viel von fristlosen Kündigungen, bei denen man im Handumdrehen auf der Straße saß. Meist, weil man rausgeschmissen wurde. Da wollte ich mich nun selber rausschmeißen, und alles ging daneben.

»Mensch, Frau Natascha«, stotterte ich los. *»Äh, Frau Czeslawa, sorry. Jetzt habe ich aber ein Problem an der Backe.«* Ich erklärte ihr die Sachlage, sie hörte interessiert zu, lachte schon wieder und sagte nur: *»Dann fliegen Sie doch. Hauptsache, Sie sind in zwei Wochen wieder an Bord.«* Was für eine großartige Frau, oder? Ich hätte sie am liebsten umarmt. Tat ich aber nicht, um sie nicht in Bedrängnis zu bringen. Apropos. Da greife ich jetzt mal kurz vor. Die Verlegerin schaffte es, nahezu acht Jahre ohne Mann oder Frau an ihrer Seite durchs öffentliche Leben zu gehen. Bis zur Sensationsheirat. Das glaubt man nicht: Natascha Czeslawa heiratete später ausgerechnet den Sohn von Honecker, der ein angesagter Jazz-Pianist war. Der Typ war sieben Jahre jünger als sie, sah blendend aus und machte eine Weltkarriere, obwohl ich persönlich seine Musik nicht ausstehen konnte. Melodiefreies Rumgehacke mit ständig wechselnden Rhythmen. Schrecklich. Trotzdem dichtete ich ihm »explosive Tastenarbeit« ins Booklet, was Natascha vielleicht auch so sah.

Am Abend vor dem Mallorca-Trip rief Arnulf bei mir an. Er hatte ein Buch für die Lange Stille besorgt, und ich sollte es mitnehmen. Dann sagte er – und es klang irgendwie komisch: *»Ich habe vorgestern Frau Kasupke in der Stadt getroffen. Die hatte ja Interessantes zu berichten.«* Schlagartig bekam ich einen roten Kopf, der garantiert bis zum anderen Ende der Leitung leuchtete. Ich vergaß zu fragen, worum es sich denn handelte, sodass Arnulf nachschob: *»Willste* *gar nicht wissen, was sie erzählt hat?«*

Ich log: »*Doch, doch, natürlich.*«

Also rückte er mit der Geschichte raus, während ich kurz vorm Zusammenbruch die Augen schloss. Wahrscheinlich betete ich sogar. »*Ihre Katze ist wieder da. Ein paar Tage, nachdem du bei ihr ausgezogen bist, ist sie zurückgekommen. Sie hatte geglaubt, du hättest sie auf dem Gewissen. Sie sprach von deiner nervösen Aura, die so ein Tier viel sensibler erspürt. Jedenfalls ist sie froh, dass du weg bist und ihre Katze wieder da ist.*« Da war ich auch froh und eine Ladung Aufatmen fällig.

Karin Mohrmann nimmt ihre ehemalige Praktikantenstelle in der Notaufnahme für Innere Medizin, der jetzt ihr Aushilfsjob ist, sehr ernst. Zum einen ist sie dadurch ihrem Traumberuf nahe und kann Menschen helfen. Zum anderen lernt sie dort die wirkliche Medizin an der Basis kennen. Besonders das Einmaleins der Diagnose. Ruhig auf den Patienten zugehen, ihn unvoreingenommen untersuchen, Hinweise des Kranken bewerten und alle Erkenntnisse abgleichen mit eigenen Erfahrungen und dem universitär vermittelten Wissen. Karin spürt, die richtige Aufgabe im Leben gefunden zu haben. Das liegt nicht nur am schwärmerischen Blick auf den eigenen Vater oder an dessen unterschwelliger Erwartung. Natürlich wollte sie schon als kleines Mädchen Ärztin werden; nun weiß sie aber auch, warum.

Es gibt noch einen weiteren Grund für die Magie dieses Ortes: Dr. Steinhaus. Leitender Oberarzt, fünfundvierzig Jahre alt, unglücklich verheiratet, drei Kinder und stattliche eins siebenundneunzig groß. Ein sanfter Mann mit einem Blick, der junge Frauen vom Schlafzimmer träumen lässt. Er ist kein Draufgänger, kann warten und fährt seine

Riesenpranken erst dann zu fremden Hüften aus, wenn diese geradezu darum betteln.

Karin weiß, wie das Spiel läuft. Laufen wird. Sie nimmt sich vor, sich und ihre Beziehung in der mallorquinischen Finca auf die Probe zu stellen. Deshalb wandern ihre Gedanken während des Urlaubs häufig zurück nach Deutschland und ins Gesicht von Dr. Steinhaus, dessen milde, anziehende Augen Begehrlichkeiten wecken. In den Armen dieses Mannes wäre sie eine normale Frau. Nicht direkt klein, aber deutlich kleiner. Ein Gedanke, der ihr gefällt. In ihr laufen Rechenprozesse ab. Gleichungen, die sie mit Unbekannten durchdekliniert. Am Ende des Urlaubs ist sie sich absolut sicher. Das Ergebnis lautet: Sie will Werner Weber. Und keinen anderen. Sie wird es ihm sagen.

Werner Weber denkt im Urlaub auf Mallorca immer wieder an Bärbel Mohrmann, während Karin Mohrmann neben ihm liegt und, in seinen Augen, offensichtlich ohne Zweifel an ihrer Beziehung ist. Mit der kleinen Schwester hat er den spannenderen Sex, zudem hat sie einen nicht zu unterschätzenden Vorteil: Sie ist mindestens zehn Zentimeter kleiner als er. Endlich kann er eine Frau umarmen, die praktische Körperformen hat. Auf die man herabschauen kann, ohne es gleich herabschauend zu meinen. Er geht das Thema aus verschiedenen Richtungen an, fragt sich, welche der Schwestern wohl die bessere Wahl wäre. Mit welcher von beiden würde das Leben mehr Spaß machen? Aber ist Spaß wirklich die richtige Messlatte, oder ist es Sex, oder Repräsentation, oder Bestätigung? Worauf kommt es eigentlich an? Ein Satz von Bärbel kreist in seinem Kopf und lässt sich nicht verscheuchen. Eine abfällige Bemerkung der kleinen Schwester über die große, die etwas offenbart: Sie ist illoyal und charakterlos.

Wenn er darüber nachdenkt, steigt ein Unwohlsein in ihm auf. Eine Warnleuchte? Am Ende des Urlaubs ist er sich absolut sicher. Er will Karin, die Lange Stille. Weil Ernst nicht seine Sache ist, nennt er sie in Gedanken »meine Hauptfrau«. Er wird es ihr sagen.

Ich freute mich riesig auf das Wiedersehen mit der Langen Stillen. Wir hatten uns einige Monate nicht gesehen, weil Karin neben dem Studium süchtig nach ihrer Arbeit wurde. In der Intensiv-Aufnahme herrschte dauerhafter Personalnotstand, und Karin wurde eine verlässliche, engagierte Hilfskraft. Durch unsere ständigen Telefonate wurde quasi auch ich so etwas wie ein Hilfsdoktor, denn Karin erzählte fast nur von ihrem Job. Von Vergiftungen, von Tabletten- und Drogenmissbrauch, von drei Promille Alkohol, von unklaren Ulzera und so weiter. Häufig hieß es da: Gartenschlauch reinschieben, warme Salzlösung einflößen und warten, bis alles rauskam. Und zwar nicht per Gartenschlauch. Allergischer Schock, Adrenalin, Konzentration auf Atmung und Herzfrequenz – alles Begriffe, mit denen sie mich zutextete. Immer euphorisch und mitreißend. Darum hatte ich vorgeschlagen, die zwei Urlaubswochen ohne Notaufnahme, Studium, Werbeagentur und Musikkritiken zu verbringen. Ein Vorsatz, der natürlich von vornherein zum Scheitern verurteilt war.

Karin hatte ein kleines Appartement in einer Finca im Inneren der Insel gebucht. Preiswert, aber dafür in einer langweiligen, flachen, staubigen Gegend. So weit man gucken konnte, nur Steinmauern, Oliven- oder Orangenbäume und zwischendrin abgemagerte Kühe, ausgefranste Hühner, einäugige Katzen, ewig bellende Hunde und mürrische Bauern. Warum fährt man auf eine Insel, wenn der Weg zum Meer dort länger dauert als von zu Hause zur Nordsee? Warum darf sich auf Mallorca jede abgehalfterte Bauernkate Finca nennen?

Die Lange Stille verordnete uns vorausschauend ein positives Weltbild: *»Wir nehmen alles, wie es ist, und freuen uns drüber!«*

Immerhin war das Zimmerchen sehr gemütlich, hatte eine hohe Decke mit echten Balken und ein nahezu gleich großes Badezimmer mit wunderschönen Fliesen.

In den ersten drei Tagen konzentrierten wir uns allein auf Bett und Bad und genügten uns selbst. Mit den zur Verfügung gestellten Fahrrädern strampelten wir abends in den nächsten Ort und aßen fetttriefende Köstlichkeiten. Karin trank Rotwein mit Eiswürfeln, für mich gab es Bier mit Heimwehgeschmack. Die Spanier können Wetter, aber von Bier verstehen sie nichts.

In dem kleinen Garten unserer sogenannten Finca gab es einen Mini-Pool. Darin und an dessen Rand verbrachten wir die Tage. Lesend, dösend und immer wieder ins Gespräch vertieft. Das waren schöne Stunden, und ich fühlte mich nachträglich bestätigt, dass ich Wochen vor unserem Trip Karins Frage, ob wir ihre Schwester mitnehmen sollten, kategorisch abgelehnt hatte. *»Ich sehe die doch so selten!«*, hatte Karin insistiert. *»Ich aber nicht!«*, verplapperte ich mich fast. Dennoch ging meine Ablehnung der Idee glatt durch.

Eines Tages lagen wir auf unseren Handtüchern am Pool – ich studierte gerade Musikzeitschriften –, da schaute mich Karin wieder mal länger von der Seite an. So was merkt man, auch wenn man nicht hinsieht. *»Ist was?«*, fragte ich beiläufig.

Worauf die Lange Stille den Spruch des Jahres raushaute: *»Werner, du hast keinerlei Tiefgang. Das liebe ich so sehr an dir. In deiner Gegenwart haben Probleme einfach keinen Platz. Wer sich auf dich einlässt, wird ständig von guter Laune eingewickelt. Schön, dass ich dich habe!«*

So eine Ansage muss man erst einmal verdauen. *»Keinen Tiefgang? Wie meinst du das? Sexuell?«*

Karin umarmte mich, biss mir ins Ohr und hauchte: *»Ich liebe dich!«* Mit solchen Aussagen ging Karin höchst sparsam um, was die Magie des Augenblicks noch verstärkte.

Morgens, wenn wir kurz vor zwölf am Frühstückstisch auf dem Terrässchen vor unserem Zimmer saßen, spielten wir Angucken: So lange es ging in die Augen des anderen sehen, ohne was zu sagen. Lächeln, lachen, grinsen, ernst schauen, alles war erlaubt, nur nicht sprechen. Einfach mit den Blicken im Gesichtsfeld bleiben. Genau in so einem Moment kam es ganz tief aus mir: *»Du hast das schönste Gesicht der Welt. Das will ich nie verlieren. Ich glaube, ich liebe dich auch.«* Karins Augen wurden feucht. Meine – äh, ich weiß es nicht mehr genau, aber wahrscheinlich, nee, wohl nicht. Jedenfalls wenn, dann nur ein wenig.

Kein Tiefgang? Eigentlich ein Fall für einen guten Anwalt.

Am Ende des vierten Semesters steht eine wirklich harte Prüfung an. Eine weitere Auslesehürde. Es sind zwar »nur« die Abi-Fächer, wie Karin Mohrmann im Spaß zu ihrer Freundin Lisa Rohel sagt, dennoch sitzen sie zwei Tage in einem großen Saal, nachdem vorher ihre Personalausweise kontrolliert wurden. Konzentration bis an die Belastungsgrenze. Nur keine Fehler machen! Und kein Kontakt zur Außenwelt. Schmu ist hier unmöglich. Die Flasche Wasser auf dem Tisch hilft manchen Kandidaten nicht, bevor sie dazu kommen, Patienten zu behandeln, den eigenen Zusammenbruch zu vermeiden.

Karin und Lisa rutschen glatt durch. Nun kommt endlich der klinische Teil des Studiums. Die Vorlesungen werden medizinischer, es geht um das Innere des Menschen und auch darum, wie man sich mit den entsprechenden Werkzeugen dorthin begibt. Teilweise findet die Ausbildung auf der Station statt. »Da sind ja die angehenden Krankheitsdetektive«, schmunzelt ein Professor und beginnt im großen Pulk seine Visite. »Na, was hat die Frau?«, grinst er Karin an und zeigt ihr die Laborbefunde einer Patientin.

Ruhig schaut die Lange Stille in die Unterlagen und antwortet: »Ich würde sagen, sie hatte was.«

»Bravo«, meint der Halbgott in Weiß, »hier ist eine hoffnungsvolle Verdacht-Schöpferin am Werk. Sehr gut.« Dann reicht er die Akte weiter, und ein anderer Student kommt ins Schwitzen.

Nach dem sechsten Semester steht das erste Staatsexamen ins Haus. Karin und Lisa büffeln gemeinsam und machen – ähnlich wie Werbetreibende – die Nacht zum Tag. Dieses Mal ist es noch fieser, der zu bewältigende Stoff, der in den Kopf gelesen werden muss, scheint endlos zu sein. Und nur »gelesen« reicht nicht. Es gilt, Medizin zu verstehen, um irgendwann allein auf die Pirsch nach Krankheiten gehen zu können. Von der Diagnose zur Therapie! Sagt sich leicht, fordert aber ein gewaltiges Fundament. Die gewonnenen Einblicke in der Notaufnahme helfen Karin. Sie hat begriffen, dass Theorie und Praxis Hand in Hand gehen müssen.

Der nächste große Schritt wird das zweite Staatsexamen sein – noch eine Nummer schärfer als das erste. Aber bis dahin geht noch etwas Zeit ins Land.

»Herr Weber, als Ihre Freundin sagte ...«

»Verlobte!«

»Also, als Ihre Verlobte sagte, Sie seien ohne Tiefgang, war da nicht schon ein Punkt erreicht, an dem Sie mal über sich hätten nachdenken sollen?«

»Nee, wieso? Lief doch alles.«

»Es kann ja nicht alles gelaufen sein, wenn ...«

»Damals schon. Ich habe doch funktioniert. Besser gesagt: Alles hat funktioniert.«

»Herr Weber, ich frage mich gerade, wollen Sie mich wieder mal absichtlich missverstehen oder …«

»Von wollen kann gar keine Rede sein. Ich versteh Sie schon richtig. Tiefgang – meint das, schlechte Laune haben? Dazu immer die Analyse zur Hand, warum man grade mies drauf ist?«

»Nein, ich meine es im Sinne von Gedankentiefe, von Selbstreflexion. Dem Sinn des Lebens auf den Grund gehen. Seinen eigenen Zustand hinterfragen. Zu vergleichen und zu schauen, was mit einem los ist. Wo man innerhalb der Gesellschaft steht.«

»Wo ich gestanden habe, kann ich Ihnen genau beschreiben: Immer vorne! Und Reflexion, die kam doch von außen. Sah man doch auf meinen Kontoauszügen. Was sollte ich da noch groß rumgrübeln?«

»Aber Sie haben doch Ihre Lebenskerze an beiden Enden gleichzeitig angezündet. Sie haben sich verbraucht. Wurde Ihnen das nie klar?«

»Nee, für solche Gedanken hatte ich damals gar keine Zeit.«

Meinen vierundzwanzigsten Geburtstag feierte ich ganz groß im Wum Wum. Das war zu der Zeit schon seit einem Jahr die angesagteste Diskothek im Umkreis von fünfzig Kilometern. Dort konnte ich es mir erlauben, mehr als vierzig Leute einzuladen – mittendrin natürlich die Belegschaft von WWW. Ich gehörte nämlich sozusagen zum Haus. Etwa ein Jahr zuvor hatte mich Angelo Tomaselli angerufen. Er war der Inhaber einer ständig überlaufenen Pizzeria in unserem Städtchen, darum dachte ich zunächst, er wolle bei uns Werbung einkaufen. Doch weit gefehlt. Er wollte sich mit mir treffen, mit mir und keinem anderen! Denn

Herr Tomaselli stand kurz vor der Eröffnung einer Diskothek, die Wum Wum heißen sollte. Wum Wum wegen der fetten Bassboxen, die er sich hatte anschnacken lassen. *»Wum Wum issä coolä, stimmtä?«* Da war ich voll bei ihm.

Kaum hatte ich den ersten Schluck Lambrusco genommen, sprudelte es aus ihm heraus: *»Sie also sind Wernaa von diesä Zeitung?! Mit die Musica, schreiben immer was gud is, stimmtä?«* Zu der Zeit erschien Die Platten-Guillotine zwar nach wie vor, den Job aber hatte ich inoffiziell längst einem ehemaligen Nachbarsjungen übertragen. Er schrieb die Inhalte, und ich übertextete sie kurz, damit sie flockiger wurden und nach Werner klangen. Pro Kritik bekam er einen Zwanziger von mir.

Angelo wollte keine Werbung, er suchte einen Musikberater. Einen DJ hatte er bereits, aber um auf Nummer sicher zu gehen, sollte ich das Programm gestalten, beziehungsweise den Platteneinkauf überwachen. Das war für mich natürlich ein Kinderspiel. Angelo bot mir achthundert in bar für die Organisation der Erstbestückung, danach sollte ich monatlich vierhundert erhalten. Plus fünf Freibiermarken pro Besuch in der Disco. Paradiesische Zustände rauschten heran. Frei saufen, freier Eintritt und handverlesene Musik vom Meister. Dazu in der Tasche klimperndes Bargeld. Genug gute Gründe also, um fortan die Wochenenden im Wum Wum abzuhängen.

DJ war übrigens Bollo, ein stumpf in die Gegend glotzender Neandertaler, der keinerlei eigene Expertise mitbrachte. Ihm war es sogar recht, dass ich bestimmte, welche Musik eingekauft wurde. Ich malte ihm Buchstaben auf die Plattencover (H = Hit, P = Party, G = Geiler Groove; S = Soft, HO = House, T = Techno, GT = Gut Tanzbar etc.), und er hangelte sich brav wie ein Roboter daran entlang. Was bestens ankam. Alle hielten Bollos Blick für die Inkarnation des Durchblicks, aus persönlicher Inaugenscheinnahme kann ich jedoch vermelden: Der Typ war strunzdämlich.

Mädels, die ihn begehrten, übersah er aus Blödheit, was die noch heißer machte. Auch eine Masche.

Das Wum Wum war also mein Wochenendwohnzimmer geworden, da lag es nahe, auch meinen Geburtstag dort zu feiern. Angelo spendierte fünfzig Biermarken, den Rest sollte ich zum Personalpreis bekommen. Wir hatten den oberen Bereich für uns, und in der Agentur hatten sie ein Schildchen für mich gebastelt, das ich später mit nach Hause nahm: *WWW-VIP-Party* stand darauf. Und klein darunter: *24 gute Gründe für eine Party.*

Ja, ich war inzwischen vierundzwanzig und bereits dreimal durch die Fahrprüfung gesegelt. Schon vor der letzten Prüfungsfahrt hatte bedenklich angespannte Stimmung geherrscht. Der Prüfer, den sie wahrscheinlich aus dem Altersheim geholt hatten, um einen Personalmangel auszugleichen, fragte mich: *»Warum wollen Sie überhaupt Auto fahren?«*

Was entgegnet man schon auf so eine unsachliche Frage? Ich sagte: *»Um schneller von A nach B zu kommen«*, was das Prinzip des Autofahrens doch wohl auf einen einfachen wie hundertprozentig richtigen Nenner brachte.

»Schneller?«, grunzte er. *»Ihnen geht's also um Schnelligkeit?! Soso.«* Kaum saßen wir im Wagen, brummte er von hinten: *»Na, dann fahren Sie mal schnell los!«* Was ich vielleicht zu wörtlich nahm. Endergebnis – kein Schein und die Frechheit des Jahrhunderts: *»Junger Mann, Sie sind eine Gefahr für sich und andere. Wenn es nicht um die anderen ginge, wäre es mir egal. Aber Sie fahren jedenfalls kein Auto!«* Damit drehte er sich um und zog ab.

Mein Fahrlehrer war auf hundertachtzig und schimpfte wie eine Hafenmöwe: *»Wie kann man sich bloß während der Prüfungsfahrt eine Zigarette anzünden? Das habe ich ja noch nie erlebt. Bist du total bescheuert?«*

»Moment«, sagte ich ganz erwachsen, *»so 'ne Zigarette, die be-*

ruhigt doch enorm. Ich wollte Ruhe und Gelassenheit ausstrahlen, zeigen, dass ich alles im Griff habe.«

»Und dann ganz gelassen bei Rot über eine Ampel jagen, ja?« Dabei war die Ampel erst auf Rot gesprungen, als ich mit Speed schon halb drüber war. Half aber alles nichts, und mein Fahrschullehrer war der Verzweiflung nahe.

Ich dagegen richtete mich auf ein Leben als Beifahrer ein und sah die positiven Seiten. Ungehemmten Alkoholgenuss zum Beispiel. Zudem vertraute ich auf mein Unterbewusstsein oder irgendeine kosmische Fügung, die mich vom Lenkrad fernhalten wollte. Reiner Selbsterhaltungstrieb vermutlich.

Nicht wirklich unzufrieden kehrte ich also in die Agentur zurück und mir kam mein Vater in den Sinn. Der hätte sich die Situation schöngeredet. Tat er später auch: *»Das Beste ist, du wirst nie Tickets für zu schnelles Fahren bekommen«*, meinte er und ergänzte: *»Der Blickwinkel bestimmt die innere Einstellung. Merk dir das, Junge.«* Ich machte den Taxifahrer in Gedanken zu meinem Chauffeur und genoss ein wohliges Gefühl dabei.

Auf meinem Schreibtisch stand seit der Geburtstagsparty ein Käfig mit einem Goldhamster. Ein Geschenk von Czernatzke. Sollte wohl eine Anspielung sein. Wegen des Hamsterrads und so. Gefiel mir aber von der Sache her richtig gut und um den hintergründigen Sinn machte ich mir keine Gedanken.

Den Goldhamster taufte ich Nawitsch, später Nawitsch der Erste genannt. Denn ab diesem Zeitpunkt blieb mein Schreibtisch nie mehr ohne Hamsterkäfig. Und wenn so ein Nawitsch nach ein paar Jahren irgendwann tot im Käfig lag, folgte eben Nawitsch der Zweite, der Dritte und so weiter. Obwohl mich schon jeder Todesfall ins Mark traf, weil mir ja sonst niemand so nahe war wie die Nawitsche. Meistens verschliefen sie zwar die Tage, aber da in einer Werbeagentur nicht selten die Nacht zum Tag gemacht wird, kam ich oft in den Genuss der Hamstershow.

Einfach fantastisch. Jedes Mal, wenn eines der Goldstückchen ins Rad sprang und loslegte, hätte ich vor Freude jubeln können.

Der Hamster hatte zudem eine harmonisierende, motivierende und menschelnde Wirkung auf die Belegschaft. Auch auf Ginger Lüllemann. Der arbeitete übrigens beim Start unserer Agentur sechs Monate ohne Bezahlung. Wir versprachen ihm als Ausgleich zehn Prozent der Firmenanteile, was sich als super Geschäft herausstellen sollte. Für ihn! Die erste gemeinsame Kampagne war für die Erzeugergemeinschaft Schwein, einen regionalen Verband, der sich schlaffe Fütterungs- und Haltungsvorschriften gegeben hatte. Weit entfernt von Bio, aber etwas engagierter als die normale Massentiersklaverei. Ich war sehr stolz auf unseren Vorschlag »Charakterschwein – Fleisch mit guten Eigenschaften«. Die Bauern rafften es aber nicht, und so landeten wir bei »Happy Pig – Fleisch, das glücklich macht«.

Da jeder Hof einen individualisierten Auftritt unter dem gemeinsamen Markendesign bekommen sollte, entwickelten wir über sechzig Unterlogos. Das brachte Geld in die Kasse. Am Ende über zwanzigtausend Mark. Das war auch bitter nötig, denn der Apple Macinthosh II mit 2 MB RAM und 40 MB Festplatte kostete knapp siebentausendsiebenhundert. Tastatur, Großmonitor und ein erstes Desktop-Publishing-Programm verschlangen weitere siebentausend. Zusammen mit der Mehrwertsteuer – darauf bestand der Büroelektronik-Dealer – waren also über sechszehntausendfünfhundert weg. Doch kaum stand der Stolz unserer Werber-Herzen auf den vom Schweden gekauften und selbst zusammengefrickelten Möbeln (weitere zweitausend), schrie Ginger nach einem Schwarz-weiß-Laserdrucker und einem Scanner. Dafür gingen weitere siebentausend drauf. Außerdem wollte Czernatzke unbedingt vom ersten Tag an eine Telefonanlage. Er meinte, wenn Kunden nicht ordentlich verbunden würden, also mit Für Elise in der Warteschleife, dann würden sie uns nicht ernst nehmen. Geschäftspapier, Visitenkarten, drei große Grünpflanzen im Eingangsbereich, Stehlampen, Kaffeemaschine, Besen, Eimer, Feudel – die Wunschliste von Czernatzke war ellenlang und die dreißigtausend von der Commerzbank im Nu verbraucht.

Zum Glück sprach sich die Existenz unserer computergestützten Werbeagentur schnell herum. Schon kamen die ersten Kandidaten, die bei uns arbeiten wollten. Czernatzke führte ernsthafte Bewerbungsgespräche mit ihnen und stellte eine Anstellung in Aussicht, sofern sie vorher ein paar Monate bei uns praktizieren würden. Ohne Bezahlung natürlich. Nicht viel später brach eine Praktikantenwelle über uns herein, für die umgehend weitere Arbeitsplätze besorgt werden mussten. Unter zehntausend lief da nichts. Der Zweigstellenleiter der Commerzbank kam ins Schwitzen, da Czernatzke entweder weitere Kredite oder das Luftangebot der Deutschen Bank annehmen wollte. Am Ende rollten zusätzliche zwanzigtausend an.

Czernatzke war im neuen Büro vom ersten Tag an immer in Anzug und Weste aufgetaucht. Aber ohne Schlips. Als dann die Ärmel seines dunkelblauen Konfirmationsanzugs zu glänzen begannen, kaufte er weitere Anzüge im Secondhand-Shop, wozu er auch mich überreden wollte. Ich war strikt dagegen. Als »Kreativdirektor Text und Konzeption« – wie es auf meiner Visitenkarte hieß – gestaltete ich meine Pflicht-Auftritte bunt, kreativ und einzigartig. Über Jahre trug ich daher meistens schwarze Klamotten, von oben bis unten. Bei Kundengesprächen ergänzt durch einen roten oder weißen Seidenschal. Nur Czernatzkes Aufforderung, alle WWWler sollten einen gepflegten Dreitagebart tragen, kam auch ich nach.

Genau zwei Jahre nach der Eröffnung unseres Kasernenbüros knackten wir die erste Schallmauer. Zehn Mitarbeiter! Czernatzke,

Ginger, Nawitsch und mich mitgezählt. Ein Jahr später hatten wir den ersten Angestellten, der mehr verdiente als wir. Jedenfalls laut Gehaltsabrechnung. Denn Czernatzke und ich nahmen uns nur das Nötigste zum Leben aus der Firmenkasse.

Mit dem Fall der Schallmauer brauchten wir zusätzlichen Platz. Wir würfelten, Czernatzke verlor und zog für ein halbes Jahr – man glaubt es nicht! – zu Frau Kasupke. Er freundete sich mit ihrer Katze an und wurde behandelt wie ein Sohn. Als dann auch mein Zimmer dringend benötigt wurde, mietete ich meine erste eigene Wohnung. Ein luxuriöses Einzimmerappartement. Erstbezug. Mit Miele-Einbauküche und zentralem Müllschlucker auf dem Flur. Dazu ein Balkon, von dem aus man die halbe Stadt überblicken konnte. Leider kam ich nie dazu, mein Heim ordentlich einzurichten. Erst hatte ich kein Geld und dann keine Zeit. Meine Matratze lag auf einem bordeauxroten Velours-Teppich, auf dem auch die neue, kompetente Stereoanlage stand, die ich mir gegönnt hatte. Mit Magnat-Boxen im XXL-Format.

Mit Beginn des fünften Semesters liegt der naturwissenschaftliche Teil des Studiums hinter Karin. Bis dahin werden alle Kommilitonen auf das gleiche Niveau gebracht. Inzwischen geht es auch in der Uni um Medizin. In den Vorlesungen werden Patienten gezeigt, Fragen nach Krankheiten aufgrund geschilderter Symptome in den Raum geworfen und die ersten fachlichen Scherze gemacht. »Bluter haben einen Vorteil – sie bekommen nie einen Herzinfarkt.«

Stationsbegleitende Praktika werden angeboten und von Karin begeistert angenommen. Ermüdend sind dagegen die Visiten in der Inneren Abteilung, einer Station mit etwas mehr als zwanzig Patienten, wo-

für der Chef drei Stunden braucht, während seine Begleitmannschaft dicke Beine bekommt. Sie lernt, dass in der Medizin viel gesprochen wird. Die angehenden Ärzte müssen diskutieren, sich austauschen, Vermutungen anstellen und Beobachtungen schildern. Diagnosen entstehen durch den Abgleich aller Möglichkeiten und den Ausschluss aller Unmöglichkeiten. Später einmal werden diese Diskussionen allein stattfinden, im Zwiegespräch mit sich selbst. »Zu schnelle Diagnosen enden häufig tödlich«, sagt ein Professor und fordert damit zu Selbstgesprächen auf. »Wenn kein Kollege neben Ihnen steht, reden Sie mit sich – aber lassen Sie das bloß nicht den Patienten hören!«

Meinen vierundzwanzigsten Geburtstag habe ich deshalb so herausgestellt, weil er in der Nachbetrachtung eine Zeitenwende darstellt. Den Übergang vom naiven, stets euphorischen und alles platt walzenden Jugendlichen zum gestressten, stets euphorischen und alles platt walzenden Erwachsenen. Spätestens ab da war ich professioneller Raucher, trank viel, bewegte mich wenig und ernährte mich hauptsächlich von Pizza, Currywurst und Gyros. Meine erste Mahlzeit am Tag war häufig der Streuselkuchen beim nachmittäglichen Brainstorming.

Wirklich einschneidende und unangenehme Folgen brachte jedoch das Ende der Party. Sylvia, die Barchefin vom Wum Wum, nahm mich wieder einmal mit zu sich nach Hause. Wieder einmal betone ich, weil es das erste Mal war, dass ich wissentlich mit ihr schlief. An die vorausgegangenen Nachtlager habe ich keine Erinnerungen mehr.

Auf der Party blieb ich lange klar, obwohl Bacardi-Cola in Strömen floss. Später, in ihrer Wohnung, lag ich dann wie ein nasser Sack auf der Couch; den Betrunkenen spielte ich aber nur, weil ich sehen wollte, was passierte. Dann kam Sylvia aus dem Bad. Frisch geduscht und nur mit Slip. Sie machte sich sofort an mir zu schaffen, brachte die Gerätschaft in Stellung, zog sich den Slip aus und besprang mich. Erst da riss ich die Augen auf und zeigte volles Bewusstsein. *»Glaubst du, ich bin blöd, oder?«*, grinste sie mich an und ließ sich nicht aus der Ruhe bringen.

Ich kam recht spät und beinahe zusammen mit ihr. Sylvia hatte ein Handtuch in Griffweite und übernahm die Erstversorgung. Dann legte sie sich auf mich, knutschte an mir herum und sagte: *»Das geht doch garantiert noch mal, oder?«*

Gegen fünfzehn Uhr frühstückten wir dann bei ihr. Zu diesem Anlass legte ich ohne Umschweife die Karten auf den Tisch: *»Ich bin mit Karin verlobt und werde sie heiraten«*, sagte ich, und zwar ganz gegen meine Gewohnheit todernst.

»Dafür vögelst du aber recht munter in der Gegend herum, oder?!«, meinte sie cool, zündete zwei Zigaretten an und reichte mir eine über den Tisch.

»Bist du die Gegend?«, fragte ich leicht aggressiv und drückte ihre gemeine Marlboro aus. *»Ich rauche nur meine Senoussi, und ich habe nur mit dir gevögelt, weil ich besoffen war. Ansonsten bin ich treu wie Gold!«*

Sylvia mimte einen Lachkrampf und sagte: *»Schon gut, Alter. Wollen wir doch mal sehen, oder?«* Sie stand auf, kniete sich neben mich, rieb auf meiner Hose herum und fragte, den Kopf wie ein Dackel schräg gestellt: *»Und was ist das hier?«*

»Das ist mein Schwanz, der geht dich gar nichts an, verstehst du?!«, sagte ich ziemlich sauer, nahm meine Sachen und wollte gehen, nur war die Wohnungstür abgeschlossen. Sylvia folgte mir zur Tür und holte sich noch einen Abschiedskuss ab, der mit einem Quickie endete.

Dennoch: Meine Gefühle für sie lagen im Frostbereich. Diese

Erkenntnis hätte die Richtschnur meines weiteren Handelns sein sollen. Weiß ich heute. Wusste ich auch damals, als ich den unheimlichen, langen Korridor von ihrer Wohnung in Richtung Treppenhaus lief. Vorbei an zehn oder zwölf Türen mit ihren Spionen. Ich fühlte mich beobachtet, überwacht und angeklagt. Wegen meiner unentschuldbaren Inkonsequenz.

Ich kannte Sylvia seit dem ersten Tag des Wum (Insider sagten grundsätzlich nur Wum). Mozart hätte sie in seiner Zauberflöte als Königin der Nacht besetzt. Denn nur in der Nacht kam sie zur Geltung. Mit ihrer Reibeisenstimme hätte sie jeden Cowboyfilm synchronisieren können. All die Jahre, bis zu ihrem Tod – und selbst da noch –, klebten falsche Wimpern auf ihren Augenlidern. Darüber stets ein metallisch glitzernder dunkelgrüner Lidschatten. Mal ein schwarzer Lippenstift, dann wieder ein grüner, selten ein dunkelroter. Jedenfalls passend zu ihren hellblond gefärbten Haaren. Zu Beginn der Schicht trug sie immer eine taillenkurze Lederjacke mit silbernen quadratischen Nieten. Wenn es heißer wurde, stopfte sie die Jacke in ein freies Gläserregal und erfreute die männlichen Besucher mit ihren engen T-Shirts, unter denen sie keinen BH trug. Tragen musste.

Sylvia war eine Discoqueen. Sie leuchtete in der Dunkelheit und entpuppte sich im Hellen als recht gewöhnlich. Dabei war sie nicht dumm, eher pfiffig – aber völlig ungebildet. Sie hatte garantiert noch kein einziges Buch gelesen. Und Manieren hatte ihr auch niemand beigebracht. All das ging mir durch den Kopf, als ich den Weg ins Büro antrat.

Sonntags arbeiteten wir – meist Czernatzke, Lüllemann und ich – von siebzehn bis zweiundzwanzig Uhr. Danach gingen wir Pizza essen. Während ich meine Samstage im Wum verbrachte beziehungsweise mit Musikprogramm- und Kritikerarbeiten beschäftigt war, ging Czernatzke zum Segeln, denn um dreizehn

Uhr machten wir Feierabend und schlossen die Agentur bis zum nächsten Tag um fünf.

Ach so. Nach der soeben beschriebenen Episode dürfte wohl klar sein, dass ich meinen vierundzwanzigsten Geburtstag ohne die Lange Stille verbrachte. Verbringen musste, denn sie konnte nicht. Viel Arbeit, weiter Weg und so. Aber wahrscheinlich wollte sie auch nicht, denn sie hasste das Wum.

Die Rolling Stones sind nun wirklich die Inkarnation des Gestern. Braucht kein Mensch mehr. Umso erstaunlicher, wenn diese alten Säcke noch mal ein höchst erfrischendes Lebenszeichen von sich geben. Mick Jagger, Oberbuchhalter, Lautsprecher und Zunge der Stones, hat ein Solo-Werk abgeliefert. Heißt »Wandering Spirit«. Verdammt coole Mucke! Hört euch nur mal »Out of Focus« an, dann wisst ihr, was ich meine. Partytauglich! Und »Handsome Molly« ist lustig. Muss man nicht kaufen – kann man aber gut hören.

Euer Werner

Als Karin auf einem ihrer seltener werdenden Besuche in unserer Heimatstadt mit mir durch die Fußgängerzone bummelte, traf ich einen ehemaligen Lehrer von mir. Ulli, der Schleicher genannt. Mit ihm war ich immer prima klargekommen, weil er die Gabe besaß, Mathematik so zu erklären, dass ich sie nicht nur verstand, sondern auch ordentliche Arbeiten ablieferte. Leider verschwand er nach der Zehnten aus meinem Zuständigkeitsbereich, und die Talfahrt begann. Ich stellte Karin launig als Urlaubsbekanntschaft vor, und er meinte, ihr tief in die Augen schauend: *»Ich hoffe für dich, dass es nicht nur beim Urlaub bleibt!«*

Recht hatte der Mann. Und lag dennoch daneben. Denn inzwischen lief unsere Beziehung auf Urlaubsbasis. Mehr war bei ihr und mir nicht drin.

Wir verabredeten langfristig vorausplanend Urlaube, die wir dann in alter Frische durchzogen. Alte Frische? Ja, genau! Kaum waren wir zusammen, lief alles, als wären wir nie getrennt gewesen. Unser Miteinander war so intensiv, so beruhigend und unkompliziert, dass es gar nicht besser sein konnte, wie mein Vater gesagt hätte. Unsere körperliche und mentale Verbundenheit schien ständig zu wachsen. Jedenfalls zweifelte keiner von uns je am anderen. Wir hatten das Gefühl, alles voneinander zu wissen, und erzählten uns jedes Detail aus unseren Leben. Nun gut, Sylvia und Bärbel ließ ich, um der Harmonie willen, natürlich weg. Ich steckte Seite an Seite mit ihr mitten in ihrem Studium, und sie kannte die kleinsten Problemchen von WWW. Wir redeten so selbstverständlich miteinander, als lebten wir das Leben des anderen. Besser ging es wirklich nicht. Unsere gemeinsame Zukunft – bis dass der Tod uns scheiden würde – schien nicht vom geringsten Zweifel getrübt. Sie war mein Halt im Leben, der ewige und einzig mögliche Ankerplatz.

Klar kritisierte sie mich. Meinen Lebenswandel und so. Vor allem meine Ernährungsgewohnheiten. Ich widersprach ihr nie, denn alles, was sie sagte, schien logisch zu sein. Im Gegenteil.

Ich stellte sogar für die gemeinsame Urlaubszeit das Rauchen ein. Was für ein Liebesbeweis! Denn meine Senoussi waren im täglichen Dasein wie ein Religionsersatz.

Nachdem ich als Schnorrer-König einen zweifelhaften Ruf erlangt und schon tausendmal *»Kauf dir doch selber welche«* gehört hatte, war ich nämlich in einen Tabakwarenladen gegangen und hatte den Inhaber, einen älteren Herrn, gefragt: *»Welche Zigarettenmarke passt zu mir? Gibt es da Kriterien? Was, glauben Sie, bin ich für ein Typ?«*

Er schmunzelte, drehte sich um, griff verschiedene Packungen aus den Regalen und legte sie vor mich auf den Tresen. Zu jeder Sorte erzählte er eine kleine Geschichte, meist ging es um Inhaltsstoffe, Nikotinwerte, Tabakschnitt und was nicht alles.

Senoussi war dann Liebe auf den ersten Blick. Ich nahm die Schachtel in die Hand und betrachtete das Bild auf der Frontseite. Eine Gruppe Araber im Burnus weckte in mir Erinnerungen an Karl May und Hadschi Halef Omar Ben Hadschi Abul Abbas Ibn Hadschi Dawuhd al Gossarah. (Wer seinen Namen in der siebten Klasse auf dem Schulhof fehlerfrei rausleiern konnte, war ein Held.) Die Männer hatten zum Teil bunte Gewänder an, rotweiß-längsgestreift, was man nicht häufig sah. Der Drogenverkäufer ging sofort auf mein Interesse ein und erzählte, dass diese Filterlosen länger als die üblichen Gauloises oder Gitanes wären, und kramte eine edle Blechbüchse im gleichen Design hervor. Meine Entscheidung fiel in Sekunden. Ich hatte »meine« Marke gefunden, etwas Besonderes, ein Alleinstellungsmerkmal, worauf man als Werbetreibender ja wohl achten sollte. Sofort füllte ich die Glimmstängel von der Pappschachtel in die Blechkiste um.

»Wollen Sie die denn gar nicht erst probieren?«, fragte der erstaunte Mann hinterm Ladentisch.

Selbstbewusst, nee, großkotzig antwortete ich: *»Die rauche ich mir schön.«*

Mit einer Senoussi erreichte ich auch erstmals das Herz von Karins Mutter. Das Ehepaar Mohrmann war inzwischen ähnlich getrennt wie wir. Elke Mohrmann hatte den ungewöhnlichen Schritt gewagt, sich bei allen deutschen Bühnen als Schauspielerin zu bewerben. Das Wunder geschah, und sie bekam ein Engagement in einem kleinen Haus. Zwar als Souffleuse, aber mit Spielverpflichtung. Die Premiere ihrer ersten großen kleinen Rolle nahmen wir zum Anlass, eine Sternfahrt zu organisieren. Dr. Arnulf Mohrmann kutschierte mich mit seinem Alfa nach Süddeutschland, wo wir den Rest der Familie trafen. Bei der Premierenfeier – Elke war die Magd Grethe im »Zerbrochenen Krug« – lobte ich sie ohne jegliche Zwischentöne, denn sie hatte sauber abgeliefert. Echt, ich fand ihre Darstellung gelungen. Sie überhörte sogar, dass ich Kant einen modernen Autor nannte – was Kleist nicht gestört haben wird –, dann sagte sie erschöpft und glücklich: *»Jetzt könnte ich eine Fluppe gebrauchen!«* Allein das Wort machte sie schon sympathischer. Und mich erst, als ich umgehend mein Blechkistchen zur Hand hatte und ihr eine Senoussi anbot. *»Wow, das hat Stil!«*, lobte sie mich, und wir schlossen für eine kleine Weile Burgfrieden.

Im Übrigen fielen die drei Tage in Bayern auch sonst lustig, harmonisch und alkoholreich aus. Wozu irgendwie auch Bärbel beitrug, indem sie mir gegenüber ihre alte Rolle spielte: patzig, zickig und zugeknöpft. Sehr lobenswert. Die Lange Stille genoss die Zusammenkunft doppelt. Morgens – sie stand immer sehr viel früher auf als ich – machte sie Spaziergänge mit ihrem Vater. Zwischen die beiden passte kein Blatt. Beim späten Frühstück war dann die gesamte Familie versammelt, und wir nervten das Hotelpersonal, weil wir nie vor zwölf Uhr aufbrachen, wenn schon die ersten Mittagsgäste ins Restaurant strömten. Am Abend gab es Knödel, Rostbratwürste oder Bratenspezialitäten. Egal, in welches Gasthaus wir gerieten, immer roch es nach Sauerkraut. Doch nach ein paar Bieren verflüchtigte sich der Geruch, und alles war gut und gemütlich.

Herr Dr. Steinhaus trifft sich regelmäßig mit der Studentin Karin Mohrmann. Sie ist inzwischen seine Vertraute. Ihr kann er sein Herz ausschütten, vor ihr hat er keine Geheimnisse. Außer dem Geheimnis, dass er gern mit ihr schlafen würde. Die Lange Stille hütet ebenfalls ein Geheimnis: Sie will um keinen Preis mit ihm ins Bett. Kann ein Miteinander platonisch bleiben, wenn sich beide Partner anziehend finden?

In Gedanken schläft Karin längst mit Dr. Steinhaus. Sie fühlt seine Berührungen über ihren Körper gleiten und bekommt dabei eine Gänsehaut. Manchmal, wenn ihre Hände dann zwischen ihre Beine greifen, ist sie stark erregt und ihr Körper vibriert. Sie geht mit ihm alle Stellungen durch, spürt seine Nähe an unterschiedlichen Druckpunkten, wenngleich es physikalisch unmöglich ist.

Karin Mohrmann ist zu sehr Kopfmensch, um nicht zu wissen, dass eine Nacht mit Dr. Steinhaus den Verlust von allem bedeutet. Durch eine körperliche Vereinigung mit diesem Mann könnte sie nur verlieren. Auf jeden Fall Dr. Steinhaus. Denn der ist ein Sammler, einfach nur ein Nummern-Sammler. Alles, was er hat, beziehungsweise hatte, interessiert ihn nicht mehr. Genau so schildert er es Karin, ohne zu bemerken, dass sie diese Offenbarung als vermintes Terrain erkennt und daraus ihre Schlüsse zieht. Die Freundschaft mit und die Nähe zu diesem Mann ist viel zu interessant, um darauf zu verzichten. Also beginnt sie von Werner zu sprechen, wenn seine Hand im Café Mengin zufällig über ihren Schenkel streicht. »Mein zukünftiger Mann«, sagt sie dann und entschärft damit die Situation.

Czernatzkes fünfundzwanzigster Geburtstag wurde ebenfalls im Wum gefeiert. Und wie! Ich nannte ihn ja noch Czernatzke, wie früher in der Schule. Niemand sonst war dazu berechtigt, womit meine Anrede eine gewisse Exklusivität bekam. Ein paar Tage vor der Feier sprach ich ihn darauf an und sagte, dass es allmählich Zeit sei, von diesem ehemals ja etwas despektierlich gemeinten Namen abzurücken. Zu meiner Überraschung bestand er aber weiter auf Czernatzke. Das »Fräulein« hatte ich schon vor Jahren weggelassen, er wirkte auch nicht mehr so weibisch wie damals. Im Gegenteil. Mit seinem Anzug, den stets auf Hochglanz polierten braunen Schuhen – oh Gott, warum bloß immer braun? – und der perfekten Frisur (er ging zweimal im Monat zu verschiedenen Friseuren) wirkte er sehr erwachsen. Und er benahm sich auch so. Claus Komischke, also Czernatzke, führte sich wie ein Manager auf, und sein Handeln und Denken unterstrichen das. Er hatte die Agentur durchorganisiert wie ein Walzwerk. Mittlerweile verfügten wir über eine Buchhaltung, eine Rezeptionistin – extrem hübsch, aber vergeben an einen Feuerwehrmann –, die Abteilungen Konzept, Text, Grafik, IT, Kundenbetreuung und dazu die Geschäftsleitung. Manche Abteilung war natürlich nur mit einer Person besetzt, alle waren sie aber darauf ausgelegt, größer zu werden. Denn wir hatten – und das war der zweite Anlass für die Party – zwei weitere Schallmauern geknackt: Wir beschäftigten inzwischen über zwanzig Leute und die Umsatzschwelle von drei Millionen war vor einiger Zeit gefallen.

Das Größerwerden hatte sich Czernatzke auf die Fahne geschrieben und dafür alle nötigen Weichen gestellt. In der Etage über unserem ursprünglichen Büro hatten wir uns bereits ausgebreitet, und auch die Etage darüber sowie das Dachgeschoss blieben für uns reserviert. Der Vermieter blieb ein großer Fan von Czernatzke.

Das Wum öffnete regulär um zweiundzwanzig Uhr, die Geburtstagsparty war für einundzwanzig Uhr angesetzt. Um pünktliches Erscheinen war gebeten worden. Czernatzke wollte nämlich eine Rede halten. Die Wichtigkeit erkannte man daran, dass er sie schon Tage vorher einstudierte. Das Beste an der Rede war natürlich der Text – vom begabtesten Texter der Agentur verfasst. Selbstlob? Keinesfalls! Czernatzke hatte mich so genannt, bevor er mich um die Rede bat. Und ich ließ mich nicht lumpen, denn ich wusste, dass auch seine Eltern nebst Großmutter kommen würden. Sogar seine Schwester Clara war dabei, zu der er ein ähnlich unambitioniertes Verhältnis hatte wie ich zu meiner. Womit der einzige Wermutstropfen auf der Gästeliste benannt ist, denn völlig überraschend stand auch meine Schwester darauf. Was wollte Czernatzke denn mit der?

Ich war schon eher im Wum, weil ich die Dekoration vorbereiten wollte. Der Schlachter, bei dem Czernatzke ein kaltes Büfett bestellt hatte, kam gegen neunzehn Uhr, weshalb auch Sylvia schon dort war. Angelo kam meist erst gegen dreiundzwanzig Uhr, weil er vorher noch die Gäste in seiner Pizzeria umschmeicheln musste. So lange spielte Sylvia die Chefin, schrieb den Dienstplan, machte Warenbestellungen, bereitete die Eintrittskasse vor und so weiter. Als alles perfekt aussah, ging ich zur Theke, und wir tranken zusammen einen Kaffee. Um nicht groß um den heißen Brei herumzureden: In den letzten Monaten waren meine Samstage programmmäßig ohne Höhepunkte abgelaufen. Spät abends ins Wum, reinschütten, was ging, und dann per Taxe zu Sylvia in die Federn. Lässt sich nicht schönreden. An den Wochenenden war ich ausgebrannt und die Lange Stille weit weg. Sylvia störte sich nicht an meinem Suffkopp, holte sich, was sie wollte, und mir gefiel es, bis ich morgens wach wurde. Gefrühstückt habe ich aber fast nie mehr mit ihr, weil ich vorgab, zu meiner Mutter zu müssen. Manchmal auch zu meiner Großmutter, was sogar stimmte. Jeden Sonntag der gleiche Spießrutenlauf durch ihren Korridor. Jedes Mal nahm ich mir vor: Nie wieder! Aber was sollte ich machen? Es muss eine Abnormität der Natur sein, eine Entartung, eine Fehlschaltung im Hirn, wenn man ständig mit jemandem ins Bett geht, der einen nicht im Geringsten interessiert. Den man nicht einmal scharf findet. Der keine stimulierenden Moschus-Moleküle durch die Luft wehen lässt, um die Sexualität in Schwung zu bringen. Klingt wie eine Entschuldigung, ist aber keine. Sylvia hatte einen ähnlichen Schaden. Sie interessierte sich grundsätzlich nur für Typen, die sich nicht die Bohne für sie interessierten. Damit war ich für sie ein Volltreffer. Entschuldigt aber noch nicht mein Verhalten, ich weiß.

Jedenfalls erwähnte Sylvia beim Kaffee vor der Party beiläufig: *»Hast du gehört? Tomaselli will eine zweite Disco aufmachen. Wieder ein Wum Wum, allerdings in einer anderen Stadt, oder?«* Immer dieses blöde »oder?« am Ende ihrer Sätze. Das machte mich wahnsinnig.

Ich log: *»Ja, schon gehört.«* Ich rührte in meinem Kaffee herum, während in meinem Kopf ein kleingeistiger Gedanke kreiste: Zwei Discos? Also doppeltes Taschengeld?!

Sylvia grinste mich an und meinte dann: *»Warum beteiligst du dich nicht an dem neuen Laden? Das Meiste kommt doch sowieso schon von dir, Werbung, Musik und so weiter, oder?«*

Einen Moment blieb ich noch sitzen, dann sprang ich die Treppe zum Notausgang hoch, rannte über die Straße Richtung Bahnhof, winkte ein Taxi heran und fuhr zu Angelos Pizzeria. Er stand mit Gästen im Eingangsbereich und salbaderte wie immer pomadig im Italo-Sound. Ich zog ihn überfallartig auf die Straße und schnappatmete: *»Hör zu, Angelo, wenn du ein neues Wum aufmachst, dann beteilige ich mich. Ohne mich läuft der Laden doch sowieso nicht. Ich will fünfzig Prozent!«*

Tomaselli kicherte und wollte wissen, warum nicht gleich hundert. Dann sagte er ernster: *»Issä gud, gäb ich dir fünfundzwanzisch.«*

»Mmmh«, grantelte ich. *»Warum nicht fünfzig?«*

Wieder lachte Angelo: *»Dann mussä Geld her. Fünfzischtausend du, ich fünfzisch. Rest vonne die Brauerei.«*

»Ich denk drüber nach!«, sagte ich cool, drehte mich um und ging den langen Weg zurück zum Wum zu Fuß. Ich musste dringend meine Gedanken sortieren.

Als ich ankam, wartete Czernatzke nervös auf mich. Bei seiner Rede sollte ich gefälligst neben ihm stehen, falls sich Texthänger einschlichen. Sein Auftritt war dann aber prima, wir umarmten uns, und ich flüsterte in sein Ohr: *»Ich schenk dir zum Geburtstag eine Vierteldisco. Mehr darüber morgen!«* Erstaunen kann die Züge eines Menschen mächtig entstellen. Viele fragten mich daher, was ich Czernatzke ins Ohr geflüstert hätte. Aus Spaß sagte ich, es wäre *»Ich will ein Kind von dir!«* gewesen.

Stargast auf der Party war Natascha Czeslawa. Wir verzogen uns später in die hinterste Ecke und plauderten munter drauf los. Sie hatte Neuigkeiten aus dem Zeitungsverlag zu vermelden, ich die Erfolge der von ihr initiierten Werbeagentur. Wir sprachen intensiv über die neuen Techniken für Satz und Grafik und vergaßen die Zeit. Sie war wirklich eine klasse Frau. Bei der Verabschiedung umarmte sie mich, hielt mich eine Weile fest und gab mir dann einen Wangenkuss. Die Nacht wurde die wildeste mit Sylvia, weil sie uns die ganze Zeit beobachtet hatte und sich rasend vor Eifersucht über mich hermachte.

Am Sonntag, bei unserem Siebzehn-Uhr-Meeting, ging es nur um die eventuelle Beteiligung am neuen Wum. Czernatzke war erst dagegen, drehte aber im Laufe des Gesprächs seine Meinung in Richtung »Machen wir!«. Und er hatte auch gleich einen Plan parat, wie wir die fünfzigtausend zusammenkriegen würden.

»Ich rede mit Tomaselli. Wir machen es nur, wenn er unseren Steuerberater akzeptiert.« Czernatzke und Tomaselli verhandelten drei Tage lang. Italienische Lava gegen norddeutschen Orkan. Endergebnis: Wir bekamen neunundvierzig Komma fünf Prozent, unseren Steuerberater, und wir schrieben den Gesellschaftsvertrag für eine zu gründende GmbH. Wir hieß: Czernatzke und unser Steuerfuchs.

In der Zwischenzeit machte ich mir Gedanken über den neuen Laden. Von Discos verstand ich nun wirklich eine Menge, ich konnte präzise beschreiben, worauf es aus Sicht des Verbrauchers ankam. Laufwege, Sichtachsen, Musikbedröhnung – alles, was der Mensch zum Anbaggern braucht. Man muss sich legal nahekommen dürfen, sei es durch produzierte Enge oder gewaltige Phonstärken. Der Mann auf der Pirsch ganz dicht am Ohr der Auserwählten, wenn er fragt: *»Bist du öfter hier?«* oder *»Wollen wir tanzen?«* Ich besprach meinen Plan mit Sylvia, und sie brachte die Getränkelogistik in die Sache ein, den Aufbau der Bar auf der Personalseite und die optimalen Arbeitsabläufe. Eine Diskothek zu bauen ist nun wirklich ein Kinderspiel. Wer dazu einen teuren Tischler beauftragt, hat keine Ahnung. Qualität ist rausgeschmissenes Geld. Einen Maler braucht man nur, um alles schwarz zu pinseln. Eine Handvoll Kumpel erledigt so was in ein paar Nächten. Die Einrichtung kann der größte Schrott sein, denn wenn alles stimmt, sieht man sowieso nichts. Ein paar große Spiegel für die Eitelkeit, unzerstörbare Hocker, simple Stehtische – fertig. Nur den Elektriker muss man reich machen! Licht, Licht und noch mehr Licht. Mit viel Beleuchtung den Schuppen verdunkeln. Punktstrahler und ja kein Streulicht. Dann natürlich noch die Lichteffekte für die Tanzfläche. Aber auch darüber muss man sich keinen Kopf machen. Dafür gibt es Spezialfirmen. Zwar mit Apotheker-Preisen, aber ohne die läuft nichts. Wer an den Lichteffekten, oder noch schlimmer, am Lichtmischpult, spart, kann gleich einpacken. Wer sich wiederum eine teure Soundanlage aufschwatzen lässt, ist ebenfalls auf dem Holzweg. Hauptsache laut! Fette Bässe und robustes Material, das Bier- und Cola-Duschen klaglos hinnimmt.

Tomaselli konnte sein Glück kaum fassen. Das neue Wum Wum wurde größer, schöner und erfolgreicher, sogar von der Kohle der Brauerei blieben noch sechzehntausend übrig. WWW lieferte eine Paukenschlagkampagne, danach wurde das Marketingbudget auf null gesetzt. Wozu für Werbung Geld verplempern, wenn der Laden ohnehin jedes Wochenende rappelvoll war?!

Sechs Wochen lief unsere Fünfzig-Prozent-Disco, dann kam Angelo mit dem ersten dicken Briefumschlag. *»Was ist das?«*, fragte ich naiv.

Er meinte nur: *»Taschengeld, äh?!«*

Ich brauchte etwas, um zu kapieren, dass wir nun eine Schwarzgeldquelle angebohrt hatten. Lässig versuchte ich, den Umschlag in die Hosentasche zu schieben, aber er war zu sperrig. Deshalb ging ich zu Sylvia, die in den ersten Wochen das Personal im neuen Wum einarbeitete, und bat sie, den Umschlag in ihrer Handtasche zu verstauen. Dadurch wurde sie natürlich zur Mitwisserin. Aber es wäre für sie sowieso kein Geheimnis geblieben. Denn ich war viel zu doof, unerfahren und gleichzeitig mitteilungsgeil, um diesen Triumph nicht sofort herauszuposaunen. Czernatzke und die Lange Stille schliefen schon, wem hätte ich es also sonst erzählen sollen? Ja, klar, am besten niemandem. Aber so war ich nicht drauf. Der Begriff »Angeber« machte da längst die Runde. Hat mich nie gestört. Man kann doch machen, was man will, die Leute reden sowieso.

Ami-Bands sind mir immer ein wenig suspekt, weil sie grundsätzlich zu viel von allem dazupacken. Michael Bolton (zu viel Schmalz), Kiss (zu viel Schminke), Janet Jackson (zu viele Brüder), Aerosmith (zu viele Gitarrensoli), Michael Jackson (zu viele Kiekser). Anders The Rembrandts. Von allem nur ein bisschen, das aber gut. »Just the Way It Is, Baby« – toller Refrain, und schon klingeln die Ohren. Oder ihr »Good Night« – damit macht man am Lagerfeuer immer eine gute Figur; mit Klampfe, versteht sich. »Follow You Down« – genau richtig, um später am Abend das Knutschen zu provozieren. Danny Wilde und Phil Solem sind The Rembrandts und außerdem großartige Musiker. Ihr zweistimmiger Gesang lässt die Beatles vor Neid erblassen. Außerdem muss man sich bei den Herren keinen Albumtitel merken: Einfach »Rembrandts« sagen, und schon bekommt ihr, was ihr braucht. Falsch: Was ihr haben müsst!

Euer Werner

Unser gemeinsames Wum Wum war noch kein halbes Jahr alt, da kam Angelo schon mit der nächsten Location, und das Spiel begann von vorne. Neue Stadt, neues Glück. Czernatzke organisierte die Aufgabenverteilung in der Agentur um, und ich wechselte zu einer Viertagewoche. Vier Tage à zwölf Stunden – im Durchschnitt! Die Arbeitsaufträge wurden mir mundgerecht auf den Schreibtisch gelegt, und anstatt alles selbst zu machen, besorgte ich nur noch Korrektur und Feinschliff, hauptsächlich aber die groben Konzeptionen. Wir machten wie gewohnt zum Einstieg ein Brainstorming über die Wünsche des Kunden, die Chancen für ein Produkt oder Ansätze für Vermarktungsstrategien, ich scribbelte meine Ideen zusammen und übergab sie dann an Czernatzke. Der wusste am besten, wer von unseren Leuten die Ausarbeitung besorgen konnte. Wenn Ergebnisse zu besichtigen waren, landeten sie direkt vor Nawitschs Käfig. Ob der je einen Blick darauf geworfen hat, weiß ich nicht, aber ich war ein knallharter Kritiker. Nach der Methode »eins und eins macht drei« kamen wir so zu optimalen Lösungen, und die Summe unserer gewonnenen Etats stieg weiter. Natürlich war ich bei jedem Pitch dabei und führte das große Wort. Erst wenn es ums Geld ging, übernahm Czernatzke.

Das dritte Wum lag siebzig Kilometer von unserer Heimatstadt entfernt. Während der Bauphase blieb ich manchmal zwei, drei Tage vor Ort. Als der Laden dann eröffnet war, fuhr ich nur noch abends hin – und dafür brauchte ich natürlich einen Fahrer. Besser: eine Fahrerin. Da Sylvia eh wieder die Einarbeitung des Barpersonals in der Hand hatte, fuhren wir zusammen in ihrem alten Honda Civic. Ein freudloses Fahrvergnügen. Den Vorschlag, ein Firmenfahrzeug nach ihren Vorstellungen anzuschaffen, überhörte ich, denn ich war noch geschockt von ihrem ersten Antrag: Sie spielte sich als Tippgeberin für unsere Diskothekenbeteiligung auf, was nicht ganz von der Hand zu weisen war. Harmlos begann sie mit den Worten: *»Die Idee für eure Partnerschaft kam doch von mir, oder?«* Nichts Böses ahnend und unkonzentriert, bejahte ich die Frage, also schob sie nach: *»Dann ist doch eine Prämie für mich drin, oder?«* Worauf ich einen Laut von mir gegeben haben soll, den sie als Zustimmung interpretierte. *»Prima!«*, sagte sie. *»Ich will ein Steiß-Tattoo. Geht auf deine Rechnung, oder?«*

Nun wurde ich wacher. *»Ein Arschgeweih?«*, rief ich erschrocken. *»Wozu soll das gut sein? Davon hast du doch gar nichts. Das kannst du dir höchstens mit verrenktem Kopf im Spiegel anschauen, und danach hast du Kreuzschmerzen. Außerdem siehst du es dann nur seitenverkehrt.«*

Aber Sylvia lachte nur und sagte *»Danke«*. Damit hielt ich den Fall für erledigt. Doch drei Wochen später präsentierte sie mir zuerst die Rechnung und dann das Geweih. Furchtbar. Die Haut an den Rändern der banalen Zeichnung rot-gereizt wie ein gekochter Hummer und auf dem hingestocherten Krickelkrakel ein dicker Fettfilm von einer Spezialsalbe. Einfach nur abturnend. Da sie aber wieder einen Umschlag von Angelo in ihrer Tasche transportierte, ließ ich mich erweichen und gab ihr die achthundert, die sie haben wollte.

»Du findest das schon geil, oder?«, meinte Sylvia und wollte irgendetwas Positives von mir hören.

Mir fiel nichts ein. *»Tattoos sind für Seemänner oder Kriminelle«*, schnurrte ich locker dahin.

Worauf Sylvia meinte: *»Dann weißt du ja, was ich bin, oder?!«*

Leider nahm ich diesen Hinweis nicht ernst. Man überhört einfach zu viel im Leben.

Nach dem zehnten Semester kommt selbst Karin Mohrmann ins Schwitzen. Vier Prüfungstage à vier bis sechs Stunden stehen an. Drei fast schlaflose Monate der Vorbereitung liegen hinter ihr. Das ganze Spektrum der Medizin wird abgefragt, mit den Schwerpunkten Chirurgie und Inneres. Manche Fächer muss sie schlicht büffeln, andere bloß begreifen. Die Fachbücher, die sie verschlingt, kennt sie so gut wie auswendig. Dreißig Tassen Tee pro Tag helfen dabei. Mitstudenten klagen über Stresssymptome, erleiden Hormonstürze und werden von Zukunftsängsten geplagt. Wer jetzt nicht durchkommt, hat eine offene Zukunft – allerdings nicht als Arzt.

Im klinischen Teil des Studiums hat sich eigentlich schon gezeigt, wer es packen wird. Beim Unterricht am Krankenbett verinnerlichen sie, auf wie viele Arten der Mensch sterben kann. Das geht vielen unter die Haut. Allerdings nicht den Party-Docs, die lieber über ihren zukünftigen Porsche fachsimpeln. Eher den Idealisten. Denjenigen, die den Kampf gegen Krankheiten zu ihrem Lebensziel gemacht haben.

Auch wenn das offizielle Ergebnis erst in zwei Wochen kommt, weiß Karin eine Stunde nach dem Examen um ihre Zukunft: Sie wird Ärztin!

Absolut zuverlässig hielt ich die Telefondates mit der Langen Stillen ein. Immer an ungeraden Wochentagen um neunzehn Uhr. Meist rief ich an. Wenn etwas dazwischenkam – was sehr selten war –, dann wussten wir es oft schon vorher und vereinbarten einen anderen Zeitpunkt. Wir sprachen über alles, erzählten uns jede Kleinigkeit und hatten daher permanent das Gefühl, im Leben des anderen zu stecken. Eigentlich gab es nur ein Thema, um das ich einen weiten Bogen machte: Sylvia. Da gab es einfach nichts Brauchbares zu erzählen. Vielleicht erwähnte ich sie mal in ihrer Eigenschaft als Bartrainerin – das kann sein.

Wenn ich vom Büro aus anrief, wollte Karin zuerst einen Befindlichkeitsbericht zu Nawitsch. Dadurch wurde ich zum verbalen Tierfilmer. Oft, wenn Nawitsch keinen Bock auf Action hatte, griff ich in seinen Käfig, hob das Dach seines Plastikhäuschens hoch und stocherte mit dem Zeigefinger in der Holzwolle herum, bis ich sein warmes, weiches Fell spürte. Wenn ich ihn danach in die Hand nahm, reagierte er höchst unterschiedlich. Mal gereizt, nervös und vorwurfsvoll, dann wieder blinzelte er nur kurz mit einem Auge, um gleich darauf in meiner Hand weiterzuschlafen.

In gewisser Weise entwickelte sich Nawitsch zu unserem Baby. Kam die Lange Stille zu Besuch in die Agentur, holte sie zuerst Nawitsch aus dem Käfig und schlenderte dann mit ihm durch die Büros, begrüßte unsere Leute und spielte dabei das Hand-Renn-Spiel mit dem Goldhamster: Von einer Hand in die andere, die Finger zur halben Faust gebogen, damit ein Tunnel entstand. Für Nawitsch gab es nichts Besseres. Hörte man auf, konnte es sein, dass er einem unvermittelt in die Finger biss. Der Befehl war klar: Weitermachen! Oder zurück in den Käfig und dann gleich ins Laufrad.

Ich war immer heiter und gut gelaunt, wenn ich mit Karin sprach, ohne Ausnahme. Im Gegensatz dazu standen meine Auftritte, wenn Sylvia in meiner Nähe war. Kaum kam sie dichter als fünf Meter an mich heran, wurde ich kurz angebunden, übellaunig und redete stakkatohaft. Ließ mein schlechtes Gewissen mich so handeln? Es war jedenfalls kein konkreter Vorsatz. Sie war mir einfach unangenehm, wenngleich natürlich nützlich. Denke ich heute daran zurück, kommt mir der Gedanke: Je schlechter ich sie behandelte, desto wohler fühlte sie sich. Ich weiß, so was ist völlig unlogisch. Zu Recht sträubt sich allen Gleichstellungsbeauftragten*innen dieser Welt das Nackenhaar. Aber ich sage ja nur, es kommt mir heute rückblickend so vor.

Zur Eröffnung des dritten gemeinsamen Wum Wum schaffte Angelo einen Firmenwagen an. Nagelneu. Es war ein VW-Bus, der lediglich vorne drei Sitze hatte. Hinten war nur Lagerfläche. Dort transportierten wir die inoffiziell eingekauften Spirituosen, um sie auf die Läden zu verteilen. Wer schwarz entnimmt, muss für den Gegenwert an Ware sorgen, sonst fällt die Sache auf. Lernte ich von Angelo, der ein Fachmann auf diesem Gebiet war. Von Kindesbeinen an, wie er betonte.

Den Bus hat WWW wunderschön in den Firmenfarben gestylt. Also komplett schwarz, mit massigen, weißen Buchstaben für das Logo. Stockmaß wie ein ausgewachsenes, trächtiges Happy Pig. *»Sauhoch wäre saugut«*, meinte ich im Scherz zu Czernatzke, und genau so wurde die Karre dann auch beklebt.

Auf einer Fahrt durch die Nacht, ich meine, wir hatten schon den nächsten Laden in der Pipeline, eröffnete mir Sylvia, dass sie sich für eine Brustvergrößerung entschieden habe. Ich war ziemlich voll, aber noch so klar, um davon abzuraten. *»Nee, mach ich aber. Hab schon einen Termin. Und auch einen, der es bezahlt, oder?«*, schnarrte sie gegen den lauten Transporter an.

»Wer?«, fragte ich selbstverständlich überrascht.

»Du, oder?!«, sagte sie grienend.

»Rede keinen Blödsinn!«, ermahnte ich sie.

Woraufhin sie wieder nur *»Danke«* sagte.

Dass sie sich die fälligen achttausendfünfhundert da bereits aus einem Angelo-Umschlag gefingert hatte, schnallte ich erst später. Da waren ihre A-Körbchen schon um zwei Cups gewachsen. Durfte man längere Zeit nicht anfassen, und danach fühlte es sich luftmatratzenhaft an, was zu meinem Bild von ihr passte. Sofern ich mich heute an sie erinnere, sehe ich immer – Pardon, das ist jetzt nicht sehr empathisch und charmant schon gleich gar nicht – eine Schlampe in Hausschuhen vor mir. Nicht etwa die Königin der Nacht. So wie sie zu Hause rumlief, dieser abstoßende

Eindruck, der hat sich bei mir eingebrannt. Ich hasse Menschen, die in Hausschlappen durch die Gegend schlurfen, womöglich noch in einem Trainingsanzug. Sylvia trug Filzhausschuhe mit aufgeklebten Smiley-Augen, zur Verstärkung des Elends noch graue Wollsocken, und steckte in einem viele Nummern zu großen Sweatshirt aus dicker, aufgerauter Baumwolle, das wie ein Minirock soeben den Slip verdeckte. Dazu die künstlichen Wimpern und ein schräges Grinsen. Von mir nur wahrnehmbar, wenn ich nüchtern war. Also selten genug.

In dieser Periode tauchten die ersten körperlichen Anzeichen bei mir auf. Anzeichen, die auf eine falsche Lebensführung hindeuteten, ohne dass ich zu dieser Auslegung damals schon fähig gewesen wäre. Ausschlag an Händen und Armen, zweimal Hämorrhoiden, ewig Grippe, Eiterpickel in Kompaniestärke, Brustschmerzen, Fußpilz, Zahnfleischbluten und ständig Schnupfen. Alles Erscheinungen, die ich konsequent mit dem Apotheker meines Vertrauens bekämpfte. Natürlich kam das nicht alles auf einmal, erst in der Rückbetrachtung erscheint es mir sehr auffällig und komprimiert.

Doch durch die regelmäßigen Telefonsprechstunden mit der Langen Stillen, den Apotheker und meine Fähigkeit, Unangenehmes erfolgreich zu unterdrücken, blieb ich auf der Überholspur. Gab es auch andere Spuren? Nicht für mich! Ab und zu sang ich ein Lied vor mich hin, das ich von meinem Großvater kannte, der im Krieg wegen seiner politischen Ansichten einige Zeit in einer Strafkompanie verheizt worden war: *»Vorwärts und nicht vergessen, worin unsere Stärke besteht! Beim Hungern und beim Essen, vorwärts und nie vergessen: die Solidarität!«* Ich sang aber nicht *»die Solidarität«*, sondern *»die Hamstermentalität«*. War ein bisschen holprig, zauberte mir aber immer ein Lächeln ins Gesicht. Sozusagen Selbstbelustigung eines Getriebenen, den niemand trieb.

»Lieber Herr Weber, nehmen Sie Platz. Also, Ihre Aufzeichnungen ... Tja, man könnte sagen, ich habe mich eingelesen. Inzwischen interessiert es mich doch sehr, wie es weitergeht, wenngleich ich Ihre Charakterisierung der Menschen aus Ihrem Umfeld nicht mag. Die Art und Weise, wie Sie sich über andere erheben, macht Sie gleichzeitig blind für Ihr eigenes Leben. Verstehen Sie, was ich meine?«

»Hilft es Ihnen, wenn ich Ja sage?«

»Ach, Herr Weber, warum nur immer so zynisch?«

»Na gut. Würde es mir helfen?«

»Ja, ich denke schon. Etwas mehr Selbstkritik würde Ihnen sicherlich nicht schaden.«

»Aber Frau Doktor, das ist doch gar nicht die Aufgabenstellung. Ihre Aufgabenstellung! Ich schreibe mir mein Leben zusammen. Das wollten Sie doch. Wenn ich einer Kette vom Schiff bis zum Anker folge, dann fange ich doch nicht mit dem Anker an.«

»Da gebe ich Ihnen recht, Herr Weber. Werden Sie denn bis zum Anker kommen?«

»Keine Ahnung. Im Moment taste ich mich Glied für Glied in den Abgrund hinab. Ja, ich nehme die Glieder genau so in die Hand, wie ich sie sukzessive geschmiedet habe. Ob ich bis zum Anker komme, werden wir sehen. Vielleicht mache ich auch vorher Schluss.«

»Äh, Herr Weber – Schluss? –, damit wir uns richtig verstehen, haben Sie wieder Selbstmordgedanken? Sagen Sie es freiheraus.«

»Freiheraus in Ihrer Gegenwart führt doch sofort wieder zu einer Überdosis Ihrer Nebel-Pillen.«

»Herr Weber, Sie wissen um die Anwesenheitspflicht im eigenen Leben, oder?«

»Ja, aber ich weiß auch um das Recht auf ein vorzeitiges Ableben!«

»Haben Sie solche Gedanken?«

»Ich hatte sie angeblich, glauben zumindest Ihre Spezialisten, nicht wahr? Aber zu Ihrer Beruhigung, mir ist augenblicklich das Leben lieber.«

»Wie lange ist denn dieser Augenblick?«

»Keine Ahnung. Solange ich schreibe und mich in meiner Vergangenheit wälze, entertaine ich mich selbst. Meine Erinnerungen bleiben an den Sachen hängen, die scheinbar wichtig für mich waren. Kann sein, dass ich am Schluss noch mal Probleme mit meinen Stimmungen bekomme. Also, kurz vor Ende meiner Aufzeichnungen können Sie ja etwas auf mich aufpassen.«

»Herr Weber, ich sehe Sie zum ersten Mal lächeln, wie schön!«

»Stopp, stopp, stopp, das war kein Lächeln. Ich habe nur gegrinst!«

Die Armseligkeit meines Privatlebens mag bestenfalls Czernatzke aufgefallen sein. Er hatte sich mit seiner Segelei ein Hobby aufgebaut und mittlerweile das dritte Boot gekauft. Jedes Mal eine Klasse höher. Inzwischen konnte er mit dem Kahn die Nordsee bereisen, sofern die Winde nicht allzu heftig wehten. Dafür wohnte er immer noch zur Miete. Mir war der Zufall, der Vermögenszuwachs, eine Grippe und meine Schnodderigkeit zu Diensten gewesen, als ich Hals über Kopf Immobilienbesitzer wurde. Über meinem Appartement gab es nur noch eine Penthouse-Wohnung in der fünften Etage. Dort lebte ein Zahnarzt mit seiner ungarischen Gattin. Die Dame muss schätzungsweise zwanzig Jahre jünger gewesen sein als er und hatte aus ihrer Heimat ein Fass Paprika mitgebracht, woraus sie das Leben reichlich würzte.

Ich hörte die beiden häufig in Discolautstärke diskutieren, war jedoch meist zu müde oder alkoholisiert, um mich daran zu stören. Wegen eines grippalen Infekts sollte ich ein paar Tage im Bett bleiben, wovon ich den dritten hinter mir hatte. Um zu checken, ob ich auf dem Wege der Besserung war, nahm ich eine Senoussi zur Hand und stellte mich auf den Balkon. Raucher kennen das: Wenn einem die Fluppe nicht schmeckt, ist man wirklich krank. Freut man sich nach einer längeren Pause über einen tiefen Zug, ist alles wieder in Ordnung.

Rauchend und leicht frierend stand ich draußen, als oben ein Höllenkrach losging. Man hörte Schreie, zerschellendes Porzellan und wüste Beschimpfungen, die nicht wortwörtlich zu verstehen waren. Etwas später verlagerte sich die Auseinandersetzung nach draußen, sodass ich stiller Genießer der Aufführung wurde. *»Lass mich sofort wieder rein!«*, brüllte die Dame des Hauses und schlug wie wild ans Fenster. Dann änderte sie ihre Taktik und begann, die Terrassenmöbel über das Geländer zu schmeißen. Jeden Wurf lautstark mit Flüchen begleitend. Mit dem Tisch ging das wohl nicht so einfach, denn inzwischen war der Zahnarzt auf die Terrasse geeilt und beschimpfte seine Ungarin, die deutlich lauter zurückkeifte. Man hörte, wie der Tisch über den Boden hin- und hergezogen wurde, bis eine schallende Ohrfeige die Möbelwanderung beendete. Darauf verzogen sich die Akteure wieder in die Wohnung und die Tür wurde krachend zugeschoben.

Am nächsten Morgen traf ich den Zahnarzt im Fahrstuhl. Sichtbar die ungarisch gepfefferte Hand auf seiner Wange als striemigen Abdruck, am Hals vier blutige Kratzer. *»Temperamentvoll ist sie ja«*, sagte ich. Um gute Stimmung bemüht, holte meine Senoussi-Schachtel aus der Hosentasche und bot ihm eine an. *»Ist zwar keine Friedenspfeife, beruhigt aber die Nerven«*, ergänzte ich.

So kam ich mit ihm ins Gespräch. Und eine halbe Stunde später war unser Deal in trockenen Tüchern. Auf dem Parkplatz vor dem

Haus besiegelt. Der Herr Doktor wollte nicht nur so schnell wie möglich die Scheidung einreichen, sondern auch seine Wohnung verkaufen, allerdings nicht zu den üblichen Konditionen. *»Wenn Sie mir fünfzigtausend bar zahlen können, bekommen Sie die Wohnung zum Schnäppchenpreis«*, war dabei der entscheidende Satz. Solche Hinweise nahm ich inzwischen nicht nur ernst, ich begriff sie sogar vollinhaltlich.

Ein paar Monate später konnte ich zwar nicht mein Haus, mein Auto, mein Boot vorweisen, dafür aber die coolste Wohnung der Stadt. Fünfzig Quadratmeter Terrasse, Schleiflackeinbauküche, Kamin, Sauna, vier Zimmer, edles Bad mit zwei Waschbecken, Waschtisch aus blauem Granit, Dusche und Badewanne getrennt und zu guter Letzt eine Gästetoilette. Eine Gästetoilette! Davon hat meine Mutter ihr Leben lang geträumt.

Die Lange Stille half beim Einrichten der Wohnung, auch wenn ihr die Situation suspekt vorkam. Vor allem, als ich auf die Kinderzimmer hinwies. Vollkommen ernst erwiderte sie: *»Werner, wir werden keine Kinder haben!«* Ein Satz, der zum wiederholten Mal an mir vorbeirauschte. Ein Warum? wäre angebracht gewesen.

Eines Abends, es muss Sommer gewesen sein, die Luft herrlich warm und der Sternenhimmel vorbildlich, holte ich, wie früher im Waldhaus, den Flokati-Teppich, der vorm Kamin lag, auf die Terrasse, dazu Bettdecken und Kopfkissen, und wir machten es uns draußen gemütlich. Hand in Hand lagen wir da, schauten zu den Sternen, und wenn ich mir eine Senoussi hätte anzünden dürfen, wäre das Glücksgefühl nicht zu übertreffen gewesen. *»Erinnerst du dich an den Baggersee? ›Sobald ich mein erstes eigenes Geld verdiene, heiraten wir‹ – hatte ich zu dir gesagt. Den Zeitpunkt haben wir verpasst. Wollen wir jetzt nicht endlich heiraten?«*

»Ist das ein Antrag?«, lachte Karin.

Und ich antwortete vorschriftsgemäß: *»Na klar, was denn sonst?!«*

»Dann geh gefälligst auf die Knie. Ich will es romantisch.«

Den Gefallen tat ich ihr gerne, wir lachten uns schief, sie holte noch zwei Kerzen raus, ich eine Flasche Champagner, und es war einfach nur schön.

Am nächsten Morgen kam sie auf das Thema zurück und sagte: *»Lass mich meine Facharztausbildung beenden. Dann habe ich den Kopf frei. Außerdem bin ich mir deiner ja nun sicher. Damals hatte ich mehr Angst, dich zu verlieren.«* Wir haben uns umarmt und richtiger konnte es sich gar nicht anfühlen.

Noch richtiger waren die Kochkünste der Langen Stillen. Nirgendwo konnte man besser essen als bei ihr. Sie hantierte ein, zwei Stunden zwischen den Schleiflackmöbeln herum, um irgendwann zu rufen: *»Werner, deck mal den Tisch. Aber ordentlich! Mit Kerze!«* Also stellte ich von meinen vier exquisiten Weingläsern zwei auf den Tisch und entkorkte weltmännisch eine Flasche, die ich vorsichtig in eine Karaffe umfüllte, damit der Wein atmen konnte. Hatte ich so in einem Film gesehen.

Ich war zu der Zeit schon von Rum-Cola auf Rotwein umgestiegen. Ein edler Rioja Gran Reserva – eine Tempranillo-Rebe im Barrique ausgebaut – war zu meiner Hausmarke geworden. Ich mochte zwar auch den herben, trockenen Geschmack und die dunkelrote Farbe, der eigentliche Grund für meine Wahl war aber die Flasche. Sie kam mit einem grobmaschigen Netz aus feinstem Kupferdraht daher und war damit ein Eyecatcher erster Güte. In jedem Wum waren ein paar Flaschen für mich deponiert. Damit hockte ich mich an die Theke, beobachtete das Geschehen, machte mir Notizen auf Bierdeckeln und lief ab und zu auf die DJ-Kanzel, um die Jungs anzufeuern. Oder ich stellte mich neben sie, übernahm das Lichtpult und zeigte ihnen, wie man Himmel und Hölle optisch in Bewegung setzte. Meine Anweisung an die Musikanimateure – wie ich sie nannte – war völlig simpel und entsprach der Erwartungshaltung unserer Gäste: Volle Tanzflächen!

Zappelnde Leiber und Körperkontakt! Anbahnung von Sex! Alles Übrige ist schmückendes Beiwerk und wird meist überschätzt. Ja, so einfach ist das Diskotheken-Geschäft!

Eines Abends, es war bereits weit nach Mitternacht, und ich saß nassgeschwitzt an der Theke, weil ich gerade eine Stunde lang die DJ-Choreografie vorexerziert hatte, kam Angelo mit drei Landsleuten in den Laden. Mit einem kleinen Kopfnicken machte ich eine neue Flasche Rioja klar, die Gläser kamen, ich schenkte ein und besah mir dann die Herren in Ruhe. Auch ohne Schlapphüte oder Gamaschen hatten sie eine mafiöse Ausstrahlung. Drei Mini-Paten. Jedenfalls schien ihnen irgendjemand das Lachen verboten zu haben. Ihre finsteren Blicke wanderten unruhig im Laden hin und her, während sie sich, ohne von mir Notiz zu nehmen, in ihrer Landessprache unterhielten. Genau dieses Benehmen sollte sich als Fehler herausstellen, weil ich nämlich sauer wurde. Gemeinsam redeten sie hektisch auf Angelo ein, der sich dann zu mir drehte und sagte: *»Ääh, die wolle unsere Discos kaufe. Sofort. Sie bieten äh zwei Millione!«* Er strahlte wie ein Glücksschwein, was mich noch mehr gegen die Runde aufbrachte.

»Für den Preis bekommen die Spaghettifresser nicht mal fünfzig Prozent!«, grunzte ich arrogant, wie man es nur kann, wenn man schon eineinhalb Flaschen Rioja intus hat.

Flüsternd bat mich Angelo eindringlich, den Begriff Spaghettifresser nur im Spaß und nur ihm gegenüber zu benutzen. Ich drehte mich zur Bar, zündete mir eine weitere Senoussi an und versuchte, mein träges Hirn auf normale Denkgeschwindigkeit zu bringen. Um es zu prüfen, fragte ich mich angestrengt, die wievielte Zigarette ich gerade in der Hand hielt. Mein Tagespensum schwankte zwischen zwei und drei Schachteln, je nach Aufregung oder Anstrengung.

Als ich irgendwann vom Hocker rutschte, um mich auf den Weg zu den Toiletten zu machen, packte mich Angelo am Arm.

Die Mafiosi hielten etwas Abstand, und er raunte mir zu, was sie in der Zwischenzeit ausbaldowert hatten. Demnach sollten wir fünfhunderttausend offiziell und eine Million in bar bekommen, für fünfzig Prozent unserer vier gemeinsamen Wums. Die einzige Bedingung war, in den nächsten vier Jahren mindestens sechs weitere Diskotheken zu eröffnen. Immer fifty-fifty.

Wahrheitsgemäß sagte ich: *»Ich muss erst mal schiffen«*, und lief los. Auf der Toilette kam mir dann der einzig vernünftige Vorschlag, den ich in dieser Situation machen konnte. *»Ohne meinen Czernatzke sage ich gar nichts. Montag gibt's die Ansage!«*, nuschelte ich Angelo ins Ohr. Dann drehte ich mich um und lief leicht wankend aus dem Laden. Vor der Tür standen Taxen. Ich riss eine Tür auf, und der Fahrer konnte sein Glück kaum fassen, als ich ihm unser Heimatstädtchen als Ziel nannte.

»Haben Sie denn so viel Geld dabei?«, wollte er noch wissen, obwohl er schon losgefahren war. Wir einigten uns auf zweihundert, ich reichte die Scheine nach vorne und wenige Momente später schlief ich tief und fest und verlor jegliche Körperspannung. Die Wirkung der Pillen, die ich für Tage wie diese einschmiss, Tage, an denen ich kaum zum Schlafen kam, hatte spürbar nachgelassen, und der Rioja übernahm die Regie in meinen Träumen.

Als ich am frühen Sonntagnachmittag wach wurde, überraschte mich zunächst die Tatsache, in meinem eigenen Bett zu liegen, noch dazu allein. In meinen Füßen spürte ich ein eigenartiges Kribbeln. Eine Erscheinung, von der ich an diesem Tag erstmalig Kenntnis nahm. Mir war unwohl, zudem glaubte ich ein schüttelfrostähnliches Vibrieren im Körper zu spüren. Da half nur Kaffee.

Ich quälte mich aus der Waagerechten, lief in die Küche und startete die Maschine, die heute einen extra Löffel Pulver bekam, um einen noch stärkeren Zaubertrank zu liefern. Ungeduldig stand ich vor dem zischenden, dampfenden Durchlaufbrüher, bis ich merkte, dass es zu lange dauerte. Bevor der Kaffee fertig war, brauchte ich eine Senoussi, was ich mir ansonsten strengstens verbot. Erst gefilterte Röstbohnen, dann ungefilterte Tabakblätter. Damit – also mit Kaffeebecher und Zigarette – ging ich normalerweise ins Bad.

Abweichend von allen Ritualen fläzte ich mich auf die De-Sede-Couch. Langsam kam die Erinnerung an die Nacht zurück. Mit einem Mal sah ich wieder die drei Mafiosi vor meinem geistigen Auge, wo sie noch bedrohlicher und unangenehmer wirkten. Auch die Fakten tauchten plötzlich wieder auf und jagten mir einen gehörigen Schrecken ein. Mein Herz begann zu pochen. Die Situation stellte sich mir höchst ambivalent dar. Einerseits der in Aussicht stehende Geldsegen, andererseits die Partnerschaft mit Menschen, um die ich lieber einen Bogen gemacht hätte. Erst ganz am Ende dieses Gedankenslaloms erschien die Rettung, der Halt, der Fels in der Brandung. Darauf war ich doch in der Nacht schon gekommen, warum dann jetzt erst so spät? Czernatzke! Sofort versuchte ich, ihn anzurufen, erreichte ihn aber nicht. Also vertröstete ich mich auf siebzehn Uhr, unser übliches Sonntagsdate.

Da meine Lebensmittelreserven nicht den Hauch von Frühstückskompetenz aufwiesen, ging ich nach dem Duschen in Richtung Agentur am Bahnhof vorbei, wo ich mir bei LE CROBAG ein Schinkenbaguette gönnte. Ich aß es in aller Ruhe im Laufen und war in Gedanken schon wieder fröhlich abgelenkt. Die zerkaute Weißbrotpampe in meinem Mund machte einfach gute Laune.

Im Büro war zu meiner vollsten Zufriedenheit ein Keks-Büfett aufgebaut. Es gab auch schon Kaffee und die Dose mit dem Edelgebäck war noch halb voll. Da kam Ginger aus seinem Büro geschlurft und fragte überrascht: *»Was willst du denn hier?«*

»Wieso? Sonntagsmeeting, was denn sonst?«

»Hast du Alzheimer? Das hast du doch selber abgesagt. Wolltest du nicht irgendwo hin!?«

Ach du liebe Güte. Ich war bei den Mohrmanns zum Essen eingeladen. Es sollte extra wegen mir erst um dreizehn Uhr losgehen. Sonst aßen sie immer schon um zwölf. Auf der Peinlichkeitsskala war das absolut im roten Bereich. Noch schlimmer war aber der Nachfolgetermin. Ich hatte Arnulf versprochen, mit ihm ins Waldhaus zu fahren. Danach hatte er mich zum Bowlen eingeladen. Am schlimmsten war jedoch die Tatsache, dass er mit mir dabei ein Vieraugengespräch führen wollte, mit der Andeutung höchster Geheimhaltungsstufe.

Geknickt von so viel eigenem Unvermögen, schlich ich zu Nawitsch, holte ihn aus dem Käfig und begann eine stille Zwiesprache mit ihm. Er war handzahm, wirkte harmonisierend und flößte mir die Demut ein, mit der ich mich gleich bei den Mohrmanns melden wollte. Während ich noch Textbausteine für das Gespräch entwickelte, klingelte es an der Tür. Ginger machte auf, und ich hörte, wie er sagte: *»Kein Problem, er ist da.«* Und schon kamen sie in mein Büro. Ginger und Arnulf. Ich mit Hamster im Schoß und Füßen auf dem Tisch. Von Demut keine Spur.

Ich warf Nawitsch auf den Schreibtisch, sprang auf, ging auf Arnulf zu und stammelte: *»Sorry, sorry, sorry!«* In seinem Gesicht Sorgenfalten. Sorgenfalten, die mir schlagartig klarmachten, was nun kommen würde. Bärbel hatte geplaudert. Oder er war auf irgendeine andere Weise dahintergekommen. Oh nein, vielleicht sogar die Sylvia-Geschichte? Mein Magen begann zu rotieren.

»Können wir reden?«, flüsterte er fast, während er sich den Besucherstuhl auf der anderen Seite des Schreibtischs heranzog. Zwischen uns das Kind der Liebe seiner Tochter und mir. Nawitsch! Sein Enkelhamster. Der rannte aufgeregt herum und genoss die Freiheit.

»Also, äh, können wir hier ungestört sprechen?«, fragte Arnulf erneut.

»Klar, sowieso. Aber hör mir bitte erst kurz zu!«, warf ich ein und erzählte in zweieinhalb Sätzen von der letzten Nacht.

»Schön, schön« war alles, was er darauf sagte. Dann offenbarte er die Katastrophe. Seine Katastrophe! Nicht meine! Denn Dr. Arnulf Mohrmann benötigte mich dringend als Alibi-Lieferant. Ich sollte seine Abwesenheit decken. Unglaublich – die Mitarbeiterin, der er vor längerer Zeit einmal beim Umzug geholfen hatte, war schwanger.

»Von dir?« fragte ich ungläubig bis erheitert.

»Kein Zweifel möglich. Leider.« So schnell kann nach einem Regenschauer die Sonne wieder scheinen.

Ich entspannte mich und war sofort ausgeglichen, mitfühlend und wohlmeinend. Ein Ratgeber der Spitzenklasse. Ein Männer-Versteher, ein Freund. Arnulf wollte Zeit mit seiner Mitarbeiterin verbringen, um sie möglichst doch noch zu einer Abtreibung überreden zu können. Zu allem Unglück war aber seine Frau im Haus. Theaterferien oder so etwas in der Art. *»Arnulf«*, sagte ich väterlich, *»du bist hier an der Quelle! Im Zentrum einer Konzeptschmiede. Hier werden Strategien entwickelt, die ganz andere Probleme lösen, viel größere!«*

Und dann strickte ich ihm – beziehungsweise uns – einen Zeit- und Ausredenplan für die nächsten zehn Tage. Keine halbe Stunde später zog er beruhigt von dannen. Offiziell zum Bowlen mit mir. Ich brachte ihn noch bis zur Außentreppe, wo ich stehen blieb, um seinem röhrenden Alfa hinterherzuschauen. Ich sang mein »Vorwärts«-Mantra, lächelte in mich hinein und dachte: *»Guck an, so was kommt also in den besten Familien vor. Wie schön.«* Das war keine Schadenfreude. Wirklich nicht. Dazu war Arnulf mir viel zu sehr ans Herz gewachsen. Wahrscheinlich war ich einfach nur glücklich, ihm einmal helfen zu können.

Nach dem zweiten Staatsexamen folgt ein praktisches Jahr. Karin möchte auf Anraten ihres Vaters in Erlangen bleiben. Da die Plätze aber zugeteilt werden, sind ein paar alte Beziehungen hilfreich.

In diesem Jahr muss sie etwa ein Drittel der Zeit in die Chirurgie und ein weiteres Drittel auf die Innere Station, nur das letzte Drittel darf nach eigenem Gusto gewählt werden. Karin Mohrmann widersteht der Versuchung, in die Röntgenabteilung zu gehen. Stattdessen quält sie sich ein wenig selbst und wählt die urologische Abteilung. Die Diagnostik in diesem Bereich ist anspruchsvoll.

Ihr Privatleben entspannt sich derweil ein wenig. Zwei Wanderungen mit Oberarzt Dr. Steinhaus führen in die nähere Umgebung, aber nicht zum Ziel. Seinem Ziel. Der Mann ist vernarrt in die stets ausgeglichene, intelligente junge Frau mit dem hintergründigen Humor. Resigniert fragt er einmal: »Was finden Sie denn eigentlich so besonders an Ihrem Verlobten?« Seine Stimme hat dabei einen geradezu vorwurfsvollen Unterton.

»Er komplettiert mich« ist die schlichte Antwort, mit der Dr. Steinhaus rein gar nichts anfangen kann.

Als ich in mein Büro zurückkam, sah ich die nächste Katastrophe. Nawitsch hatte sich von meinem Schreibtisch gestürzt. In welcher Absicht auch immer. Jetzt kroch er auf dem glitschigen Laminat herum, und ich meinte, ihn humpeln zu sehen. Voller Schrecken schnappte ich den kleinen Kerl und setzte ihn behutsam in seinen Käfig. Er blieb wie angewurzelt sitzen und sah mich mit großen Augen nachdenklich an. Ab und zu kräuselte er die Nase, nein, er rümpfte sie sogar, und seine Schnurrhaare malten die üblichen Kreise in die Luft. Dennoch war sein Verhalten auffällig. Besorgt rief ich den tierärztlichen Notdienst an und schilderte die Lage. Ich erwischte allerdings eine völlig unsensible Veterinärin, die dreimal fragte: *»Ein Hamster?«* Zuerst hatte ich von »Nawitsch« gesprochen, aber ihre Kombinationsgabe war unterentwickelt.

»Ja, Mann beziehungsweise gute Frau, ein Hamster. Aber nicht irgendeiner – mein Hamster! Genauer sogar: unser Hamster. Ein Goldhamster, wenn das die Sache beschleunigt.«

Die Frau blieb verstockt. *»Kommen Sie morgen in die Sprechstunde. Heute kann ich nichts für Sie tun.«*

Das war das Ende des Gesprächs. Und das Ende von Nawitsch dem Ersten. Am nächsten Morgen lag er tot auf dem von mir aus Taschentüchern gebauten Diwan.

Vorher – nachdem ich Nawitsch versorgt hatte – ging ich rüber zu Ginger Lüllemann und wollte wissen, wo Czernatzke sei.

»Der segelt. Hat er uns doch ausführlich erzählt, falls du dich erinnerst.«

»Stimmt«, log ich. *»Sag mal, hättest du Lust und Zeit, mich zum Hafen zu bringen? Ich muss Czernatzke so schnell wie möglich sprechen. Schadet nichts, wenn du auch dabei bist. Es gibt nämlich Neuigkeiten.«*

Ginger fuhr seinen Computer runter, suchte seine Sachen zusammen, und wir starteten in seinem Saab. Czernatzke hatte für sich und Ginger je einen Saab gekauft, weil er meinte, Chefs einer Werbeagentur ohne Saab wären sofort unglaubwürdig. Ginger Lüllemann fuhr den 900er als Fünftürer, Czernatzke hatte den Zweitürer mit Schrägheck und Turbo. Einer von beiden war ständig in der Werkstatt, was dem Imagegewinn aber keinen Abbruch tat. Auf der Hinfahrt weihte ich Ginger ein, auf der Rückfahrt Czernatzke. Um zweiundzwanzig Uhr, zu unserem regulären Pizza-Date, trafen wir wieder zusammen. Lüllemann und ich warfen unsere Meinungen zum Thema Beteiligung auf den Tisch, danach übernahm Czernatzke, worüber wir beide froh waren. Er sollte die Verhandlungen mit Angelo und den Mafiosi führen, dafür gaben wir ihm freie Hand.

Ich weiß nicht, ob es exakt in diese Zeit fiel, aber ich erinnere mich an einen außergewöhnlichen Urlaub mit der Langen Stillen. WWW hatte von einem exklusiven Reiseveranstalter, der auch zwei Lodges in Afrika betrieb, den Auftrag bekommen, eine gediegene und dennoch frische Kampagne zu entwickeln. Lüllemann hatte einen schönen Prospekt am Start, Titelseite mit hochglänzendem Spritzlack, der Veranstalter lieferte die Fotos und ich textete auf dem gewünschten Niveau: *»Auf Safari mit Campari«*. Was ein Scherz sein sollte. Ernsthafter hatte ich unter ein Stockfoto, auf dem eine Rangerin zwei wenige Tage alte Löwenbabys im Nacken gefasst in die Luft hielt, geschrieben: *»Wenn Sie diese beiden noch auf Ihrem Schoß fotografieren wollen, müssen Sie schnell buchen.«* Doch unser Auftraggeber fuhr auf die Campari-Idee ab und wollte sich bei dem Spirituosenhersteller auch gleich noch einen Werbekostenzuschuss besorgen. Der Deal kam zustande, das Cross-Marketing war eingetütet, jetzt fehlte nur noch ein passendes Bild. Geplant war ein Pärchen auf der hölzernen Terrasse der Lodge, das sich in Casual-Dress einen Campari genehmigte. Im Hintergrund der Kilimandscharo. Die Flasche fett auf dem Tisch, die Gläser ordentlich rot, wie es sich gehörte. Aus Kostengründen sollten allerdings keine Models gecastet werden, der Auftraggeber wünschte sich vielmehr normale, sympathische Menschen, denen man ansah, dass sie sich so eine Reise leisten konnten. Und wer konnte sich so eine Reise leisten? Werner Weber nebst Karin natürlich! Ich machte spontan den Vorschlag, die Flüge zu übernehmen, wenn der Rest auf Kosten der Reiseagentur lief. Der Vorschlag ging durch, wir schaufelten uns zehn Tage frei, und ich packte zu viele Klamotten und Karin zu viele Arzneimittelchen ein.

Als wir in Mombasa aus dem Flieger stiegen, überrumpelte mich die Hitze und nahm mir kurz den Atem. In dem Moment stellte ich ein unumstößliches Gesetz für mich auf: Nie wieder weiter in den Süden als Mallorca. (Daran habe ich mich bis heute gehalten.) In der Ankunftshalle versuchten vier junge Männer, uns unsere Koffer abzunehmen, eine recht gewöhnungsbedürftige Situation. Mit einem Auge verteidigte ich die Koffer, mit dem anderen suchte ich die Reihe der vor die Bäuche gehaltenen Schilder ab, bis ich unsere Namen fand. Sofort stieg die Stimmung, denn da stand »Mr. and Mrs. Weber«!

Vor uns lag eine mehrstündige Fahrt im hoteleigenen Land Rover, die einfach nicht enden wollte. Zunächst über asphaltähnliche Beläge, dann über Schotterpisten. Diese Anreise galt als Sonderservice des Veranstalters, zurück sollte es mit einem Buschflieger gehen. William, unser Fahrer, zeigte mit überschwänglicher Freude auf Sehenswürdigkeiten und erklärte sie in einem dermaßen lustigen Englisch, dass wir uns wirklich gut unterhalten fühlten. Karin war von allem, was sie sah, begeistert. Mir gefiel ihre Begeisterung und ich machte einfach mit. Ich verklärte Ansiedlungen von armseligen Strohhütten zu sozialem Wohnungsbau, rief zwischendurch Hunderterzahlen, weil ich mich als offizieller Schlaglochzähler ausgab, grüßte huldvoll Kinderhorden am Straßenrand, wie es Queen Elizabeth nicht besser hinbekommen hätte, und dachte mir pausenlos neue Faxen aus, weil die Tour für mich ansonsten nicht erträglich gewesen wäre.

In der Lodge ging es dann sehr englisch zu, nicht nur sprachlich, sondern auch vom Lebensstil her. Engländer verstehen aber nichts vom Betten-Machen – sie würgen ein zweites Bettlaken, mit dem man sich zudecken soll, reißfest unter die Matratze, sodass es sich mit einfacher Fußtreterei nicht lockern lässt. Davon abgesehen haben sie es einfach besser drauf, Atmosphäre zu kreieren. All diese verschrobenen Rituale – einfach köstlich. Zum

Beispiel der »Five o'Clock Tea« mit einer hervorragenden Auswahl an Whiskys und Portweinen oder dieser schleimige Haferbrei zum Frühstück, den man mit zartbitterer Orangenmarmelade erst genießbar machen musste – dann war er aber sehr lecker! –, dazu gegrillter Speck, Würste, Bratkartoffeln und zweiseitig gebratene Spiegeleier. Alles war klasse: unser Zimmer, eine alleinstehende Holzhütte mit jedwedem Komfort, den man sich nur wünschen konnte, der unaufdringliche Service, abwechslungsreiche Menüs mit edlen Rotweinen, die Bar, in der es für mich viele Gläser Pimm's No. 1 gab und von der aus man gegen Mitternacht die Wildtierfütterung beobachten konnte, und so weiter und so fort. Nie wieder sah ich die Lange Stille so ausgelassen, glücklich und zufrieden. Unser täglich frisch bezogenes Bett erlebte ein Liebespaar, das alle Spielarten des geschlechtlichen Miteinanders mit Hingabe und Leidenschaft zur gegenseitigen Befriedigung vollführte. Uns ging es einfach nur gut. Die lästigen Ausflüge machten wir nur jeden zweiten Tag mit, wir hatten genug mit uns zu tun. Selbst unsere übliche Urlaubsbeschäftigung – stundenlanges Lesen – kam zu kurz.

Lediglich einen Roman schaffte ich in Afrika. Irgendeine Goldgräberromantik von Jack London. Bittere Kälte in Alaska, Männer, die im Schnee verreckten, ein Wolf, der den Helden ohne Knarre bedrohte – also Wolf und Held hatten keine Knarre –, Lagerfeuer und Fellmützen. Meine Sehnsucht nach kälteren Temperaturen wurde wenigstens in meiner Lektüre befriedigt.

Dann kam Bakithi Mtshali, der angekündigte Fotograf. Für sein Engagement war die Lodge verantwortlich, unsere Agentur blieb da außen vor. Bakithi benötigte zwei volle Nachmittage, um das perfekte Foto zu schießen. Für die Zuschauer auf der Terrasse war das eine belustigende Abwechslung, denn Bakithi machte ein solches Buhei um den Fototermin, wie ich es danach nie wieder erlebte. Er kam mit zwei Assistenten und einer uralten Rolleiflex-

Kamera an, bei deren Anblick mir kurz der Atem stockte. Ich machte dennoch die geforderte gute Miene, immerhin war ich ja eines der Models.

Am zweiten Tag schien endlich alles seinen Wünschen entsprechend eingestellt zu sein, da fiel ihm auf, dass ich kleiner war als das weibliche Model. Seine Assistenten brachten daraufhin sechs Bücher aus dem Lesezimmer, die mir unter die Schuhe geschoben wurden. »Ich steh auf Hemingway!« bekam dadurch eine neue Bedeutung.

Nie zuvor, aber erst recht nicht danach, habe ich so viel Campari getrunken. Mein gesalbter Blick in die Linse muss Generationen von Campari-Trinkern in ihrem Glauben bestätigt haben, die Marke sei ein seligmachendes, erkenntniserweiterndes Glückselixier.

Die Lange Stille ließ sich derweil durch nichts aus der Ruhe bringen. Sie lachte pflichtschuldig über meine Späße, behielt aber konzentriert genau den Blick bei, den sie später auf dem Foto sehen wollte. Kontrollierte Ausstrahlung in Reinkultur.

Dr. Arnulf Mohrmann genügen zwei Tage. In einem kleinen Hotel in der Lüneburger Heide, in das er sich mit seiner schwangeren Mitarbeiterin zurückgezogen hat, fällt er eine Entscheidung, die sein Leben verändern wird. Elisabeth Erlenhusen ist Mitte dreißig, seit vielen Jahren in ihren Chef verliebt und will das Kind um jeden Preis. Sie stellt jedoch keinerlei Forderungen, akzeptiert den Beziehungsstatus ihres Liebhabers und drängt ihn, keine voreiligen Schritte zu tun. Sie bietet an, den Vater ihres Kindes bei der Geburt zu verschweigen, und verspricht, allein klarzukommen. Nach dem Motto: Man behält nur das, was man bereit ist loszulassen.

Arnulf Mohrmann verinnerlicht das Gesagte. Ohne seiner Geliebten seine Entscheidung zu offenbaren, nimmt er sich vor, sein Leben neu aufzustellen. In aller Ruhe. Denn genau die hat er jetzt, da ist er sich sicher. Als Erstes wird er sich mit seiner ältesten Tochter bereden.

Elke Mohrmann träumt von einem Verhältnis mit dem ersten Violinisten ihres Theaters. Ein ernsthafter Mann, unverheiratet, nur offen für Musik und Kunst. Über nichts anderes mag er sprechen, was ihn zu einem einsamen Menschen gemacht hat. Oberflächlichkeit ist ihm ein Graus, er verabscheut alles Triviale, besitzt keinen Fernseher, macht um jede Mode einen weiten Bogen, lebt vegan und ist ein Verfechter der Freikörperkultur. Ein Mann mit so vielen Macken wirkt auf Elke Mohrmann geradezu betörend. Sie beobachtet ihn in der Theaterkantine, zieht Erkundigungen über ihn ein, dann scheibt sie ihm einen anonymen Brief. Darin textet sie das Lied »Willst du dein Herz mir schenken« aus dem Klavierbuch der Anna Magdalena Bach um:

Ich will mein Herz dir schenken
und fang es heimlich an,
dass mein geheimes Denken
niemand erraten kann.

Die Liebe muss bei beiden
allzeit verschwiegen sein,
drum schließ ich meine Freuden
in meinem Herzen ein.

Behutsam bin ich, schweige
und traue keiner Wand,
lieb innerlich und zeige
mich dir als unbekannt.

Und so weiter.

Dann bittet sie den Musiker, ihr ein Zeichen zu geben, sofern er ihre Bekanntschaft machen will. Ihr Vorschlag lautet, wenn er das Dreigestrichene »E« der ersten Violine zu Beginn des Vorspiels von Lohengrin einen winzigen Moment unterbricht, eine Art Mini-Pizzicato, so wüsste sie, dass er sie kennenlernen wolle. Eine harte Prüfung für einen Musiker, dem jeglicher Firlefanz unangenehm ist. Der seinen Beruf ernst nimmt, um jede Note ringt und Werktreue zum höchsten Ziel seines Strebens gemacht hat.

Das Violinisten-Projekt beschäftigt Elke Mohrmann ein halbes Jahr. In dieser Zeit stellt sie ihre Ernährung um, geht täglich zum Schwimmen, macht Gymnastik, nimmt zwanzig Kilo ab und lässt kein Konzert, keine Oper des eigenen Hauses aus. Als sie schließlich den vorgeschlagenen Ton, besser den Nicht-Ton, im Konzert hört, fällt sie eine Entscheidung, die ihr Leben verändern wird. Sie wird sich neu aufstellen. In aller Ruhe. Der erste Mensch, mit dem sie darüber sprechen will, soll ihr Sohn sein.

Der Deal mit den Mafiosi ging mit allem nur denkbaren Lamento über die Bühne. Davon bekam ich allerdings nur am Rande etwas mit. Unser Steuerfuchs und Czernatzke arbeiteten mindestens drei Wochen an dem Vertragswerk. Angelo Tomaselli war zum ersten Mal dankbar und erleichtert über unseren Beistand, er klopfte Czernatzke pausenlos auf die Schulter und reagierte so seine Aufregung ein wenig ab. Der Vertrag mit unseren neuen Partnern sah eine Zahlung per Banküberweisung vor. Erst nach deren Eingang sollte die Bargeldübergabe erfolgen. Im Hinterzimmer von Angelos Pizzeria. Der Notartermin war für den nächsten Tag gebucht. Und ausgerechnet da bekam Czernatzke kalte Füße.

»Mach du das lieber. Du bist abgebrühter. Du und Angelo, ihr kriegt das hin!«, ermunterte er mich. Dabei war ich gar nicht abgebrühter, ich war einfach nur naiver, selbstverliebter und großkotziger. Sehe ich jedenfalls heute so.

Kurz vor dem Termin wurde dann aber auch mir ein wenig mulmig. Man hat in seinem Leben einfach viel zu viele Gangsterfilme gesehen. Ich spürte geradezu die Einschusslöcher in meinem Körper und wusste mir nur dadurch zu helfen, dass ich Sylvia bat, im Auto vor der Pizzeria zu warten.

Ziemlich verspätet marschierten dann zwei der Mafiosi durch den fast leeren Laden, kamen zu uns ins Hinterzimmer und stellten zwei Plastiktüten auf den Tisch, wo der unterschriftsreife Vorvertrag bereits auf sie wartete. Plastiktüten! Im Film kommt das Bargeld immer im Koffer. Das irritierte mich. Außerdem, so eine Plastiktüte mit fünfhunderttausend in großen Scheinen zählt man nicht einfach kurz mal so. Verklemmt beobachtete ich, wie Angelo die Sache in Angriff nahm. Er leerte die Tüte, prüfte die mit Banderolen versehenen Geldpakete mit einem Daumenstreich und stapelte sie dann zu einem Haufen. Sechs Augen verfolgten seine Aktivitäten – meine voller Staunen, die der Mafiosi ohne sichtbare Gemütsregung. Nach wenigen Minuten war er fertig, grinste, sagte etwas auf Italienisch und drehte sich zu mir: *»Machst du auch, äh?!«*

Ich aber schaltete in den Humphrey Bogart-Modus: *»Alles paletti – die Tüten sind ja gleich schwer, oder? Ich vertraue euch. Schließlich sind wir jetzt Partner.«* Ich lächelte schmierig in die Runde, hielt mit der linken Hand die Tüte, unterschrieb mit rechts die zwei Exemplare des Vorvertrages und sagte: *»Ich muss mal kurz raus. Bin gleich wieder da.«*

Ich lief durch den Laden, ohne nach links oder rechts zu schauen, ging raus, direkt auf Sylvias Honda zu, riss die Beifahrertür auf, schmiss die Tüte in den Fußraum und presste die Worte

»Hau ab mit dem Zeug – wir treffen uns bei dir« heraus. Dann ging ich deutlich entspannter zurück ins Hinterzimmer, wo Angelo schon einen Lambrusco für mich bereitgestellt hatte. Die Herren tranken ordentlichen Rotwein, wir stießen an, und zu meiner Überraschung lachten auf einmal sogar die Mafiosi. Für eine Weile blieben sie sogar seriös.

Mit einer Taxe fuhr ich später zu Sylvia, um die Tüte abzuholen. Sie zickte rum, wollte es mit mir treiben, spielte aufreizend an ihren neuen Silikonpolstern herum und ging mir an die Hose. *»Für kein Geld der Welt schlafe ich heute mit dir«*, raunzte ich sie ungehobelt an. *»Gib die Tüte her und Feierabend!«* Ich hätte es beim besten Willen nicht gekonnt. Ich war einfach zu nüchtern. *»Am Samstag können wir wieder vögeln, jetzt geht's nicht, verstanden? Czernatzke wartet auf mich«*, zog ich mich aus der Affäre.

Sylvia lächelte dämonisch. *»Okay, Samstag, dann aber richtig, oder?«* Dann ließ sie mich mit den Worten *»Hier, da hast du deine Million!«* endlich gehen.

Ich Vollidiot. Aus reiner Angeberei hatte ich ihr gesagt, in der Tüte sei eine Million. Das sollte sich rächen. Übrigens, in der Tüte waren nicht einmal mehr die fünfhunderttausend. Sylvia hatte sich bereits mit zwanzigtausend bedient. Für den Transport. Als mich Czernatzke darauf ansprach, wusste ich es sofort. Ich beichtete es ihm allerdings nicht. War mir einfach zu peinlich. Lüllemann bekam dann seine fünfzig, Czernatzke zweihundertfünfundzwanzig und ich nur zweihundertfünf. Ich redete mir den Verlust als Lehrgeld schön – wie es mein Vater getan hätte – und nahm mir vor, nie wieder mit Sylvia zu schlafen. Danach fühlte ich mich geradezu befreit, denn ich glaubte an meinen Vorsatz.

Das dritte Staatsexamen steht an. Karin Mohrmann hat zwei schriftliche Prüfungstage, danach ist die Praxis dran. Unter den Kollegen werden Namen von Professoren gehandelt, die als Ratten gelten, weil sie fiese Fragen stellen. Karin kommt mit einem flauen Gefühl auf die Station, auf der sie als Prüfling angemeldet ist. Es geht um das tägliche Brot des Arztes: Untersuchung, Diagnose und Therapievorschlag. Die Patienten sind instruiert, nur die Auskünfte über sich zu geben, die sie auch bei ihrer Einlieferung angegeben haben. »Unklarer Ulkus« hat da etwa ein Hausarzt auf die Überweisung geschrieben. Karin schaut auf die Laborwerte und sagt: »Unklar ist da eigentlich gar nichts!«

Der Professor lacht. »Sieh an, na, da bin ich aber gespannt!« Doch die Spannung weicht schnell. Der Patient spielt mit, denn er nickt aufmunternd, als Karin ihre Diagnose stellt.

Mit dem erfolgreichen Abschluss der letzten Prüfung ist Karin Ärztin und darf endlich allein behandeln. Ihr Weg führt sie in ein Zentralkrankenhaus – in die Radiologie. Eine Entscheidung, über die sie nicht nachdenken muss.

Niedergeschlagenheit, die aus dem Körper kommt, kann man mit den besten Sprüchen nicht aus der Welt schaffen. Ich saß am Schreibtisch und schaute dem neuen Nawitsch dabei zu, wie er sich die Backen mit Birnenstückchen vollstopfte, um dann in seinem Haus zu verschwinden. Ich war nicht mehr fix, ich war fertig. Mir war abwechselnd heiß, dann wieder kalt, ich transpirierte stark, glaubte Ansätze von Schüttelfrost zu spüren, hatte Druck auf der Brust und fühlte mich schlapp. Eine Befindlichkeit, die sich seit Tagen angeschlichen hatte.

Am allerschlimmsten war mein Ekel vor Zigaretten. Ein echtes Alarmsignal.

Ich rief meine persönliche Hausärztin an, die in ihrem, aber leider nicht in meinem Haus war, und schilderte ihr meinen Zustand. Die Lange Stille fragte mir Löcher in den Bauch, wodurch ich auch die Lust am Telefonieren verlor. Dann vertröstete sie mich und wollte sich gleich wieder melden. Ich wartete und wartete und empörte mich trotz meines Zustandes mit steigender Tendenz. Warum wurde ich von ihr so hingehalten?

Da erschien plötzlich Arnulf bei mir im Büro. Herr Dr. Mohrmann auf Visite, so was kannte ich gar nicht von ihm. Erneut musste ich meine Symptome schildern, er maß Fieber, horchte meine Brust ab und schaute mich nachdenklich an. *»Werner, du gehst sofort ins Krankenhaus!«*, sagte er dann und packte seine Sachen zusammen. *»Ich bring dich hin. Kannst du laufen?«*

Wenn einem so eine Vorlage geboten wird, kann man sich selbst mit neununddreißig Grad Fieber nicht zurückhalten. Ich jedenfalls nicht. *»Können wir denn nicht wenigstens fahren?«*, fragte ich leidend und stand auf.

Im Zimmer waren auch Czernatzke und ein Praktikant, beide mit besorgten Gesichtern. *»Gib mir mal deinen Schlüssel, dann hole ich dir aus deiner Wohnung einen Schlafanzug, Zahnbürste, Hausschuhe und so weiter«*, meinte Czernatzke.

»Hausschuhe hab ich nicht, und ich will in diesem Leben auch keine mehr besitzen. Ich habe eine Hausschuhallergie! Und wofür denn einen Schlafanzug? Bleib ich da etwa über Nacht?«

Arnulf meinte ernst: *»Werner, das sieht verdammt nach einer Lungenentzündung aus. Damit spaßt man nicht. Daran sterben viele. Mit dem Fieber wird es zwar keine kalte Lungenentzündung sein, aber du brauchst trotzdem dringend ärztliche Betreuung. Los, komm!«*

»Wie viele sterben denn daran so in einem Jahr?«, wollte ich noch wissen.

»Mehr als wir Einwohner in der Stadt haben.« Ein Satz mit der Wirkung eines Fallbeils.

Arnulf blieb bei mir, bis ich die Aufnahme im Krankenhaus überstanden hatte. Seine Gegenwart beschleunigte die Prozedur. Nachdem er kurz telefoniert hatte, erschien der Chefarzt der Inneren Abteilung. Man brachte mich in ein Zweibettzimmer und wollte mir einen weißen Kittel umhängen, der hinten offen war. Den Angriff konnte ich mit dem Hinweis auf Czernatzkes Lieferservice glücklicherweise abwehren. Als er dann kam, hatte er Saunalatschen als Hausschuhersatz dabei sowie einen Koffer – prall gefüllt wie für eine Weltreise. Er sortierte alles fein säuberlich in einen Schrank, wies darauf hin, dass er früher gekommen wäre, wenn er nicht noch meine zwei Schlafanzüge hätte bügeln müssen, und spielte die Mutterrolle insgesamt sehr überzeugend. Als sich die Nachtschwester vorstellte, meinte sie süffisant: *»So die Herren, nun verabschieden Sie sich mal voneinander, auch wenn es schwerfällt.«*

Czernatzke ging, und ich blieb mit einem vierundachtzigjährigen Opa in einem abgedunkelten Zimmer zurück. Langsam begannen auch die Medikamente zu wirken. Dämmer und keinerlei Aufruhr in mir. Ich war müde, matt und glücklich über die Fürsorge meiner Mitmenschen. In Gedanken träumte ich mir die Lange Stille herbei und schlief mit ihr ein.

Mitten in der Nacht wachte ich auf. Der Opa neben mir rumorte in seinem Bett herum, klopfte mit den Fingern auf meinen Nachttisch und gab undefinierbare Geräusche von sich. Ich suchte nach dem Lichtschalter und drückte dabei versehentlich auf den Notrufknopf. Bei Lichte betrachtet stellte sich die Situation ober-dramatisch dar. Der alte Herr hatte sich eingekotet, mit der Hand das Malheur gecheckt und dann um sich geschlagen. Treffsicher hatte er dabei auch meine Uhr vollgeschmiert, die auf dem Nachttisch lag. So eine Scheiße! Ekel übermannte mich. Und selbst die Nachtschwester musste sich schwer zusammenreißen.

»Waschen Sie mal Ihre Uhr. Ich hole Ihnen gleich einen neuen Nachttisch. Aber zuerst kümmere ich mich um Sie, Herr Kottke.« War das zu fassen? Der Mann hieß doch tatsächlich Kottke. Kotke wäre die Punktlandung des Jahres gewesen.

Ich stand vor dem Waschbecken, rubbelte das Lederarmband meiner Uhr mit Shampoo ab und musste plötzlich losprusten. Fieber, Lungenentzündung, weiche Beine, weit nach Mitternacht und Kacke an der Uhr. Wann erlebt man so was schon mal?

Der Nachtschwester gehörte meine vollste Bewunderung. Innerhalb von nicht einmal zehn Minuten war der Opa gewaschen, hatte eine Windel an, lag in einem frisch bezogenen Bett, waren beide Nachttische ausgetauscht und die Luft im Zimmer durch das weit geöffnete Fenster neutralisiert.

Krankenschwestern – und natürlich auch Krankenbrüder – sind die wahren Götter in Weiß!

Ich bemerkte schon, dass ich nicht im Vollbesitz meiner Kräfte war. Es fiel mir nur schwer zu realisieren, dass ich tatsächlich krank war. Und zwar nicht nur ein bisschen, sondern richtig. Ein geheimnisvoller Druck lag auf mir und bescherte mir eine unbeschreibliche Mattigkeit, auch in meinem Kopf. Kurz gesagt: Ich war nicht der Alte. Vielleicht erklärt sich so die nachfolgende Begebenheit.

Am späten Nachmittag des nächsten Tages kam Czernatzke zu Besuch. Er brachte eine Packung Mon Chéri mit, so kannte ich ihn. Aber ansonsten war er anders. Sanfter? Vielleicht. Einfühlsamer, ruhiger, intensiver – irgendwas aus diesem Programm. *»Mensch Werner, so ein Schreck. Ich mache mir Sorgen um dich. Junge, ich brauche dich doch. Lass mich bloß nicht im Stich!«*

Ich verdaute seine Worte und sah ihn dabei ein bisschen genauer an. Genauer als sonst. Sein rundes Gesicht, die wattigen Wangen, die breiten Augenbrauen, die etwas zu kleine Nase, die perfekt geschnittenen dunkelbraunen Haare, die ungleichen Lippen – unten fleischig und gerundet, oben eher etwas zu dünn –, sein blau-weiß-gestreiftes Hemd mit Button-down-Kragen, das ewige dunkelblaue Jackett. Nur seine braunen, hochglanzpolierten Schuhe konnte ich nicht sehen, aber ich wusste, dass er sie trug. Wir sahen uns schließlich ständig. In den letzten Jahren war ich mit keinem Menschen häufiger zusammen gewesen, aber gerade deshalb muss ich wohl immer an ihm vorbeigeschaut haben. Seine Gegenwart war so selbstverständlich für mich, da konzentrierte ich mich nicht mehr auf das Äußere.

Ich versuchte einen schwachen Scherz, als ich langsam und verzögert entgegnete: *»Du hast wohl Angst um mich, wie?«*

Es schoss geradezu aus ihm heraus: *»Klar, Werner, du bist mein einziger Freund. Mensch, wir brauchen uns doch!«*

Da war es. Zum ersten Mal – ich schwöre es. Das Wort »Freund«. Nie zuvor hatten wir uns so genannt. Wir nannten uns stets »Partner«. Wenn ich davor an Czernatzke gedacht hatte, dann war da immer noch dieser alte Vorbehalt aus der Schulzeit gewesen. Fräulein Czernatzke. Zusammen mit der alten Vermutung, er könne schwul sein. Gerade deshalb hatte ich nie intimere Gespräche mit ihm geführt. Natürlich, wir waren uns nicht fremd. Wir teilten ja auch sehr viel miteinander. Und gemeinsam hatten wir einen unglaublichen Erfolg. Aber ab einem gewissen Punkt hatte ich Hemmungen, mit ihm über Privates zu sprechen. Als ich mitbekommen hatte, dass Lüllemann homosexuell war, weil er einmal unaufgeregt von seinem neuen Freund sprach, da war mir klar: Czernatzke hatte den Draht zu ihm über eben jene gleiche sexuelle Disposition gefunden.

Unsere unerfreuliche Begegnung damals in der Umkleide hatte einen Korridor der Sprachlosigkeit geschaffen. Wir hatten einfach weiße Flecken auf unserer Beziehungslandkarte, die wir beide intuitiv, wie es scheint, umkreisten. Und jetzt nannte er mich seinen Freund! Wie bei Menschen, die in der Todesstunde ihr Leben an sich vorüberziehen sehen, lief ein Film im Zeitraffer vor meinem inneren Auge ab. Unsere Nähe zueinander, die wir nie angesprochen hatten, wurde mir schlagartig bewusst. Ebenso wie die unnötigen unterschwelligen Gründe der Distanz.

»Ja, Claus, stimmt. Wir sind Freunde. Da hast du recht. Ist mir nie so über die Lippen gekommen. Vielleicht auch, weil ... Ach, lassen wir das.«

»Nein, Werner. Was wolltest du sagen?«

»Tja, ich dachte einfach, wenn man ‚Freund' sagt und jemand ist schwul, dass es vielleicht bedeutet, dass ...«

»Wer ist denn hier schwul?«, entfuhr es Czernatzke.

Wir schauten uns erstaunt an, vielleicht auch peinlich berührt.

»Bist du denn nicht schwul?«, traute ich mich plötzlich zu fragen. *»Wir haben das früher doch immer vermutet.«*

»Ihr habt das vermutet? Warum? Weil ich freundlicher war als ihr? Weil ich gerne hilfsbereit bin? Weil ich, obwohl es uncool war, mal Gefühle gezeigt habe? Weil ich einfühlsamer war als die meisten von euch?«

Ich brauchte einige Zeit, um nachzudenken, und meine Augen wanderten langsam an seinem Körper hinab. Dann sagte ich: *»Ganz ehrlich, ich weiß es nicht. War so ein gruppendynamischer Prozess. Ein bisschen wie Stille Post. Jemand sagt was, und man nimmt es für bare Münze. Keine Ahnung. Es stand irgendwann einfach so im Raum. Und du hast es dir ja auch gefallen lassen, oder?«*

Czernatzke, also Claus Komischke, stierte eine Weile vor sich hin, sein Blick schien kein konkretes Ziel zu haben, bis er sagte: *»Stimmt, war so. Ich habe mich nicht dagegen gewehrt. Im Gegenteil, ich hatte sogar eine Phase, in der ich es selber für möglich hielt. Mensch Werner, und das stand immer zwischen uns? Was sind wir* *blöde. Jetzt versteh ich auch Iris und ihre Geheimniskrämerei. Nicht zu fassen. Und das in unseren aufgeklärten Zeiten.«*

»Welche Iris?«, fragte ich und wusste wirklich nicht, wen er meinte.

»Ach Werner, ich bin schon seit Langem mit deiner Schwester zusammen. Sie ist nämlich schwul und steht auf Männer. Jetzt weißt du es.«

»Was? Du und meine blöde Schwester?«

Wir lachten und waren froh über unser Gespräch. Vor allem über die Wendung. Dann löcherte ich ihn, weil ich wissen wollte, wann, wie, wieso, weshalb, warum? Und überhaupt, was er mit meiner Schwester trieb. Czernatzke erzählte ein bisschen, und schon war der Spaß wieder vorbei. Alles, was ich hörte, passte exakt zu meiner Schwester, die ein Klon meiner Mutter war. *»Czernatzke«*, sagte ich darum ernst, *»ich glaube nicht, dass du auf Dauer mit ihr glücklich wirst.«* Eine Vorhersage, die sich bestätigen sollte. Und irgendwie auch wieder nicht.

Czernatzke kam nun täglich ins Krankenhaus, meist so gegen achtzehn Uhr, und blieb dann zwei, drei Stunden. Wir hatten uns so viel zu erzählen, und es herrschte eine Stimmung, als hätten wir uns frisch verliebt. Die Summe der bis dahin unterdrückten Themen war einfach zu groß. Und die Entdeckung unseres intensiveren Miteinanders wirkte befreiend, fast wie ein Glücksgefühl.

An einem dieser Tage, es könnte der dritte auf der Inneren Station gewesen sein, brachte Czernatzke ein kleines Päckchen mit. Ich wickelte es aus, und ein silberner Bilderrahmen kam zum Vorschein. Darin ein Bild von Karin und mir, aufgenommen in Afrika. Der finale Schuss. Im Hintergrund der höchste Berg des Kontinents mit seiner weißen Mütze, davor ein Paar, dessen Gesichter den interessierten Betrachter fesselten. Die freundliche, in sich ruhende, überlegene – aber nicht überhebliche – Lange Stille, in deren Blick man sich fallen lassen konnte. Da war Intelligenz, Wohlwollen, Aufrichtigkeit, aber auch eine klitzekleine Spur von Ironie oder besser: Abgeklärtheit. Dieses Bild habe ich in meinem Leben bestimmt tausend Stunden angeschaut. Der Mann an ihrer Seite, sein Campari-Glas höher hebend als sie, sich leicht zu ihr neigend, sah aus wie ein Honigkuchenpferd. Ein unausgegorener Zappelphilipp. Ich erkannte die anbiedernden Aspekte meiner Ausstrahlung und sah, wie wenig geerdet ich rüberkam. Mit anderen Worten: Ich sah meinen wackeligen Charakter, der sich von Karins in seiner Festigkeit deutlich unterschied. Auf diesem einen Bild war unsere ganze Geschichte zu lesen – wie sie war und wie sie kommen würde.

Je gesunder ich wurde beziehungsweise mich fühlte, desto häufiger sprachen Czernatzke und ich wieder über die Agentur. Wir hatten einen fetten Fisch an Land gezogen: Die Programmierung unserer ersten CD-ROM. Im Auftrag eines international tätigen Ladeneinrichters. Da wurde der Druck größer, was wiederum meine Genesung beschleunigte. Leider. Denn die Empfehlung der Ärzte hieß: Urlaub machen, entspannen, ausruhen, abschalten. Und ja keine Zigaretten mehr. Das wäre alles leicht zu ignorieren gewesen, aber am vierten Tag meines Krankenhausaufenthaltes ging die Zimmertür auf und Karin trat ein. Besorgter Blick, forschend, bemitleidend und sooo schön. Ich musste schlucken und mich mühsam sortieren, weil es auf einmal so überwältigend war. Ich kam mir vor wie ein Kind, das nach dem ersten Tag im Kindergarten endlich von der Mama abgeholt wird. Diese unglaubliche Anspannung, die in Sekunden von einem weicht, die man aber erst in dem Moment wahrnimmt. Die Lange Stille war für zwei Tage angereist, weil meine Situation für sie beunruhigend war. All ihre Vorhaltungen, vor allem aber ihre Hinweise, wie ich mich in den nächsten Wochen verhalten sollte, um meine Gesundheit wieder in den Griff zu bekommen, all diese positive Energie war wirklich sehr schwer zu ignorieren.

Doch ich schaffte es. Ich konnte mich jetzt einfach nicht zurückziehen, dafür stand viel zu viel auf dem Spiel. Die CD-ROM und dann auch noch die Eröffnung des sechsten Wum Wum. (An den fünften Laden kann ich mich schon kaum noch erinnern, da verwechsle ich Städte und Objekte.)

Talking Heads!!! Bitte gebt uns mehr von dem heißen Sch***! Wer unlängst im Kino war, hat vielleicht statt der blödsinnigen »Stars« und dem flachen Fratzen-Geballer einen Herrn in einem etwas zu großen weißen Anzug gesehen. Die Rede ist von David Byrne und seinen Talking Heads in »Stop Making Sense«. Das soll ja angeblich Wave sein oder eine Art Rock, Funk oder Soul. Ist es aber nicht. Es ist einfach alles, was man braucht, um von Party (»Once in a Lifetime«) über Rumgerangel (»Psycho Killer«) bis hin zum Abriss der kompletten Bude (»Burning Down the House«) zu kommen. Dazwischen ist noch mehr möglich. Frag deine Freundin! Aber: Zuerst den Film ansehen – dann geht's los!

Euer Werner

Die Rückkehr in mein altes Leben: besser, mein eingefahrenes Lebensmuster, lief schneller als gedacht, vor allem aber schneller, als gut gewesen wäre. Ich Idiot! Auf einer Samstagnacht-Tour zurück vom neuen Wum hätte ich schön bei Sylvia im VW-Bus schlafen können, wäre ich nicht um den Schlaf gebracht worden. Denn kaum, dass wir auf der ruhigeren Autobahn fuhren, sagte Sylvia, sie müsse mit mir reden. Es sei ernst. Ich nuschelte flapsig: *»Wenn es wegen Ernst ist, der stört mich nicht. Mach mit ihm, was du willst!«* Dann drehte ich mich in die übliche Schlafposition.

Doch dann kam es. Mein Leben wurde neu justiert. Mit wenigen Sätzen: *»Werner, ich bin schwanger. Und ich will das Kind. Und ich will, dass wir heiraten. Ich weiß, wie scheiße es ist, unehelich aufzuwachsen. Mein Kind soll den Namen seines Vaters haben. Verstanden, oder?«*

»Spinnst du?« war erst einmal alles, was ich rausbrachte. Ich setzte mich aufrecht hin, stierte konfus auf die Straße und sagte: *»Wie? Was? Bist du nicht ganz dicht? Mach keine Zicken. Ich heirate dich im Leben nicht, das weißt du. Ich bin mit Karin verlobt!«*

Sylvia trat unvermittelt auf die Bremse. Mein Kopf schlug fast an die Scheibe. Ich begann zu fluchen und fasste ihr ins Lenkrad. Sylvia hielt auf dem Standstreifen, machte den Motor aus und sagte dann kalt wie Trockeneis: *»Da gibt es keine Diskussionen. Wir heiraten, und ich heiße Weber. Verstanden? Wir müssen nicht zusammenziehen. Meinetwegen kannst du dich nach drei Jahren scheiden lassen, wenn ich versorgt bin. Aber ich will kein uneheliches Kind. Wenn dir das nicht passt, gehe ich zur Steuerfahndung und lass die ganze Wum-Kiste hochfliegen. Ich weiß genug. Dann wanderst du in den Bau, oder?«*

Ich schüttelte mich und wurde ironisch: *»Ah, ein unehelicher Vater im Knast ist also die Alternative für dein Gör, ja?«*

»Mir scheißegal. Ich will mein Recht! Wenn nicht, dann räche ich mich, oder?«

»Recht oder Rache? Du bist doch nicht ganz bei Trost. Kommt gar nicht infrage!« Ich stieg aus, latschte mitten auf der Autobahn zurück, sozusagen als Geisterläufer, um die entgegenkommenden Fahrzeuge in der Nacht besser sehen zu können.

Nach einer Weile hielt ein Polizeifahrzeug neben mir, schaltete das Blaulicht ein, und einer der Beamten sprach mich durch die runtergekurbelte Scheibe an: *»Sind Sie lebensmüde?«*

»Nee, ich nicht. Meine ... äh, also, meine Bekannte. Die hat mich quasi rausgeschmissen.«

Der Polizist lachte. *»Kennen wir, steigen Sie ein. Wir bringen Sie zur nächsten Abfahrt. Von dort können Sie gern weiterlaufen.«*

Die Herren waren dann sogar so freundlich, mir eine Taxe zu bestellen, auch wenn ich auf die an der Abfahrt ewig warten musste. Warum auch immer, aber zu dem Zeitpunkt erkannte ich die Gefahr in dem Spielchen nicht im Ansatz. Ich war einfach nur empört.

Am Sonntag kam ich pünktlich und gut gelaunt zum Meeting in die Agentur. Den Sylvia-Stress hatte ich erfolgreich verdrängt. Doch schon im Flur schnappte mich Czernatzke, schob mich in mein Büro, schloss die Tür und sagte: *»Holland in Not. Du meine Güte. Ich weiß alles. Sylvia hat mir ihr Ultimatum mitgeteilt. Angelo übrigens auch. Der dreht am Rad. Der hat doch noch Bewährung wegen seiner Steuerhinterziehung. Werner, wir sitzen knietief in der Scheiße.«*

Wenn alle durchdrehen, ist es ein gutes Rezept, sich selbst entgegengesetzt zu verhalten. Den Wirbel einfach nicht mitmachen. Ruhig bleiben, nachdenken, lächeln, bewusst atmen und Gelassenheit nach außen kehren. Gelang mir eine ganze Weile, doch dann wurde der Druck zu groß. Nachdem wir mit Angelo gesprochen hatten und er mich geradezu anflehte, Sylvia zu heiraten, vertagten wir uns auf Montag, bei unserem Steuerberater.

Der machte dann ein ziemlich belämmertes Gesicht. Auch ihm

hatten wir öfter mal ein paar Scheine rübergeschoben, weshalb er sich wohl mitschuldig fühlte. Zumindest mitgefangen. Alle, der Steuerfuchs, Angelo und Czernatzke, waren am Jammern und malten einen Teufel nach dem anderen an die Wand. Weil mir die Betroffenheit und die Schwarzmalerei zu überzogen vorkamen, machte ich den Vorschlag, unseren Anwalt zu konsultieren. Der Fuchs rief ihn umgehend an, und unsere Karawane machte sich auf den Weg zu ihm.

Mir ging die Angstmacherei schon allein deshalb auf die Nerven, weil sie für mich darauf hinauslief, Sylvia heiraten zu müssen. Damit glaubten die anderen, aus dem Gefahrenbereich zu sein. Ich dagegen wäre bis zur Nase in ein Jauchebad getaucht – so verdeutlichte ich es den Herrschaften.

Der schwere Fehler, den ich mir anlasten musste, war meine große Klappe. Weil ich Sylvia gesagt hatte, in der Plastiktüte sei eine Million gewesen. Ja, und dann kannte sie natürlich auch noch die regelmäßigen Umschläge von Angelo, aus denen sie sich manches Mal bedient hatte.

Der Anwalt hörte sich alles genau an, dann fasste er die Fakten zusammen. Da wir alle nickten, ich auch, kam er zu seiner Einschätzung. Demnach würde die Steuerfahndung erbarmungslos zuschlagen, alles auf den Kopf stellen, Kassen, Wareneingangsbücher, Personalabrechnungen etc. unter die Lupe nehmen, unser Privatleben durchforsten und so weiter. Damit stünden die Discos vor der Pleite, was eine Welle an Bürgschaftseinlösungen zur Folge hätte. Privatinsolvenz hieß das Stichwort. Im anschließenden Prozess sähe es schlecht für uns aus. Angelo würde sofort in den Knast gehen – wegen seiner Vorstrafe –, Czernatzke und ich wahrscheinlich auch, nur mit viel Glück wäre eventuell eine Bewährungsstrafe für uns drin, was er allerdings nicht erwartete, weil man uns in jedem Fall eine siebenstellige Summe als Hinterziehung anlasten könnte.

Das Allerschlimmste aber wären die Folgen für und mit unseren Partnern. Wenn Angelo von ihnen sprach, dann konnte man Todesangst erahnen. Der Mann machte sich bei dem Gedanken an die netten Mafiosi geradezu ins Hemd. Und Sylvia hielt er für unberechenbar. Vor der hatte er mich immer gewarnt und tat es jetzt nachträglich schon wieder.

Der Anwalt meinte, bar jeglicher Emotion: *»Wenn Sie die Sache mit einer Heirat aus der Welt schaffen können, würde ich an Ihrer Stelle noch morgen zum Standesamt gehen. Wenn es stimmt, dass die Dame Sie nach drei Jahren wieder freilassen will, dann sind doch alle gerettet. In der Zeit kann man die Spuren problemlos beseitigen. Also, Herr Weber, gehen Sie die Ehe mit der Frau ein, das Kind haben Sie sowieso, sofern Sie der leibliche Vater sind. Einen passenden Ehevertrag setze ich Ihnen im Handumdrehen auf. Überlegen Sie nicht lange!«*

Ich schlich aus der Kanzlei und spürte plötzlich den Arm von Czernatzke auf meiner Schulter. *»Alter, es tut mir so leid. Wenn ich dir irgendwie helfen kann ... ich tue alles für dich!«*

»Schaff mir Sylvia vom Hals! Besser gesagt uns. Das wär's! Diese blöde Kuh. Wer sagt eigentlich, dass sie von mir schwanger ist?«

Czernatzke wusste mehr. Er hatte mit ihr telefoniert und bestätigte Angelos Eindruck. *»Die geht aufs Ganze, da bin ich mir sicher.«*

»Und was ist mit Karin?«, brüllte ich ihn an. *»Ich bin doch mit ihr verlobt. Die verlässt sich auf mich. Das ist meine Frau, verstehst du?«*

Czernatzke wirkte ehrlich betroffen. Nach einer ganzen Weile sagte er: *»Fahr zu ihr. Rede mit ihr. Erklär ihr alles. Eine andere Möglichkeit gibt es nicht.«*

Nein, eine andere Möglichkeit gab es wirklich nicht.

Trotzdem ließ ich mich von Frust und Wut treiben und fuhr per Taxi zu Sylvia. Sie öffnete, und fast schien es, als habe sie mich erwartet. Sie lachte frech und fragte, ob ich vögeln oder reden wolle. So eine abgebrühte Schlampe.

»Woher willst du überhaupt wissen, dass ich der Vater bin, hä?«, schleuderte ich ihr entgegen.

»Weil ich seit über einem Jahr mit keinem anderen gepennt habe, oder?«, sagte sie scharf.

»Ah, und davor? Wir haben es doch schon länger ... Äh, also, was war davor?«

»Da habe ich mit Angelo rumgemacht. Wir waren fast drei Jahre zusammen, danach lief es eine Zeit lang mit euch beiden. Ist doch nichts dabei, oder?«

»Mit Angeloooo?«, rief ich entsetzt. Der Boden unter meinen Füßen begann zu schwanken. Ich setzte mich, wo ich stand, auf den Boden, Schneidersitz, legte meine Hände vors Gesicht und überließ mich meiner Verzweiflung. Plötzlich durchfuhr mich ein Gedanke, den ich zu einer Entscheidung machte. Ob es falsch oder richtig war, spielte nun auch keine Rolle mehr. *»Okay, wir heiraten. Ich sag dir, wann. Du hörst von mir.«*

Fluchtartig verließ ich ihre Wohnung und rannte durch die abendlichen Straßen, bis ich bei Voglers einkehrte. Currywurst und Bier. Und sofort eine Ladung Zigaretten. Zwar nicht meine Marke, aber ich brauchte dringend die stabilisierende Kraft zwischen meinen Fingern. Seit der Lungenentzündung war ich clean gewesen. Aber das ging nun beim besten Willen nicht mehr.

Vom zweiten Bier hatte ich kaum den Schaum abgetrunken, da kam Czernatzke rein. Sorgenvoller Blick, aber froh, mich zu sehen. *»Ich such dich überall. Mann, Werner, was machen wir jetzt bloß?«*

»Wieso wir?«, fragte ich provokativ. *»Oder willst du sie etwa heiraten?«* Doch ihm war nicht nach Scherzen zumute. Einfühlsam benannte er das Epizentrum des kommenden Bebens: die Lange Stille. Er bot an, mich sofort zu ihr zu fahren. Er war sogar bereit, allein mit ihr zu sprechen und ihr alles zu erklären.

»Und wie erklärst du ihr, dass ich mit Sylvia gevögelt habe? Jahrelang?« Czernatzke wusste es nicht, und ich schon gleich gar nicht.

Kurz vorm vierten Bier kam ich auf die glorreiche Idee, die Mafiosi auf Sylvia anzusetzen. Betonschuhe und so. Aber Czernatzke holte mich sofort zurück auf die bürgerliche Spur. Nachdem ich ihn noch eine Zeit lang zappeln ließ, machte ich meine Ansage: *»Ich werde Sylvia heiraten. Hab es ihr schon gesagt. Zufrieden?«* Doch er war nicht zufrieden. Sein Zustand veränderte sich keinen Deut. Er litt mehr als ich. Ein echter Freund!

Die Fahrt nach Erlangen schob ich allerdings noch vor mir her. Ein notwendiger Zeitgewinn.

Erwürgt oder erschossen werden waren damals auf der Schule die Optionen. In diesem Fall entschied ich mich falsch. Ich ließ mich erwürgen.

In der Agentur brannte der Baum. Zum guten Ton in der Werbebranche gehört ja das Vorspielen absoluter Kompetenz bei nicht vorhandenem Know-how. Testet ein potenzieller Kunde durch nervige Fragerei die Fachkenntnisse, stellt man geschickt eine Zwischenfrage, um so Spezialwissen vorzugaukeln. Schon hat man den Job. So war das auch bei unserem CD-ROM-Auftrag gelaufen. Als der Kunde angefragt hatte, ob wir ihm eine solche zusammenbasteln könnten, hatte ich geantwortet: *»Klar! Mit einer Verpackung aus Karton oder Plastik?«* Später dann in der Agentur: *»Ey, hat schon mal jemand eine CD-ROM programmiert?«* Die große Stille. Gehört hatten wir natürlich schon davon. CDs, die mit Daten ohne Ende vollgestopft werden konnten. Sogar mit Filmen. Technologisch aktuell die heißeste Nummer. Bei uns gab es aber nur ein einziges CD-ROM-Laufwerk. Für unseren IT-Mann. Separat vom Rechner. Musste man immer erst aufwendig anschließen. Integrierte gab es da noch nicht.

Einer unserer Praktikanten war ein Nerd. Auf seinem Bildschirmschoner flogen Enten herum, wenn er nicht bei der Arbeit war. Ein Fachmann dieses Kalibers in den eigenen Reihen – da schlug Czernatzke zu und machte ihn zum Projektleiter. Seine Begeisterung glich jedoch der einer abgeschossenen Ente. *»Oh, Mann, da brauch ich aber auch so 'n CD-ROM-Laufwerk an meinem Rechner!?«*

»Gebongt!«, sagte Czernatzke. *»Und sonst?«*

»Die neue CD von Peter Gabriel, das Spiel Myth, ein Abo vom Mac-Magazin und von Wired.«

»Auch gebongt. Das war es aber, ja?«

»Äh, nö, noch ein paar Programme. Ich sag dir noch, welche.«

Von unserem Kunden hatten wir einen Karton mit Katalogen, Fotos, Videokassetten und Referenzen bekommen, dazu Pläne und Preislisten. Die Firmenlogos hatten wir selbst entwickelt, die waren also wenigstens schon mal abrufbar. Aus diesem ganzen Kram sollte nun eine digitale Präsentation werden. Der gesamte Inhalt auf einen handlichen Speicher gebrannt, und schon musste man nicht mehr in einem Karton rumwühlen, um Bilder oder Videos anzuschauen, man klickte sich einfach munter durch. Ein digitaler Katalog – damals ein Eindruck schindendes Highlight.

Im Grunde war so eine CD-ROM kein Hexenwerk, jedenfalls nicht für ein paar große Agenturen. Für uns aber schon. Also besorgten wir vom örtlichen Mercedes-Dealer ein Exemplar, mit dem die Sternenritter ihre neue E-Klasse an den Mann bringen wollten. Czernatzke stellte dem Händler im Gegenzug in Aussicht, unsere Firmenflotte auf Daimler umzustellen. Wir surften und staunten. Halleluja, da waren Meister am Werk gewesen. Unser Nerd, also der Projektleiter, schaute nervös zu und hatte anschließend eine weitere Liste von Wunschartikeln parat, die er unbedingt bräuchte. Neben dem Brenner für zweitausendfünfhundert Mark auch noch Lautsprecher und Rohlinge. Dann kam er mit der Erleuchtung um die Ecke, dass es ohne einen Programmierer nicht gehen würde. Ich sagte: *»Hey Mann, ich dachte, das wäre dein Job?«*

»Nee«, meinte er einfühlsam, er würde nur das Konzept erstellen. Dann malte er auf die Rückseite eines Plakates eine Art Stammbaum, um zu erklären, wie man sich den Aufbau einer CD-ROM vorstellen musste.

Das begriff ich sofort. *»Ah, wie ein dreidimensionales Inhaltsverzeichnis im Buch, von dem aus man sich auf jede beliebige Seite klicken kann? Und mehrere Seiten werden, sofern erforderlich, miteinander verlinkt, stimmt's?«*

»Genau«, meinte der Nerd und war damit seinen Projektleiterposten los, während ich mir eine neue Aufgabe an die Backe holte.

Czernatzke kam schon am nächsten Tag mit einer CD-ROM-Lichtgestalt an, einem langhaarigen Doppel-Nerd, der Chris hieß und behauptete, dieses Thema sei seine Spezialität. Wir löcherten ihn, er wusste auf alle Fragen echte Antworten und bekam erst bei der Frage *»Zeig uns mal, was du auf dem Gebiet schon gerissen hast, da gibt's doch bestimmt Beispiele, oder?«* einen roten Kopf. Er stotterte rum, zierte sich und war kurz davor, gleich wieder rausgeschmissen zu werden. Aber schließlich zauberte er doch noch drei Silberlinge aus einem Sticker-beklebten Hartschalenkoffer hervor. Was wir dann zu sehen bekamen, waren computertaugliche Schmuddelheftchen samt kurzer Videos: *Hosenlos auf dem Minigolfplatz, Kitzel mich, Virtual Veronica, Mundgeblasene Kunststückchen* und so weiter. Damit konnten wir unserem Kunden natürlich nicht kommen, aber wir verstanden, wie es klappen könnte, auch wenn das Material ganz sicher nicht in der E-Klasse spielte.

Der Ex-Projektleiter, zwei Grafiker, der Doppel-Nerd und ich schufteten insgesamt vier Monate, und unsere Rezeptionistin sprach die Texte – wie *»Hier jetzt bitte auf den linken Screen klicken!«* – und alle anderen Hinweise ein. Sie klang zwar nicht so sexy wie Virtual Veronica, aber auch ihr Auftritt hatte Feuer.

Am Ende schlug die CD-ROM ein wie eine Eisbombe und

machte aus WWW – was für ein prophetischer Name im Hinblick auf das anrollende Internetzeitalter – einen Multimedia-Dienstleister. Und der Ladeneinrichter? Verwandelte sich zum Hecht im Karpfenteich und zahlte sechsstellig dafür – unser Konto drohte fast überzulaufen!

Elke Mohrmann reist aus Süddeutschland an, setzt sich ins Wohnzimmer des eigenen Hauses und wartet nervös auf ihren Mann. Dr. Arnulf Mohrmann weiß von der Ankunft seiner Frau, er beeilt sich, aus dem Institut nach Hause zu kommen, um wie üblich, wenn sie gekocht hat, mit ihr am Abend zu speisen. Er will reinen Tisch machen, seinen Seitensprung beichten und die Konsequenzen ziehen. Doch beim Eintreten bemerkt er den ungedeckten Tisch, auch riecht es nicht nach Essen. »Bist du gerade erst angekommen?«, fragt er erstaunt, während er auf seine Gattin zugeht.

Nein, Frau Mohrmann ist schon seit über zwei Stunden im Haus. In dieser Zeit hat sie unruhig im Lesesessel ihres Mannes gesessen, ihre Hände geknetet und sich nicht einmal den Mantel ausgezogen. »Arnulf, ich möchte mit dir reden«, eröffnet sie nach einem gehauchten Wangenkuss das Gespräch.

»Wie schön«, entgegnet ihr Mann. »Du siehst gut aus! Hast du abgenommen?« Er blickt sich unsicher um, ob nicht doch Vorbereitungen für ein gemeinsames Abendessen getroffen sind. »Bleiben wir hier?«, fragt er darauf leicht irritiert.

»Ja, bitte«, sagt Elke.

Er zieht sich einen Stuhl heran und schaut nun ein wenig auf seine Frau herab.

»Arnulf, wir sind jetzt seit neunundzwanzig Jahren verheiratet,

zusammen sogar noch länger. Die Kinder sind groß und aus dem Haus ...«

»Früher wurden die Menschen gar nicht so alt«, wirft Dr. Mohrmann dazwischen und lächelt.

»Goethe schon!«, entgegnet seine Frau. »Aber du hast recht. Wir leben in einer anderen Zeit. Was früher die Ewigkeit war, sind heute nur noch Dekaden.«

»Stimmt!«, nickt Arnulf und gibt sich weiterhin sehr interessiert und zugewandt.

»Hör zu, Arnulf. Ich möchte dich bitten, mich freizugeben. In mein Leben ist ein anderer Mann getreten. Das geht nicht, wenn ich mich mit dir verbunden fühle. Ich weiß, wie traurig das für dich sein muss, aber ich habe es mir reiflich überlegt. Bitte, Arnulf, lass mich neu beginnen. Und vielleicht ist das ja auch für dich eine Chance, auch wenn du es in diesem Moment nicht so sehen kannst. Es wird schwer, auch für die Kinder, aber wir wären nicht die Ersten.«

Dr. Arnulf Mohrmann weiß nicht, wie ihm geschieht. Natürlich kennt er Sendungen, die mit versteckter Kamera Menschen in die Irre führen. »Elke«, sagt er nach einer Weile, »ich verstehe die Situation. Damit werde ich klarkommen. Die Überraschung, die Überraschung, ja, die überrascht mich jetzt gerade. Entschuldige, aber irgendwie fehlen mir die Worte. Ich muss das wohl erst noch verarbeiten. Aber klar, natürlich respektiere ich deinen Wunsch. Ich bemühe mich, es ... wie soll ich sagen ... zu verdauen. Äh ... lass mich ... Nein, also, das soll dich gar nicht belasten. Dein neues Leben, das Theater, die Einflüsse, die andere Umgebung, du hast die Kinder großgezogen, es ist alles ... Herrgott, ich bin etwas konfus.« Konfus? In seinem Kopf fahren Achterbahn, Geisterbahn, Kettenkarussell und Wilde Maus gleichzeitig. Aber es ist ein fröhlicher Jahrmarkt.

»Arnulf, lass uns ein glücklich getrenntes Ehepaar werden, ja?!«, säuselt Frau Mohrmann, und ihr Gatte schwebt wie auf Watte.

Tief im Inneren.

Die schwerste Reise meines Lebens stand mir bevor. Die Arbeitsverteilung in der Agentur bescherte mir etwas Luft und die Mädels und Jungs wussten, was in den nächsten Tagen zu tun war. Angelo hatte ich kurz angebunden beauftragt, sich um die Discos zu kümmern. Czernatzkes Angebot, mich nach Erlangen zu fahren, lehnte ich ab. Es war ein Gang nach Canossa, den ich auf jeden Fall allein bestehen wollte, auch wenn es leicht war, sich auszumalen, was kommen würde. Sich dagegen aufzubäumen war zwecklos. Ich wäre bereit gewesen, mich vor ihren Augen zu erschießen, wenn danach alles wieder gut gewesen wäre.

Mein Inneres war auf die totale Niederlage programmiert. Nie zuvor war irgendwas in meinem Leben so schlimm, so schwer, so vorhersehbar tragisch gewesen. Hundert verschiedene Szenarien durchliefen meinen Kopf. Wann sollte ich es sagen? Sofort? Am Abend? Nachdem wir ein letztes Mal übereinander hergefallen waren? Bei der Abreise? Im Grunde gab es keinen perfekten Zeitpunkt. Aber wenn ich es unmittelbar nach der Ankunft sagen würde, hätten wir danach noch mindestens achtundvierzig Stunden Zeit. Zeit, in der man etwas hätte kitten können.

Während der gesamten Zugfahrt schaute ich aus dem Fenster, ließ die Landschaft an mir vorbeirasen, sah mal in die Ferne, dann wieder direkt neben die Gleise, um meinen Blick im unkonkreten Zeitraffer des Bahnkörpers zu verlieren. Pausenlos redete ich in Gedanken auf die Lange Stille ein. Manchmal nicht nur stumm, sondern halblaut, bis ich die verstörten Mitreisenden wahrnahm.

Von all meinen Überlegungen blieb jedoch nur ein gültiges Wort übrig – »Supergau«. Ein Supergau war größer als eine Katastrophe, und genau das war ja auch der Fall.

»Ich dachte, du müsstest fünfundzwanzig Stunden am Tag arbeiten, und dann so ein spontaner Besuch?! Schön, dass du da bist. Ich freue mich riesig!« Das waren ihre ersten Worte nach der stürmischen Umarmung am Bahngleis. Sie küsste mich, und wir liefen umschlungen los. *»Wie kommt's, dass du hier bist?«*

Ich blieb stehen, sah die Lange Stille ernst an und haute dann das alles beschreibende Wort heraus: *»Es gibt einen Supergau!«*

»Weiß ich schon«, grinste Karin. *»Peter hat's mir erzählt. Mami hat sich in einen Violinisten aus ihrem Theater verliebt. Zum Glück für Vati, der seine Mitarbeiterin geschwängert hat. Gestern Abend hat er es mir gebeichtet. Streng vertraulich.«*

»Oh, Mann, Karin, wenn das der Supergau ist, dann habe ich einen XXL-Megasupergau im Angebot!« Ich begann, so wie ich es einstudiert hatte, ihr mit traurigem Gesicht und krummem Kreuz die Sylvia-Story zu offenbaren. Kurz, ohne jegliche Unter- oder Übertreibung, einfach nur die Faktenlage. Lediglich bei der Vorlaufzeit der Schwängerung rundete ich etwas ab. Ansonsten zeigte ich echte Betroffenheit und Scham – ja, sogar tief empfundene Traurigkeit. Keine Faxen. Keine Entschuldigung. Und natürlich auch nicht der kleinste Versuch, um Verzeihung zu bitten. Denn mein Verhalten war unverzeihlich, da machte ich mir nichts vor. Ein im Reflex in mein Herz gebohrtes Messer hätte ich klaglos akzeptiert.

Karin stand vor mir, wie man eben dasteht nach einer Schreckensmeldung, die alles zum Einsturz bringt, worauf man gebaut zu haben glaubte. Wie soll ich es beschreiben? Vom Blitz getroffen? Zur Salzsäule erstarrt? Schockiert? Fassungslos? Den Boden unter den Füßen weggerissen? Jede dieser standardisierten Formulierungen passte, und keine traf es allein und richtig.

Für einen kurzen Moment nur gelang es mir, ihrem Blick standzuhalten, dann sah ich stumpf zu Boden und begann, die ausgespuckten Kaugummis zu zählen, die dem langweiligen Plattenbelag an der Bahnsteigkante eine gewisse organische Ordnung gaben. Warum bloß bin ich nicht auf die Knie gegangen? Wie Willy in Warschau. Denn natürlich muss man sich auch für das schlimmste Leid, das man zu verantworten hat, entschuldigen. Selbst wenn es, wie gesagt, unverzeihlich ist.

Nach einer Weile, die für eine komplette Durchwanderung der Hölle gereicht hätte, sagte Karin: *»Such dir ein Hotel!«* Worauf sie sich abrupt umdrehte und wegrannte. Mit meinen kürzeren Beinen und der Reisetasche hätte ich so oder so keine Chance gehabt, sie einzuholen. Deshalb schlich ich als Inkarnation eines mit Badewannen voller Eiswasser begossenen Pudels in Richtung Bahnhofshalle.

Vier Stunden später rief ich bei Karin an. Nicht überraschend nahm niemand ab. Am nächsten Tag stand ich mindestens sieben Stunden lang vor ihrem Haus. Mit kleinen Unterbrechungen, um mir eine Ladung Senoussi und zwei Packungen Capri-Sonne zu besorgen. Dann befestigte ich einen Zettel mit dem Namen meines Hotels unter dem Scheibenwischer ihres Golfs, schmiss einen kurzen Brief in ihren Briefkasten, rief ein ums andere Mal an, aber die Lange Stille wurde zur Grabesstille. Wie befürchtet und nicht zu beanstanden. Karin nie wiederzusehen, wurde zur schleichenden Höchststrafe.

Ab diesem Tag, eigentlich schon seit Sylvias Erpressung, veränderte sich mein Leben. Der immer lustige Werner mit seiner kinoreifen Oberflächlichkeit war Vergangenheit, wenn überhaupt war er nur noch ab und zu gespielt lustig. Und nur in Situationen, die ich sonst absolut nicht bewältigt hätte. Doch wenn ich mich an dieser Stelle schon als gebrochenen Mann beschreiben würde, wäre die Beschreibung falsch. Gebrochen wird man nicht so schnell. Dafür sind mehrere Schläge ins Seelenkontor nötig! Aber ich war ja noch jung und deshalb empfangsbereit für weitere Tiefschläge.

Karin Mohrmann weint zwei Tage, dann fasst sie einen Entschluss. Sie bucht einen Flug in die USA, dorthin, wo ihr Vater als junger Arzt ein Jahr gelebt hat, nutzt seine alten Kontakte und hat im Handumdrehen einen Job. Sie telefoniert mit ihrem Vater, holt sich Rat, finanzielle Unterstützung und seelischen Beistand, kommt nach zwei Wochen zurück, erledigt alle Formalitäten und kündigt ihre Assistenzarztstelle. Dann geht sie für lange Zeit in die Staaten. Erst nach fünf Jahren wird sie zurückkehren.

Der Termin beim Standesamt verlief mit absoluter Präzision meinerseits – was Beiläufigkeit und Unaufgeregtheit betraf. Ich wollte um jeden Preis cool bleiben, mich durch nichts und niemanden provozieren lassen. Gelassenheit war mein Mantra. Dennoch kam es zu zwei Überraschungen. Erstens: Sylvias Mutter tauchte als Trauzeugin auf. Eine Bekanntschaft, auf die ich gerne verzichtet hätte. Zweitens: Meine Braut gab als Beruf Friseurmeisterin an. Das war mir neu.

Sylvia trug ein giftgrünes Jersey-Wollkleid, durch das jede, wirklich jede Kurve und Ausbuchtung des Körpers deutlich sichtbar war. Ihre Lederjacke mit den quadratischen Silbernieten legte sie während der Trauung frech auf meinem Schoß ab. Ich ließ es geschehen. Die Standesbeamtin schaute über ihre Brille zuerst auf Sylvias Kugelbauch – sie war am Ende des siebten Monats –, dann warf sie mir einen Blick zu, aus dem ich nicht schlau wurde.

»Sind Sie vollzählig?«, fragte sie und kam mir vor wie eine Scharfrichterin. Ich schaltete auf Durchzug.

Endergebnis: Die Friseurmeisterin Sylvia Pferdmaenges und der Werbekaufmann Werner Weber wurden in einer zehnminütigen Zeremonie von einer stoischen Vertreterin der Staatsgewalt zu Frau und Mann erklärt. In die Ehe gezwängt. In den Bund fürs Leben getrieben. Wenn meine Stimmung besser gewesen wäre, hätte ich zum Schluss gefragt: *»Und – wo kann man sich hier scheiden lassen?«* Aber Sprüche dieser Art bekamen langsam Seltenheitswert in meinem Leben. Ein deutlicher Hinweis auf eine sich anbahnende seelische Talfahrt. Oder?

Sylvia sprach ihr Ja-Wort mit fünfundachtzig Dezibel, meines musste ich wiederholen, weil es zu leise daherkam. *»Sie dürfen die Braut jetzt küssen«*, hieß es erwartungsgemäß am Ende. Darauf war ich vorbereitet und sagte: *»Hab' ich schon!«* Aber Sylvia schnappte sich mein Kinn, grinste mich zwei Sekunden triumphierend an und küsste mich. Ich ließ es geschehen. Ihre frisch blondierten Haare rochen nach spanischem Discount-Shampoo, ihre aufgeklebten Wimpern waren noch länger als gewöhnlich, ebenso wie ihre giftgrünen Fingernägel. Auf ihrem stumpfen Make-up brach sich kein einziger Lichtstrahl, sie sah aus wie ein in Mehl gewendeter Pfirsich. Mozart hatte sich für seine Königin der Nacht eine Hexe vorgestellt – hier war sie!

Mutter Pferdmaenges wollte unbedingt mit uns zu Mittag essen. Czernatzke, mein Trauzeuge, sagte höflich zu. Und ich? Ich ließ es geschehen. *»Ich geh aber nur zu Voglers!«*, drohte ich einzig und bekam meinen Willen. Currywurst im Doppelpack, eine Ladung Bratkartoffeln und Vanilleeis mit Apfelmus. Das war mein Hochzeitsessen. Meine Frau aß Rumpsteak mit Bohnen im Speckmantel – das teuerste Gericht auf der Karte! Mutter Pferdmaenges spendierte vier Gläser Sekt, die ich am Ende bezahlte. Auf der Papiertischdecke begann Sylvia gut gelaunt, ihren neuen Namen auszuprobieren: *Sylvia Weber*. Mindestens fünfzigmal. Was mich betraf, so war es einundfünfzigmal zu viel. Aber auch das ließ ich geschehen.

Danach mussten Czernatzke und ich ins Büro. Quatsch – wir wollten.

Zurück an meinem Schreibtisch, ließ ich mir einen Kaffee bringen, schloss die Tür und öffnete eine neue Packung Senoussi, die ich behutsam in meine Blechdose umfüllte. Dabei unterhielt ich mich mit Nawitsch. *»Hey, du müder Hamster, mich hat's voll erwischt. So wie deinen Vorgänger. Bin abgestürzt. Auf die Fresse geflogen. Warum? Ja, warum? Aus eigener Doofheit!«*

So sinnierend saß ich wohl eine geschlagene Stunde da. Eine viel zu lange Zeit, denn meine Gedanken führten mich immer tiefer in den Abgrund. Die Zwischenbilanz meines Lebens fiel verheerend aus. Einem unerwarteten, nicht angestrebten Wohlstand, der nichts weiter war als ein lustlos verwaltetes, dickes Bankkonto, stand ein riesiger Vermögensverlust gegenüber. Dazu kam eine krank machende Arbeitssucht. Mein Leben wurde von mir missbraucht, in einer Orgie der Unausgeglichenheit. Für was lebte ich? Für eine Werbeagentur, eine kleine Diskothekenkette, Kaffee, Senoussi und Currywurst. Und um im täglichen Einerlei nicht ins Nachdenken abzugleiten, trank ich jede Menge Alkohol, der meine Unausgeglichenheit verschleierte. Meine Karriere als Musikkritiker lag längst hinter mir. Brotlose Kunst hatte Czernatzke meine Kolumne genannt und mir geraten, ich solle mich aufs Wesentliche konzentrieren. Doch mit diesem Unwesentlichen verlor ich den letzten Halt. Musik, meine Leidenschaft! Auf der Strecke geblieben.

Natürlich hätte ich mir jeden Tag vier Filetsteaks von einem Sternekoch braten lassen können, ohne dadurch zu verarmen. Sport wäre gut gewesen. Die regelmäßige Zufuhr von Kultur und angenehmen Menschen, mit denen ich meine Freizeit sinnvoll hätte verbringen können. Aber nichts dergleichen tat ich. Die Lange Stille fehlte, und ich reduzierte mein Leid genau auf diesen Verlust. Ich gab ihr geradezu die Schuld!

Nun war ich also an eine Frau gekettet, mit der ich kein einziges Mal nüchtern im Bett gewesen war. Ich schwöre es! Selbst ihre bloße Nähe ertrug ich ohne Alkohol immer schwerer, nicht zuletzt wegen ihrer brutalen Impertinenz. Drei Tage nach der Hochzeit erschien in der Volkszeitung – in meiner Zeitung! – eine auffällige Anzeige: *»Wir haben geheiratet und freuen uns auf unser Baby – Sylvia Weber, geborene Pferdmaenges, und Werner Weber.«*

Damit brachen alle Dämme. Diese Anzeige war eine Erniedrigung par excellence. Sie führte zu dem wohl beabsichtigten Spießrutenlauf, dem ich kaum entkommen konnte, auch wenn ich mich noch so sehr verkroch. Meine Eltern fielen über mich her, meine Mutter voller Rührung, mein Vater voller Vorwürfe. Die restlichen Reaktionen in der Stadt konnte ich mir ausmalen. Besonders die im Hause Mohrmann.

Zum Glück war mir vorher noch eine brauchbare Idee gekommen, die ich rechtzeitig umsetzte: Als ich von meinem Erlangen-Trip zurückkam, lief ich schnurstracks ins Büro und schrieb auf, was mir auf der elend langen Bahnfahrt durch den Kopf gerauscht war. Am Ende hatte ich es in wenigen Worten zusammengefasst, was ja bei uns Werbern als die große Herausforderung gilt. Ich schrieb an Karin: *»Ich habe Dich nicht verlassen und werde es nie tun. Ich bitte Dich daher um einen Gefallen: Schreib mir keinen Abschiedsbrief! Nie. Dein Werner.«*

Diesen Gefallen hat sie mir bis heute getan.

Czernatzke muss gespürt haben, wie sehr ich mich zwischen Baum und Borke verlor. Er befahl mir, an einem Freitagabend auf seinem Segelboot zu erscheinen. Sein Programm hieß: Zwei

Tage ausspannen. Und obwohl ich mich normalerweise immer weigerte, mit ihm auf Tour zu gehen, sagte ich zu, trotz der bösen Erfahrungen meines ersten Trips mit ihm. Damals ging es nach Spiekeroog. Weil ich während der Fahrt mal musste, kletterte ich runter in die Kabine und stand schwankend vor der Schüssel. Wie ein alter Mann – denn es kam erst mal nichts, obwohl ich tierisch Druck auf der Blase hatte. Aber die Enge, die Schaukelei, der unsichere Stand, alles blockierte meine Leitung. Als es immer schlimmer wurde, begann ich die Situation zu durchdenken. Ohne besonderen Erfolg. Unter Schmerzen kam irgendwann ein abgehackter Strahl, der jedoch keinerlei Entspannung brachte. Als ich schließlich an Deck zurückkehrte, machte sich eine dermaßen fürchterliche Seekrankheit in mir breit, dass ich den Kopf über die Reling halten musste. Prompt in die falsche Windrichtung. Damit hatte sich das Thema Segeln für mich erledigt. Eigentlich.

Aber Czernatzke sagte für dieses Wochenende ruhige See voraus, empfahl, bei Bedarf über die Reling zu pinkeln, immer den Horizont vor Augen, und versprach mir Wohlbefinden auf ganzer Linie. Dieses Versprechen hat er gehalten. Und nicht nur das!

Er fühlte sich mitschuldig und war unglücklich über meine Zwangsheirat. Seine Anteilnahme tat mir gut. Seine Fürsorge gipfelte in konkreten Vorschlägen, wie ich die nächste Zeit mit Anstand überstehen könnte, ohne dabei unter die Räder zu kommen. *»Du brauchst Disziplin! Starke Vorsätze. Einen Plan!«*

Ich lachte und zitierte Joe Jackson, einen meiner Heroes:

Discipline can stop my hunger
Discipline can quench my thirst
Discipline can make me stronger
If it doesn't kill me first

»Nicht schlecht!«, meinte Czernatzke. *»Drei zu eins. Drei gute*

Gründe, es mit Disziplin zu versuchen. Und so schnell stirbt man nicht.«

Wir hatten wirklich eine gute Zeit. Viele Gespräche, die für mich befreiend waren. Mit seiner Hilfe wurde mir klar, dass ich mich auf das ankommende Kind vorbereiten musste. Was bedeutete, meine negative Einstellung gegenüber Sylvia nicht auf einen unschuldigen Menschen zu übertragen. Keine leichte Aufgabe. Allein, der eingepflanzte Gedanke würde seine Wirkung entfalten. Daran glaubte ich zu dem Zeitpunkt.

Czernatzke nahm mir das Versprechen ab, mich ab sofort jeden Sonntagnachmittag mit Sylvia zu treffen. Auf neutralem Boden. Also schlug ich ihr das Lila-Café vor. Sylvia stimmte zu, bestand aber darauf, dass ich sie jedes Mal von zu Hause abholte, damit wir den kurzen Weg dorthin zu Fuß laufen könnten. Ihr Hintergedanke war offensichtlich: Sie wollte mit mir durch die Fußgängerzone promenieren.

Bei einem dieser Treffen erfuhr ich, dass Sylvia von Angelo Tomasellis schlechtem Gewissen ebenfalls Gebrauch gemacht hatte. Die komplette Erstausstattung für das Baby, inklusive Kinderwagen, Wiege, Wickeltisch und Gitterbett, war von ihm angeliefert worden. Dazu zweihundert Windeln in verschiedenen Größen. Außerdem hatte er Sylvia drei Fünfhunderter zugesteckt. Angelo behauptete später, es wären fünf Fünfhunderter gewesen. Stille Post mal andersherum. Egal.

Am letzten Sonntag vor der Geburt hörte ich, dass meine Mutter bei Sylvia aufgetaucht war. Nach telefonischer Voranmeldung. Eingetütet von meiner blöden Schwester. Es wäre ja *»sooo nett«* gewesen, und die Damen wollten sich nun öfter treffen. *»Wenn ich entbunden habe, werde ich deiner Mom die Haare machen. Hab ich ihr versprochen, oder?«*

Das waren schwer verdauliche Informationen für mich. Ich spürte, wie sich Sylvia näher und näher an mich heranpirschte, sich in meinem Leben verhakte. Und ich konnte nichts dagegen tun. Eine Schlange – nein, eine Schlinge, die sich immer enger zog.

Es wird ein Kaiserschnitt, die Mutter besteht auf einer schmerzarmen Geburt. An einem Freitag wird die dreitausendneunhundertfünfzig Gramm schwere und achtundvierzig Zentimeter lange Majorie-Melanie Gerda Weber geboren.

»Majorie?«, wiederholt die Hebamme verunsichert. »Wie schreibt man das denn?«

»Keine Ahnung, das müssen Sie doch wissen. Ist doch Ihr Job, oder?«, antwortet die Wöchnerin gereizt.

Die Mutter der Mutter hat ihre Tochter in den Kreißsaal begleitet und fügt ihren Namen – Gerda – eigenmächtig hinzu, als die Hebamme sich wegen des Namens später rückversichert. Da schläft die frisch Entbundene bereits, weil die eigens für diesen Zweck mitgeführten Tabletten ihre Wirkung entfalten.

»Wollen Sie stillen?«, fragt später eine Schwester und bietet ihre Hilfe an.

Sylvia Weber ist jedoch bestens präpariert. »Nee, hässliche Brüste können sich andere zulegen. Ich geb Fläschchen. Soll ja auch hygienischer sein, oder?«

Wie von der jungen Mutter gewünscht, erscheint der Vater der Neugeborenen erst am dritten Tag. Da fühlt sie sich äußerlich einer Betrachtung gewachsen, ist perfekt geschminkt und in bester Verfassung.

Der junge Vater scheint sehr gehemmt zu sein. Seine Schachtel Mon Chéri ist ihm von einem Kollegen mit auf den Weg gegeben worden, damit er nicht mit leeren Händen kommt. Herr Weber lässt sich seine

Tochter in die Arme legen, damit die Mutter ein Foto machen kann. Auf dem Foto werden seine Schweißperlen – es sind Stressperlen – kaum sichtbar sein.

Seine Mutter kommt täglich ins Krankenhaus, schmust mit ihrer Enkelin und freut sich über »das prächtige Kindchen«.

Eine heile Familie. Nur der Vater kann sein Glück nicht offen zeigen, wie das Personal der Neugeborenen-Station mit geübtem Blick erkennt.

Ich hätte es ahnen, eigentlich sogar wissen können: Die Anzeige in der Volkszeitung. Demnach freute ich mich angeblich über die Geburt meiner Tochter Majorie-Melanie Gerda Weber. Zu meinen Vorsätzen gehörte zwar die Streitvermeidung im Zusammenhang mit Sylvia. Trotzdem konnte ich nicht anders. Ich musste sie ganz einfach fragen, wie sie auf diesen saublöden Namen gekommen sei. *»Das arme Kind hat ein Kainsmal, das ist fürs Leben gezeichnet. Die wird so was von gemobbt, was soll der Scheiß?«* Sie wusste nicht, was ein Kainsmal ist, also erklärte ich ihr auch das noch.

Darauf Sylvia: *»Kain war doch ein Junge, wenn es der Bruder von Abel war. Wie kann dann ein Mädchen ein Kainsmal haben? Das ist doch völlig unlogisch, oder?«*

Ich gab auf. Stattdessen ertrug ich still leidend die Ankündigungen ihrer Erziehungsabsichten, die sie mit dem Hinweis beschwerte, schon alles mit meiner Mutter besprochen zu haben. Vom Wahnsinn umzingelt – dieser blöde Spruch aus Schülerzeiten wurde grausame Wirklichkeit in meinem Leben. Die Flucht in Arbeit, Zigaretten, Rioja und Trübsinn begann. Es schienen die einzigen Auswege zu sein.

Die nächsten Monate waren eine Durchwanderung der Hölle. Ich kam mit der Situation einfach nicht klar. Ein geregeltes, freudvolles Leben schien in so weite Ferne gerückt zu sein, dass ich davon nicht einmal mehr träumte. Wie sehr sehnte ich mich nach der Langen Stillen! Aber der Weg zu ihr war mit einer unüberwindlichen Mauer verbaut. Arnulf überbrachte die Botschaft persönlich, das Urteil, den Befehl. Ich solle mich um alles in der Welt von Karin fernhalten. Jegliche Kontaktaufnahme möge ich tunlichst unterlassen, sonst – ja, was eigentlich? *»Werner, wenn du dich nicht daran hältst, wirst du mich kennenlernen!«*, drohte er mir. In einem Ton, den ich von ihm nicht kannte, der absolute Ernsthaftigkeit vorgaukeln sollte. *»Und, Werner, ich lege auf deine Bekanntschaft ebenfalls keinen Wert mehr! Lass uns einen Bogen umeinander machen.«*

Sein Text war einstudiert, das war mir sofort klar. Und der Inhalt nicht von ihm. Diese Erkenntnis, diese Gewissheit brachte mir etwas Trost. Ich beauftragte unsere Rezeptionistin auszukundschaften, wann die Mitarbeiterin von Dr. Arnulf Mohrmann niederkommen würde. Nachdem ich die Nachricht bekommen hatte, präzise mit dem Namen des Kindes, dem Geburtsgewicht und allem Drum und Dran, wartete ich noch acht Wochen. Dann schrieb ich Arnulf einen Brief, an dem ich wochenlang in Gedanken gefeilt hatte. Es dauerte mindestens weitere zwei Wochen, bis seine Antwort kam. Und die hatte Format. Er schrieb lediglich: *»Werner – deine Zwangsjacke, meine Zwangsjacke. Das sollten wir nicht vermischen. Gruß Arnulf.«*

Was für eine geniale Gedankenführung! Ich musste grinsen und las aus seinem Brief etwas heraus, worauf wahrscheinlich kein vernünftiger Mensch gekommen wäre: Hoffnung. Ja, ich sah einen mikroskopisch feinen Silberstreifen am Horizont, den außer mir natürlich niemand erkannte. Czernatzke jedenfalls tat es nicht.

In der Zwischenzeit hatten wir einen neuen Kunden an Land gezogen, mit Frau Pfaffenhofen, einer Marketingleiterin, die mir gefiel. Anders ausgedrückt – wir gefielen uns. Und das Thema war der Hammer: Eiscreme. Ihr Konzern war auf die Idee gekommen, Impulseis, also Eis aus Truhen in Supermärkten, Schwimmbädern, Tankstellen und so weiter, werbetechnisch aufzublasen. Es sollten kleine Mahlzeiten daraus werden. Untersuchungen hatten ergeben, dass man Nordamerikanern säckeweise Chips andrehen konnte, deutsche Verbraucher diesen Blödsinn aber nicht in erhofftem Umfang mitmachten. Doch das Bedürfnis, sich aus Langeweile, vor allem beim Autofahren, irgendetwas in den Mund zu schieben, schien auch bei uns vorhanden zu sein.

Die Schokoriegel-Syndikate brachten einen Plombenkiller nach dem anderen auf den Markt und beherrschten damit dieses Segment. Manch williger Konsument zog sich schon seit Jahren minderwertige Hartwürstchen rein, schön rot gefärbt, damit das viele Fett nicht so ins Auge sprang. *»Viele Männer essen zum Beispiel gerne Milchreis, Frauen sowieso«*, wusste Frau Pfaffenhofen zu berichten. *»Und wer schon mal bereit ist, Süßes zu essen, der fährt auch auf Eiscreme ab. Nur die Portionsgröße muss suggerieren, dass man sich daran auch satt isst!«*

Frau Pfaffenhofen – so viel vorweg – war mit Herrn Müller-Pfaffenhofen verheiratet und wollte dies auch unbedingt bleiben. So entstand eine Geschäftsfreundschaft, die uns, und besonders mir, noch gute Dienste leisten sollte. Frau Pfaffenhofen hieß schon recht schnell Vera, und ich war ihr Werber-Typ. Sie wollte schnelle, spontane Vorschläge, um zu sehen, ob jemand in die richtige Richtung dachte. Ich kam mit *»Für dieses Menü benötigen Sie kein Besteck!«* um die Ecke, sie lachte und forderte mehr. Auch *»Starten Sie heute mal mit dem Dessert!«* gefiel ihr, unsere Verpackungsvorschläge wurden nach und nach besser, nur die von uns erfundenen Namen wanderten allesamt in die

Tonne. *»Produktnamen können wir selber«*, sagte Vera, und ich lobte pflichtschuldig die langweiligen Vorschläge ihrer Marketing-Knechte. Zum Beispiel »Eskimonü«.

Um es kurz zu machen: Noch bevor unsere Kampagne fertig war, rief Vera an und fragte, ob ich für einen Abend nach Hamburg kommen wolle. Sie lud mich zu einem Konzert ein – ich glaube, es war Simply Red –, um danach schick essen zu gehen. Ohne Herrn Müller-Pfaffenhofen! Kurz vor Mitternacht landeten wir in der Bar meines Hotels, wo wir die nächsten Stunden verbrachten, bis man uns sehr deutlich aufforderte zu gehen. Kein Problem für uns. Meine Minibar war prall gefüllt. Jedenfalls zu Beginn der nächtlichen Besprechung. Und zu besprechen gab es viel. Wir hatten schon den ganzen Abend gemenschelt, und irgendwann haute ich dann meine Karin-Tragödie raus. Alkoholbedingt kamen mir die Tränen, denn ich spürte den gewaltigen Verlust geradezu körperlich. Vera war einfühlsam, verständnisvoll und hatte therapeutische Ratschläge für mich parat. Ein Satz, der mir im Gedächtnis blieb – und den ich dann durch meine Lebensführung total außer Acht ließ –, lautete: *»Lebe dein Leben so, als wärst du noch immer mit deiner Langen Stillen zusammen. Werde ihr gerecht!«*

Früh am Morgen landeten wir vor lauter Müdigkeit in meinem Bett. Kein Geschlechtsverkehr, ich schwöre! Aber Trost und körperliche Nähe. Berührungen, die mich berührten. Sie strich über meine Lymphbahnen und löste heftige Gefühle bei mir aus. So etwas hatte ich noch nie zuvor erlebt.

Derweil waren meine Sonntage verplant, vergeudet und ich stets verzweifelt. Pünktlich um kurz nach drei erschien ich bei Sylvia. Immer das gleiche Ritual. Ich klingelte, Sylvia öffnete und drückte mir sofort das Baby in den Arm. Wenn ich Pech hatte, war auch ihre Mutter da, ohne Glück meine Mutter. Zweimal sogar mein Vater und meine Schwester. Nicht allein zu sein mit Sylvia war dennoch eine enorme Erleichterung. Quatschte mich allerdings auch ihre Mutter voll, verkroch ich mich in mein Inneres, krümmte den Rücken bis zur Schmerzgrenze, hielt das warme Bündel in meinen Armen und vergrub die Nase fast in den Windeln – egal, welcher Geruch da gerade herausströmte. Ich erinnere mich, wie ich gedankenversunken in das Gesicht des kleinen Mädchens blickte und mir einredete: *»Du bist meine Tochter, du kannst nichts dafür! Irgendwann baue ich eine Beziehung zu dir auf, versprochen! Aber heute geht es einfach noch nicht!«* In meinen Zwiegesprächen nannte ich sie nur Melanie, das war der einzige ihrer Vornamen, der mir erträglich erschien. *»Scheiß auf den Bindestrich, den zerschneide ich wie eine Nabelschnur«*, redete ich mir ein und fasste eines ihrer Händchen, um mich daran festzuhalten.

Fürchterlich waren auch die viel zu vielen Fotosessions. Mal hielt Sylvia die Kamera in der Hand, mal meine, dann wieder ihre Mutter. *»Werner, lächele doch mal! Bist du denn gar nicht stolz?«* Nein, ich war nicht stolz. Ich fühlte mich zerstört, ausgesetzt und haltlos. Auf den Fotos sah ich dann aus wie eine in die Dose gequetschte Birne. Der Hals tief im Hemd und ein verschobenes Grinsen im Gesicht. Als Zeichen meiner Hilflosigkeit.

In Amerika haben sie High Schools und Colleges. Das scheinen irgendwie anders geartete Schulen zu sein, denn sie bringen reihenweise Bands wie R.E.M. an den Start. Jedenfalls sprechen die Fachleute von einer College-Band, wenn R.E.M. eingetütet wird. Ich glaube nicht, dass wir am Prinz Herther

Gymnasium so einen Burner wie »Out of Time« im Pop-Kurs rausgehauen hätten. Das geht rockig und poppig nach vorn. Die Typen sparen sich die nervigen Soli und kommen direkt zur Sache. Selbst ruhige Stücke sind erfreulich unschnulzig. Von den zwei Hits »Losing My Religion« und »Shiny Happy People« will ich gar nicht sprechen. »Radio Song« ist mein Favorit. Ich setze meinen guten Namen aufs Spiel und behaupte: Diese Scheibe wird ein Klassiker und noch in 100 Jahren gehört! Darauf wette ich. Ist jemand anderer Meinung? Schreibt mir!

Euer Werner

Das Schicksal ist eine Naturgewalt, und seine Blitze schlagen oft genug an Stellen ein, wo sie kein Wissenschaftler je erwartet hätte. So wie Erdbeben nicht vorhersagbar sein sollen. Nur Tiere erahnen sie schon Stunden vorher. Vögel werden stiller und Ameisen sichern ihre Bauten. Uns Menschen erwischen Erdbeben stets unvorbereitet. So auch jetzt.

Im achten Lebensmonat starb Marjorie-Melanie Gerda den plötzlichen Kindstod. Ohne Vorzeichen. Ohne Unachtsamkeit. Ohne Verschulden von irgendjemandem. Nur ein paar Tage nach einer Impfung beim Kinderarzt.

Sylvias Schrei am Telefon hallte noch Monate später in mir nach. Ich brachte keine vernünftige Reaktion zustande, jedenfalls nicht sofort. Einen Blödsinn wie *»Bist du dir sicher?«* konnte ich gerade noch stammeln, dann entschuldigte ich mich völlig hilflos und legte auf. Als es unmittelbar danach erneut klingelte, ging ich nicht ran. Ich riss das Telefonkabel aus der Wand und knallte mich auf mein de Sede-Sofa, unfähig, auch nur einen klaren Gedanken zu fassen. Als ich endlich so weit war, Czernatzke anrufen zu wollen, bekam ich das Kabel nicht mehr in die Dose. Dadurch folgte ich der einzig vernünftigen Idee: Raus und laufen. Es war tiefste Nacht, kein Mensch auf der Straße. Natürlich weiß ich heute und wusste es unterschwellig auch damals, dass es richtig gewesen wäre, zu Sylvia zu gehen. Aber ich konnte es nicht. Ich kam doch schon mit mir selbst nicht klar, wie hätte ich da auch noch Sylvia aushalten sollen? Um Trost zu spenden, fehlten mir die passenden Worte und Gedanken. Das Allerschlimmste war jedoch meine nicht vorhandene Trauer. In mir war ein Gefühlsvakuum. Und es machte mich verrückt. Ich wünschte mir einen Zusammenbruch, irgendetwas Dramatisches, aber mir fiel nichts ein. Ich geißelte mich für meine Emotionslosigkeit, suchte angestrengt nach tief in mir verborgenen Gefühlen, doch ich fand nur diese endlose Leere. Dieses Versagen nahm ich mir dermaßen übel, dass ich begann, mich anzuschreien. Innerlich. Und irgendwann auch laut, sodass sich der Hall meiner Stimme in den Straßen doppelte.

Plötzlich stand ich vor Czernatzkes Haus. Meine Füße müssen mich automatisch dorthin getragen haben, es war jedenfalls nicht mein Plan gewesen. Nachdem ich ihm meinen Zustand geschildert hatte, übernahm er die Regie. *»Ein Zusammenbruch, gar nicht mal so schlecht. Du bist kollabiert, und ich habe dich gefunden. Das ist die Story. Bleib hier, Werner, bis du dich besser fühlst. Ich kümmere mich um Sylvia.«*

Hat er dann auch gemacht. Und Angelo ebenfalls. Ich selbst tauchte erst zur Beerdigung wieder auf. Vollgestopft mit Beruhigungspillen, auf die ich noch zwei Gläser Rioja schüttete. Ich ging mit Sylvia in die Kirche, sie hakte sich bei mir ein und erst am offenen Grab wieder aus. Sie muss ebenfalls sediert gewesen sein, denn sie war wie verwandelt. Sie trauerte für mich mit, sprach kein Wort, und ihre Tränen rannen unaufhörlich. Ob ich ihr ein Halt war? Hoffentlich. Doch als der kleine Sarg in weißem Schleiflack und mit goldenen Tragegriffen herabgelassen wurde, brach sie zusammen, entglitt mir, als ich sie halten wollte, und kniete sich in die schwarze Erde. Laut schluchzend. Czernatzke und Angelo kamen zu Hilfe, nahmen sie hoch, stützten sie, beschützten sie vor ihrer klagenden Mutter und brachten sie irgendwann fort. Mich griff von hinten mein Vater, nahm meinen Arm und sagte nur: *»Komm mit, Junge.«* Wir schlichen zu seinem Auto, und er fuhr mich zu sich nach Hause, wo ich lustlos in dem Kartoffelsalat herumstocherte, den er als Valium-Ersatz bei seiner Freundin für mich in Auftrag gegeben hatte. Irgendwann meinte er: *»Das Beste am Menschen ist, dass er vergessen kann. Du schaffst das schon.«* Ich konnte und kann aber nicht vergessen. Bestenfalls verdrängen.

Sieben oder acht Wochen hörte ich nichts von Sylvia, zumindest hatten wir keinen direkten Kontakt miteinander. Meine Mutter kümmerte sich aufopferungsvoll um sie, jedenfalls beschrieb sie ihre Bemühungen entsprechend. Meine Mutter war es auch, die mir irgendwann mitteilte, dass Sylvia mich sprechen wolle. Bis dahin hatte ich alles so weiterlaufen lassen wie vorher. Ich zahlte ihre Miete und überwies ihr monatlich zweitausend Mark. Von mir aus hätte es noch monatelang so bleiben können. Keinen Kontakt zu Sylvia haben zu müssen, war es allemal wert.

In der Agentur machte ich freudlos den Job des Kreativ-Direktors, bastelte an Konzepten und beschäftigte mich noch intensiver mit Nawitsch. Der kleine Kerl tat viel für meinen inneren Frieden. Ich ließ ihn stundenlang durch meine Hände laufen, genoss sein warmes weiches Fell und wartete still darauf, dass er innehielt, um mich für ein paar Sekunden anzuschauen. Das war dann ein intensiver Moment. Ich las aus seinen Augen die Aufforderung, ruhig zu werden und mich um Gelassenheit zu bemühen. Am Ende dieser Zwiesprache nickte er kurz ein, dann wirbelten seine Schnurrhaare wieder durch die Luft. Er lief erneut los, und ich fühlte mich besser. Häufiger sogar gut.

Meine Arbeit für die Discos begann ich zu systematisieren. Anstatt unkoordiniert in der Gegend herumzufahren, machte ich mir nun öfter einen Plan, was ich wann wo ansprechen beziehungsweise kontrollieren wollte. Da Sylvia keine Fahrdienste mehr für mich leistete – was konstruktiv war und meinen Alkoholkonsum reduzierte –, war ich an den Wochenenden immer mit einem unserer Praktikanten unterwegs. Mit den jungen Leuten konnte man gut über Musik philosophieren, und ich staubte reichlich verwertbares Know-how ab.

Dann stand der Besprechungstermin mit Sylvia an. Durch ein paar Ausreden hatte ich ihn noch ein wenig nach hinten geschoben, doch jetzt musste ich mich ihr stellen. Schwierig war es, den richtigen Ort für die Begegnung zu finden. In ihre Wohnung wollte ich ums Verrecken nicht, Park- und Hallenbad-Café sowie Voglers Haxenhaus schieden schon mal kategorisch aus. Ebenso meine Wohnung. Meine Mutter schlug vor, wir sollten uns bei Omi Lehne treffen, aber das lehnte Sylvia ab. Am Ende wurde es dann die Bahnhofs-Gaststätte.

Das Treffen wurde wider Erwarten ein voller Erfolg. Ich wartete eine halbe Stunde, trank einen schlechten Rotwein, dann haute ich ab. Sylvia hatte es vorgezogen, nicht zu erscheinen. Durch meine Mutter ließ sie mir mitteilen, sie habe sich unwohl gefühlt, daher wäre sie nicht in der Lage gewesen, mich zu treffen. Man kann ja auch mal Glück haben.

Die nächste Verabredung, ebenfalls im Bahnhof, fand erst drei

Wochen später statt. Da war unsere Tochter bereits seit über fünf Monaten begraben.

Man kann nicht immer Glück haben. Als Sylvia erschien, war sie äußerlich die alte. Stark geschminkt, künstliche Wimpern, fettes Make-up und die obligatorische Lederjacke. Leider war sie auch in ihrem Wesen unverändert.

»Ich will wieder ein Kind von dir, oder?« Diese Bombe zündete sie ohne Vorwarnung, dabei schief grinsend.

»Hast du keine anderen Themen auf Lager?« Damit gelang mir ein kleiner Befreiungsschlag.

Sofort drehte sie das Gespräch in eine andere Richtung und fragte: *»Die Wums laufen, oder?«* Um Zeit zu schinden, erzählte ich ihr alles, was mir zu unseren Diskotheken einfiel, und es schien sie zu interessieren. Es kamen Vorschläge zu Personalrochaden und Hinweise, wem wir besonders auf die Finger schauen sollten. *»Die klauen wie die Raben, oder?«*, untermauerte sie ihre Beratung noch, um dann abrupt wieder auf die Familienplanung zurückzukommen.

»Ich werde nicht mehr mit dir schlafen«, sagte ich ruhig, bestimmt und gelassen, so wie ich es mit Nawitsch trainiert hatte. Ich atmete bewusst und sah ihr ernst in die Augen.

»Du trauerst noch, oder? Überleg es dir. Ich gebe dir Zeit. Du meldest dich, oder?« Sie stand auf, drehte sich noch mal um, deutete ein Luftküsschen an, und erst da bemerkte ich den Trauerflor, den sie am rechten Ärmel ihrer schwarzen Lederjacke trug. Auch ihre übrigen Klamotten waren schwarz, wie mir jetzt auffiel.

Ich blieb noch kurz sitzen, bis sie weg war, dann legte ich einen Zehner auf den Tisch und schnappte mir eine Taxe.

In der Agentur erwartete mich ein nervöser Czernatzke. *»Erpresst sie dich wieder?«*, fiel er mit der Tür ins Haus.

»Kann man so sagen«, meinte ich lapidar, schlenderte zur Kaffeemaschine und dachte nach – Czernatzke immer als Schatten

hinter oder neben mir. In meinem Büro berichtete ich relativ sachlich von meinem Treffen mit Sylvia und hielt dabei den schlafenden Nawitsch in der Hand. Der Körperkontakt mit meinem Hamster wirkte auf mich wie eine Sitzung beim Yogi, meditativ und entspannend.

»Ich kümmere mich um Sylvia«, sagte Czernatzke schließlich, *»dafür habe ich aber eine Bitte an dich: Iris will umziehen. Sie geht nach Hamburg. Hast du wahrscheinlich schon gehört. Ich habe ihr versprochen, beim Umzug zu helfen. Wäre nett, wenn du auch dabei wärst. Ist doch mal eine schöne Abwechslung. Und körperliche Betätigung tut uns beiden gut!«*

Spontan sagte ich zu. Da wusste ich allerdings noch nicht, dass meine blöde Schwester sich eine Altbauwohnung in Altona besorgt hatte. Fünfte Etage ohne Fahrstuhl! Aber ja, wir hatten viel Spaß, und der mehrfach von mir angekündigte Herzinfarkt traf mich am Ende doch nicht. Vierunddreißigmal fünf Stockwerke hoch und wieder runter, und immer das Gemecker von Iris im Ohr: *»Sei vorsichtig! Pass auf! Halt den Karton gerade! Nicht hierhin! Dort rein! Da steht doch Küche drauf, kannst du nicht lesen!? Hol mal den Inbusschlüssel aus meinem Auto! Die Lampe kommt da nicht hin, nimm sie wieder ab!«* Und immer so weiter. Czernatzke und ich kicherten um die Wette, redeten pausenlos dummes Zeug und genossen die Hektik und Anspannung von Iris.

Nachmittags tauchte plötzlich mein Vater auf, überschüttete uns mit noch besserer Laune, trug zwei kleine Regale hoch und ging dann Pizza holen.

»Ausgerechnet Thunfisch – hatten die nix anderes?«, nörgelte ich, weil der Gestank dieser Dosendelikatesse Würgereflexe bei mir hervorrief.

»Die waren über, halber Preis – besser geht's doch gar nicht!«, lobte er sich und holte mehrere Flaschen Astra aus seinen ausgeleierten Manteltaschen.

Für meinen Vater und mich gab es noch ein weiteres Schmankerl: Meine Mutter hatte sich erst für den nächsten Tag angekündigt. Begegnungen mit meiner Mutter waren zu jener Zeit noch nerviger als davor schon. Kaum sah sie mich, fing sie an zu heulen und forderte Trauersolidarität. Wenn andere Menschen einem vorschreiben wollen, wie und was man zu fühlen hat, wird's ungemütlich. Da helfen nur große Bögen.

Die junge Frau will eine Aussage machen, besteht aber auf absoluter Diskretion. »Kann man eine anonyme Anzeige auch persönlich machen?«

Ja, das kann man. Der Beamte hört schweigend zu, nickt und schreibt das Gehörte dann mit seinen eigenen Worten auf einen DIN-A5-Block. Nicht alle Rückfragen werden zu seiner Zufriedenheit beantwortet, dennoch ergibt sich für ihn ein Bild. Zusammenhänge kann man auch ohne Zusammenhang zusammenfügen. Wenn man nur will. Und der Mann wird für diesen Willen bezahlt. Es ist geradezu seine Passion.

Ein dreiviertel Jahr nach Melanies Tod stellte ich die monatlichen Zahlungen an Sylvia ein. Lediglich die Miete überwies ich weiterhin, wenngleich es ein teurer Spaß war, denn außer durch meinen Namen auf Briefkasten und Klingelschild fühlte ich mich durch nichts involviert. Sylvia bestellte mich daraufhin in den Bahnhof ein, überschüttete mich mit Vorwürfen, fragte dann aber dreist und mit lammfrommer Miene, ob wir mal wieder zusammenkommen könnten. Ich sagte ihr, dass ich nicht einmal mit vier Promille mit ihr ins Bett steigen würde, worauf sie sagte: *»Dann werde ich die finanziellen Dinge mit Claus besprechen. Der blickt sowieso besser durch als du und weiß, was ihr an mir habt, oder?«*

»Apropos finanzielle Dinge«, warf ich ein. *»Dass die Beerdigung fast zehntausend verschlungen hat, will ich gar nicht thematisieren. Aber wozu jetzt auch noch ein Grabstein für sechstausendfünfhundert?«*

»Weil ich es will und du es bezahlst, oder?!«, erwiderte sie schnarrend wie John Wayne und verschwand.

Glaubt an dieser Stelle wahrscheinlich keiner, aber das war meine letzte Begegnung mit Sylvia. Angelo gelang nämlich ein Geniestreich. Eine Meisterleistung in Husarenqualität. Er gab ihr, ganz offiziell, fünfzigtausend Mark als Abfindung und ermunterte sie, in einem anderen Städtchen einen Friseursalon aufzumachen. Dass Czernatzke danach noch regelmäßig in Kontakt mit ihr stand, wusste ich nicht. Ehrlich!

Kurz darauf kam es zu einer weiteren Begegnung der besonderen Art. Doch bevor ich davon berichte, gebe ich etwas unsortiert zum Besten, was bei WWW damals alles so ablief. Es herrschte nämlich Hochbetrieb. Eines Tages tauchte ein stämmiger Mann unangemeldet bei uns auf. Grüne Kappe, knallrote Pausbäckchen, edler Arbeitsdress mit Latzhose aus dem Snobshop und Hände wie Bratpfannen. Dass es sich bei ihm um ein Mitglied der Agrarindustrie handelte, war unschwer zu erraten, auch wenn man es nicht direkt roch. Ich tippte auf Schweinezüchter und war mir sicher, kurz vorher draußen einen Traktor gehört zu haben. Der Großbauer – denn groß war er auf jeden Fall – hatte klare Vorstellungen, mit wem er reden wollte, und gab dafür unseren Dauerkunden – die Erzeugergemeinschaft, die wir seit der

Gründung der Agentur betreuten – als Tippgeber an. Lüllemann, Czernatzke und ich wurden in unseren Konferenzraum zitiert, um der imposanten Erscheinung zu lauschen. Nachdem das Übliche – Wetter, Kaffee oder Wasser, nett haben Sie es hier – abgehakt war, eröffnete er seine Rede mit der Frage: »*Was halten Sie von Bio?*«

Etwas vorschnell sagte ich: »*Die großen Lügen dieser Welt – erstens: ich liebe dich; zweitens: die Überweisung ist raus; drittens: ohne Stau wäre ich pünktlich gewesen; und viertens: alles in Bioqualität!*«

Der Mann lachte und sagte: »*Genau darum bin ich hier. Wir sind ein Bioverband, produzieren nach strengsten Regeln und hören immer wieder dieselben Unterstellungen, Zweifel und falschen Argumente. Nicht zuletzt angeheizt von der Chemie-Lobby. Man könnte es auch ein Glaubwürdigkeitsproblem nennen. Mit anderen Worten: Wir müssen was für unser Image tun. Bin ich da bei Ihnen richtig?*«

Der Mann war so was von richtig bei uns, dass er trotz seiner Masse am Ende der Besprechung regelrecht hinausschwebte. Die Biobauern gehörten schnell zu meinen Lieblingskunden. Ich schaute mir ein paar ihrer Höfe an, verstand Ansatz, Ehrgeiz und Redlichkeit ihrer Arbeit und entwickelte eine neue Sensibilität für das Thema Ernährung. Bald griff ich sogar selbst bei allem zu, wo »Bio« draufstand.

An einen anderen kuriosen Auftrag erinnere ich mich ebenfalls sehr gern, wenngleich der finanziell eher in die Kategorie Erdnüsse fiel. Ein junger Bundestagsabgeordneter, dessen Wahlkreis bei uns in der Nähe lag, ließ sich groß von seinem Assistenten ankündigen und erschien dann locker ein Stündchen zu spät, dafür aber gut gelaunt. Nach dem üblichen Begrüßungsgerede fragte er breit grinsend, was wir denn von Marihuana, Hasch, Pott, Dope oder, allgemein gesprochen, vom Kiffen halten würden. Ginger Lüllemann war da der Spezialist in unserer Firma. Er ging sofort in die Vollen. »*Sollte legalisiert werden!*«, meinte er forsch und traf damit ins Schwarze.

»Dachte ich mir. So eine junge Agentur, da wird doch sicher reichlich gekifft, um auf die richtige Spur zu kommen, nicht wahr?« Er schaute erwartungsvoll in die Runde, und wir nickten eifrig. Wie schon erwähnt: Das Kaschieren von mangelnder Kompetenz und absoluter Ahnungslosigkeit gehört zum Einmaleins aller Werbetreibenden. *»Ich möchte meiner Partei gerne ein Diskussionspapier zukommen lassen und brauche dafür ein paar knackige Aufmacher«*, fuhr der Politiker fort. *»Am liebsten wäre es mir, Sie würden das Konzept vollständig entwickeln. Es geht schlicht um die überfällige Legalisierung cannabinoider Substanzen. Kriegen Sie das hin, also in meinem Namen?«*

Czernatzke versuchte, dem Herrn ein ordentliches Budget abzuringen, aber Geld spielte für ihn keine Rolle, weil er kaum etwas zur Verfügung hatte. Aus Spaß an der Freude nahmen wir den Auftrag dennoch an, und Lüllemann schrieb irgendeinen Blödsinn zusammen. Er haute inzwischen ab und zu recht gute Texte raus. Mir fiel nur »Hanf Dampf in allen Gassen!« ein.

Wie bereits erwähnt wuchs unsere Multimedia-Abteilung überproportional. Allein dort schufteten mittlerweile zwanzig Leute für uns. Unsere erste CD-ROM war zum Bumerang geworden. Mittelständler waren scharf auf dieses neue Medium, und wir diktierten die Preise, weil die Konkurrenz noch schlief.

»Reinkommen heißt umkommen!« Dieses Schild hatte ich mir machen lassen, um innere Einkehr und Konzentration zu finden. Wenn ich an Konzepten feilte oder schwierige Texte aus mir herausquetschen musste, wollte ich absolut störungsfrei arbeiten können. Daher das Schild an meiner Tür. Dennoch ging sie eines Tages ganz leise auf, unsere Rezeptionistin steckte den Kopf rein und sagte flüsternd: *»Werner, hier ist eine junge Frau, die dich privat sprechen will. Ich konnte sie nicht abwimmeln.«*

Die Tür ging weiter auf und Bärbel Mohrmann kam herein.

Äußerlich völlig verändert, weshalb ich ein paar Sekunden brauchte, um sie zu erkennen. Zentimeterkurze Haare, strohblond gefärbt, dicker Lidstrich und unter den Augen schwarze Sonnenstrahlen, Jeansjacke und Hose, dazu braune Wildlederstiefel. Sie sah aus wie Julie Driscoll. Mir gelang zunächst nur ein schales »*Sieh an!*«, während Bärbel sich auf den Stuhl vor meinen Schreibtisch fläzte.

»*Na, wie geht's?*«, fragte sie mich und lächelte undurchsichtig.

»*Wie geht's Karin?*«, fragte ich schnell zurück, ihre Frage ignorierend.

»*Keine Ahnung. Ich habe mit meiner Familie gebrochen. Da spielen wir in derselben Liga.*«

»*Aha*«, sagte ich trocken, ohne eine Regung zu zeigen. »*Und was machst du so?*«, fragte ich möglichst gelangweilt, damit sie kapierte, dass es mich nicht die Bohne interessierte.

»*Ich studiere in Bremen. Und arbeite nebenbei bei euch im Wum. Schon gehört? Ich dachte, man sieht sich da mal. Aber du scheinst …*«

»*Ich war letztes Wochenende in Bremen*«, ging ich dazwischen.

»*Oh, schade, da habe ich krankgemacht. Sag mal, ihr schaufelt in euren Discos ja ganz schön Asche. Und ich habe das Gefühl, jede Menge schwarz, stimmt's?*«

»*Bist du deshalb hier?*«, fragte ich nun noch gelangweilter, wenngleich mein Blutdruck hochfuhr.

»*Nö, ich wollte nur mal reinschauen. Können wir uns mal wieder treffen? Ist ja viel Zeit ins Land gegangen.*« Bärbel griente mich an, vielsagend – wie sonst? –, und legte den Kopf leicht schräg. Diese Komm-schon-Haltung. In sexueller Hinsicht wäre sie gerade auf jeden Fall sehr passend gewesen. Aber da fiel mir plötzlich der Spruch von Vera Pfaffenhofen ein: »*Lebe dein Leben so, als wärst du noch immer mit deiner Langen Stillen zusammen.*«

»*Der Schnee vom vergangenen Jahr ist weg, du siehst ihn nie mehr. Wart auf den Neuschnee, fällt das Warten auch schwer!*«, zitierte ich einen drittklassigen Schlager und machte dazu ein dummes Gesicht.

»Vielleicht bin ich ja der Neuschnee!?«, gab sich Bärbel nun ungelenk geheimnisvoll.

»Nee, du bist Schnee von gestern. Lass stecken. Sonst noch was? Ich muss arbeiten!«, sagte ich und wandte den Blick von ihr ab. Hätte ich tiefer in meinem Diplomatie-Fundus kramen sollen? Wahrscheinlich.

An einem Dienstagvormittag gegen sechs Uhr dreißig machen sich über fünfzig Beamte auf den Weg. Sie schwärmen in verschiedene Himmelsrichtungen aus und haben klare Ziele: das Büro eines Steuerberaters, eine Werbeagentur, das Haus eines italienischen Restaurantbetreibers und drei weitere Privatadressen von Teilhabern einer kleinen Diskothekenkette. Dazu die Wohnung einer Mitarbeiterin dieser Kette, die in ihrem Heimbüro die Buchhaltung besorgt. Ein Beamtenteam fährt zu einem Spirituosenhandel, ein anderes zu einem Getränkeverlag. Gegen sieben Uhr klingelt es bei allen Genannten, und eine beklommene Atmosphäre macht sich breit. Die Herren und Damen geben sich keinerlei Mühe. Ihr Umgangston ist sachlich bis rau, Diskretion ist ihnen fremd. Sie wedeln mit Papieren herum, die sich die Überraschten, sofern sie in diesen Angelegenheiten unerfahren sind, kaum richtig anschauen. Darüber hinaus ist das Überfallkommando mit einem siebten Sinn ausgestattet. Oder mit Informationen aus geheimer Quelle. Bargelddepots erschnüffeln sie wie Trüffelschweine. Genauso zielsicher gehen sie auf Verstecke, Ablagen oder Ordner zu, selbst wenn diese mit belanglosen Titeln wie »Omis Goldene Hochzeit« versehen sind.

Vera Pfaffenhofen ging in die USA, weil sie dort einen Megajob angeboten bekommen hatte. Wieder Marketing bei einem Multi, diesmal aber auch mit Megabezahlung. Die Amis verstehen halt was vom Geldverdienen! Dennoch blieben wir in regem Kontakt. Mindestens einmal pro Woche telefonierten wir oder schrieben uns E-Mails, die gerade in Mode gekommen waren. In jedem zweiten Gespräch fragte sie: *»Und, wie steht's mit deinem Liebesleben?«* Ja, wie stand es mit meinem Liebesleben? Schlecht – wäre die korrekte Antwort gewesen, doch das wollte ich Vera gegenüber nicht zugeben. Und mir selbst gegenüber auch nicht. Nach Bärbel, Sylvia und vor allem nach der Langen Stillen war diese Abteilung in meinem Inneren ein perfektes Vakuum. Mein Blick für Frauen war ein Silberblick geworden. Offensichtlich schielte ich an allen weiblichen Zweibeinern vorbei. Weder schwärmte ich für irgendeine Dame, noch träumte ich mir eine Traumfrau herbei. Aber ich träumte. Und wie. Und immer ging es um Karin. Ein wiederkehrender Albtraum spielte auf dem Bahnhof in Erlangen. Ich schrie sie an, winselte, fiel auf die Knie, bettelte, doch sie hatte kein Erbarmen mit mir. Sie schubste mich vor einfahrende Züge oder zog einen kleinen Revolver aus ihrem Dekolleté, mit dem sie mir in die Beine schoss, sodass ich auf dem Bahnsteig verblutend meinem Ende entgegenröchelte. Während ich erholsamen Schlaf bitter nötig hatte, wurden ständig diese fürchterlichen Filme in meinem Kopf-Kino gezeigt.

Dann lernte ich doch jemanden kennen. Eine Buchhändlerin, die in einem kleinen Independent-Bookstore am Rande der Fußgängerzone arbeitete. Sie war garantiert älter als ich – ich kam nicht dazu, sie zu fragen –, lachte viel, hatte eine tolle Figur, ein hübsches Gesicht und war – man ahnt es – etwas, nein, sogar deutlich größer als ich. Das war schon mal ein schlechtes Omen.

In der Buchhandlung hatte sie mich beraten, und wir waren ins Gespräch gekommen. Meine spontane Einladung auf einen Kaffee nahm sie an, fragte ihre Chefin, ob sie Pause machen könne, und schon saßen wir bei Bäcker Mahlmeier an einem Stehtisch. Das heißt, sie saß auf einem Hocker und ich stand. Damit war ich gefühlt größer und in der Position, fröhlich zu kommunizieren. Insgesamt trafen wir uns dreimal dort, zuletzt an einem Montag. Sie überzog ihre Pause, meinte, im Geschäft sei eh nichts los, und nach einer Stunde registrierte ich die aufkommende Großchance. Ich hatte mir vorgenommen, nichts zu überstürzen, und spielte den freundlichen, kulturliebenden Nichtdraufgänger. Recht beiläufig warf ich schließlich ein: *»Ich gehe gerne ins Theater und habe für Samstag zwei Karten.«* Was natürlich gelogen war. Und wie.

»Samstag?«, fragte sie erstaunt. *»Ich dachte, die spielen am Samstag nur zwei Vorstellungen ihres Weihnachtsmärchens?«*

Na ja, vergeigt. Egal. Wir einigten uns dann auf Kino, verabredeten uns, und ... ich kam nicht. Konnte nicht kommen. Sich überstürzende Ereignisse ...

Als es gegen sieben Uhr früh Sturm klingelte, wusste ich sofort, wer vor der Tür stand. Unser Steuerfuchs hatte uns darauf vorbereitet. *»Die kommen meistens dienstags«*, klangen mir seine Worte noch im Ohr. Noch bevor es zur Zwangsheirat mit Sylvia gekommen war, hatte er uns instruiert, alle möglichen Szenarien entworfen und damit unser Selbstvertrauen gestärkt.

»Steuerfahndung!«

Kein »Guten Morgen«, keine Entschuldigung für die Störung, einfach bloß »Steuerfahndung!«

»Schon in Ordnung, tun Sie, was Sie nicht lassen wollen«, begrüßte

ich die vier Herren, die sich an mir vorbeidrängten und in alle Räume ausschwärmten.

Irgendwann kam der Häuptling des Kommandos in den Flur zurück, wo ich mich mit verschränkten Armen auf eine niedrige Kommode gesetzt hatte und träge auf den Boden stierte. *»Sind Sie Herr Weber?«*, begann er das Gespräch.

»Nein, Frau Weber«, sagte ich lässig und zeigte ihm ein belustigtes Gesicht. Doch der Mann hatte keine Antennen für Scherze – und ich im Grunde auch nicht. Er zeigte mir eine Art Durchsuchungsbeschluss, stellte unnötige Fragen und forderte mich zur Mithilfe auf. *»Wie? Mithilfe?«*, fragte ich erstaunt.

»Als Steuerpflichtiger sind Sie zur Mithilfe bei der Aufdeckung von Tatbeständen der Steuerhinterziehung verpflichtet«, klärte er mich auf.

»Das darf doch wohl nicht wahr sein!«, echauffierte ich mich. *»Sind Mörder demnach auch verpflichtet, der Polizei bei der Fahndung zu helfen?«*

»Im Prinzip schon«, meinte er und verkniff sich nicht ein leichtes Grinsen.

»Ich koche mal Kaffee für alle«, sagte ich, um die Lage zu entspannen. Ich ging in die Küche und machte mich an die Arbeit. *»Will jemand Cappuccino?«*, rief ich, und zwei Bestellungen schallten zu mir zurück. Ich stellte die Tassen auf den Esstisch, breitete den Inhalt einer Packung Prinzenrolle auf einem Teller aus und bat zu Tisch. Tatsächlich fanden sich all meine Gäste ein, und ich konnte meine Frage loswerden: *»Was suchen Sie eigentlich? Vielleicht kann ich ja doch behilflich sein.«*

Das hätte ich tatsächlich können, aber dafür wäre eine Tour ins Gartenhäuschen von Omi Lehne nötig geworden. Schon als kleiner Junge hatte ich dort ein Versteck, in dem ich meine Schätze sicherte. Manchmal waren es Kleinigkeiten, die ich irgendwo hatte mitgehen lassen. Als Zwölfjähriger war es ein aus einem Mülleimer gefischtes Pornoheft. Damals verkroch ich mich oft in die Gartenhütte und vertiefte mich in die Lektüre, weil sie nicht nur anschaulich, sondern auch lehrreich war. Und hinter demselben losen Brett lagerten nun die Auszüge meines Schweizer Bankkontos sowie ein Leinensäckchen mit einer Ladung Hunderter. Aber so weit ging meine Hilfsbereitschaft dann auch wieder nicht.

Ohnehin hätten wir alle sauber sein müssen, wenn, ja wenn ... Dabei waren die Instruktionen des Steuerberaters wahrlich bildhaft genug gewesen, tausendmal hatte er uns erklärt, was wir um Himmels willen nicht zu Hause aufbewahren durften. Und dann riss uns ausgerechnet Angelo rein – dabei hatte der die Prozedur doch schon einmal am eigenen Leib erfahren. Natürlich war auch bei ihm nichts gefunden worden. Jedenfalls nicht in seiner Wohnung und auch nicht im Restaurant. Einer der Schnüffler war jedoch auf die Idee gekommen, sich sein Auto zeigen zu lassen. Und was lag dort im Handschuhfach? Der Schlüssel für sein Schließfach. Und was lag dort? Alles! Geld, Kontoauszüge und – man glaubt gar nicht, wie doof jemand sein kann – Aufzeichnungen aller Barentnahmen. Also im Grunde genommen eine perfekte Anklageschrift. Was für ein Dusel – die Fahnder müssen auf ihren Schreibtischen getanzt haben.

Und ich? Ich ging die nächsten Jahre wieder mal durch die Hölle. Aber ich verfügte ja bereits über Ortskenntnisse.

»Lieber Herr Weber, ich freue mich, Sie zu sehen. Wie geht es Ihnen?«

»Geht so.«

»Ach, Kopf hoch. Es läuft doch prima bei Ihnen. Mir gefallen Ihre

Aufzeichnungen mittlerweile recht gut. Und wissen Sie was – ich muss immer schmunzeln, wenn Sie über Ihre Lange Stille berichten. In unseren Kreisen bezeichnen wir die Phase, bis ein Patient, der zu uns gekommen ist, sich öffnet und zu reden beginnt nämlich als »Lange Stille«. Wie doppeldeutig, nicht wahr? Ja, ich kann mir Ihren Lebensweg nun richtig vorstellen. Und die Katastrophen, die Sie erlebt haben ... Mannomann. Verständlich, dass Ihnen das zugesetzt hat.«

»Katastrophen? Das war doch bisher alles nur Kleinkram. Das wird noch besser.«

»Oh je, Sie Armer, tut mir leid. Fühlen Sie sich denn mit dem Schreiben wohl, ich meine, hilft es Ihnen?«

»Keine Ahnung. Ist jedenfalls besser als das Therapiegeschwafel.«

»Herr Weber, Sie urteilen immer so drastisch. Nun, Herr Doktor Gruschke hat mir gesagt, er sei beim Ausschleichen der Medikation. Kommen Sie damit klar?«

»Ich habe nie nach Pillen verlangt. Aber die sind in Irrenhäusern wohl üblich.«

»Herr Weber, nicht schon wieder! Nun, ich glaube, ich habe eine gute Idee, ich sehe wirklich Land am Horizont. Ach, und ich möchte gerne eine auswärtige Kollegin hinzuziehen und ihr Ihre Aufzeichnungen zugänglich machen. Sie haben doch sicherlich nichts dagegen, oder?«

»Wenn es dem Gesundheitswesen dient, soll's mir recht sein.«

»Schön, Herr Weber, bleiben Sie am Ball. Alles wird gut, Sie werden sehen. Schreiben Sie weiter! Ich bin ehrlich gespannt.«

»Mmmh.«

»Heißt das, Sie schreiben weiter?«

»Mal sehen. Wird nicht leichter. Kleine Zwischenfrage: Mich zieht ja nicht wirklich was nach draußen, aber nur so aus Neugier, wie lange bleibe ich eigentlich noch hier drin eingesperrt?«

»Das besprechen wir beim nächsten Treffen, versprochen. Machen Sie es gut, Herr Weber!«

Mein Privatleben gab es plötzlich nicht mehr. Ausgepustet wie eine Kerze. Eine Besprechung nach der anderen. Ständig der Wechsel zwischen Hoffnungsschimmer und Waterloo. Die Katastrophenstimmung war allzeit präsent. Nicht nur die Zecken aus dem Finanzamt wollten uns aussaugen, auch die drei Mafiosi gingen gegen Angelo, Czernatzke und mich gerichtlich vor. Sie behaupteten, wir hätten sie hintergangen, Geld unterschlagen, und forderten den Kaufpreis nebst Verzinsung zurück.

Das Ungerechte dabei war, dass sie von allen Schwarzgeldentnahmen immer die Hälfte abbekommen hatten. Genau das konnten wir aber schlecht zum Besten geben, da wir ja jegliche Hinterziehung abstritten. Natürlich forderten sie nur den offiziellen Kaufpreis zurück. Die Strategie ihrer Anwälte war, sie von jeglichen Ansprüchen des Finanzamts freizustellen. Und natürlich von allen strafrechtlichen Folgen. Und da ihre Wohnsitze in Italien lagen, kamen sie mit der Nummer durch.

Wir kämpften also an zwei Fronten und hatten mit Angelo einen völlig verwirrten, verängstigten und destruktiven Partner an der Seite. Seine Jammerarien, mit denen er sein Schicksal beklagte, machten mich kirre. Unsere Anwälte – wir beschäftigten mittlerweile drei, darunter eine angebliche internationale Koryphäe – saugten uns ebenfalls aus und ihre widersprüchlichen Empfehlungen irritierten zunehmend. Einzig unser Steuerfuchs behielt einen klaren Kopf und schaffte es mit der Zeit, ein wenig Zuversicht in den Schlamassel zu streuen. Zwei prall gefüllte Aktenordner beinhalteten allein den Schriftverkehr, der sich bei mir ansammelte. Das konnte man gar nicht alles lesen, ich schon gleich gar nicht. Czernatzke hatte zwar keinen klaren Kopf, dafür steckte er viel zu tief mit drin, aber er behielt die Ruhe und versuchte ständig, nach einem Licht im finsteren Walde zu suchen. Immer wieder forderte er eine finale Lösung, allen gegenüber. *»Wollen Sie uns fertigmachen? Sind Sie erst zufrieden, wenn wir in einer Obdachloseneinrichtung eine warme Mahlzeit erbetteln müssen?«*, schrie er einmal die Oberzecke vom Finanzamt an.

Worauf die süffisant meinte: *»Nein, das ist ganz und gar nicht unser Ziel. Zahlungsfähig sind Sie uns lieber. Schulden beim Finanzamt kann man dreißig Jahre lang abstottern.«*

Die Geier errechneten einen Betrag, von dem sie glaubten, dass wir ihn hinterzogen hätten, und verlangten dreist das Doppelte davon. Strafzölle oder was weiß ich. Wenigstens verrechneten sie sich zu ihren Ungunsten. Ein schwacher Trost.

Nach einem endlosen Hickhack, hunderten Nachtsitzungen, Drohungen, einem Gerichtsprozess gegen Angelo und einer Vergleichsvereinbarung für Czernatzke und mich war der Spuk nach vier Jahren schließlich vorbei. Das Positive daran war, dass wir nun ganz offiziell bestätigt bekamen, im Besitz von Schwarzgeld zu sein. Jedenfalls behaupteten sie das, beweisen konnten sie es allerdings nicht vollständig. Dadurch war es uns möglich, genau dieses Geld zu nehmen und einen Teil der Forderungen zu begleichen. Ich fuhr in die Schweiz, räumte mein Konto leer und übergab eine Plastiktüte Bares an das Finanzamt, wo dieser Vorgang zum Normalsten der Welt zu gehören schien. Auch meine Wohnung musste ich verkaufen und blieb trotzdem noch auf zweihunderttausend sitzen, die ich in Raten zahlen sollte.

Die Mafiosi bekamen unsere Anteile an den Diskotheken, womit sie sich aber nicht einmal zufriedengaben. Sie forderten noch ein Aufgeld, an dem ich mich mit fünfzigtausend beteiligen musste.

Czernatzke versilberte sein Boot und seine beiden Oldtimer

– ein Borgward Isabella Coupé und ein Mercedes SL Cabrio, Erstzulassung im Monat und Jahr seiner Geburt. Immerhin blieb so die Agentur außen vor.

Angelo »hob die Finger hoch«, ging also in die Privatinsolvenz und war damit vermögenslos. Er hoffte, dass seine geschiedene Frau, der er das Restaurant gerade noch rechtzeitig überschrieben hatte, ihn nach seiner Entlassung zum Essen einladen würde.

Ich besuchte ihn übrigens zwei Mal im Gefängnis. Bei den angekündigten Besuchen wurde man gefilzt, als wäre man selbst Schwerverbrecher. Man durfte den Gefangenen etwas Geld in Münzen mitbringen. Prompt hatte ich zu viel dabei und bekam einen Anschiss in bester Beamtenqualität. Als ich dann in dem observierten Besucherraum auf Angelo traf, hatte er einen Korb dabei, aus dem er eine Thermoskanne mit Kaffee und selbst gebackenem Kuchen hervorzauberte. Kaffeekränzchen im Knast. Angelo in bester Stimmung, ich von der Atmosphäre etwas eingeschüchtert. Er hatte anscheinend Freundschaften mit ein paar seriösen Leidensgenossen geschlossen, wie er betonte, und wollte mit ihnen, wenn er wieder draußen wäre, eine Pizza-Kette aufmachen. Schließlich habe er das nötige Know-how für Filialisierungen. Auch mir bot er Anteile an, aber ich winkte ab.

Der Verlust der Langen Stillen, die Hochzeit mit Sylvia, der Tod von Melanie und dann auch noch die Steuerfahndung – damit erklärt sich wohl von selbst, dass sowohl mein dreißigster als auch mein fünfunddreißigster Geburtstag partyfrei blieben. Und die dazwischen natürlich auch.

Lieber Herr Weber,

wie geht es Ihnen? Ich habe leider lange nichts von Ihnen gehört. Ich hoffe, Sie sind mir nicht mehr böse, dass wir die Werbeagentur gewechselt haben. In dem Verbund mehrerer Verlage mussten wir uns für eine gemeinsame Agentur entscheiden. Und meine Kollegen wollten dann unbedingt Jung von Matt, weil die Büros in verschiedenen Städten unterhalten. Die Marketingstrategien werden dort gebündelt – gleichwohl wäre ich lieber bei WWW geblieben, das dürfen Sie mir glauben.

In meinem Privatleben hat sich auch einiges verändert. Mein Mann und ich haben uns getrennt. Damit spielt Jazz bei mir keine Rolle mehr. Ich weiß, das wird Sie freuen. Sie waren ja nie ein Fan seiner Musik.

Nun komme ich zu dem Anliegen, weshalb ich Ihnen schreibe. Ich plane eine große Party, zu der ich Sie nicht nur herzlich einladen, sondern Sie auch bitten möchte, mir bei der Musik behilflich zu sein. DJ oder Band? Oldies oder Hitparade? Wir »alten Leute« haben ja etwas den Anschluss verloren, Ihr Rat wäre mir deshalb lieb und teuer.

Vielleicht hätte ich das besser am Telefon mit Ihnen besprochen, aber ich wollte Sie nicht überfallen und Ihnen die Chance geben abzulehnen.

Lieber Werner Weber, wenn es nicht zu viel verlangt ist, würde ich mich sehr freuen, wenn wir in den nächsten Tagen einmal telefonieren könnten.

Ihre
Natascha Czeslawa
Verlegerin
Bodo Bock Verlag

Auf eine Party von Natascha eingeladen zu werden, galt als gesellschaftlicher Ritterschlag. Jedenfalls in unserem kleinen Städtchen. Man traf dort die Elite, die sich genau für diese hielt. Kurz hatte ich überlegt, mich selbst als DJ anzubieten, kam dann aber auf die Idee, Bollo vorzuschlagen. Er war stets mein Musiksklave gewesen und spielte – strunzdämlich, wie er war – indirekt mein Programm, ohne eine einzige Abweichung. Insofern machte ich mal wieder die Musik, was mir gut gefiel. Der Festgesellschaft offensichtlich auch, denn ab dreiundzwanzig Uhr war die Tanzfläche voll.

Zwei Gespräche machten den Besuch der Party extrem lohnenswert. Zum einen lief ich Cathrin über den Weg, sie hatte mit Karin Abi gemacht und war danach in Kontakt mit ihr geblieben. Nach der Trennung von der Langen Stillen war sie meine heimliche Informantin geworden. In unregelmäßigen Abständen ließ sie mich wissen, was die Lange Stille gerade trieb und, vor allem, wo sie sich aufhielt – immer mit einem schlechten Gewissen, denn sie fühlte sich schlecht dabei, Privates von Karin preiszugeben, wofür ich vollstes Verständnis heuchelte. Auch wollte sie sich nie mit mir treffen, nur wenn ich sie anrief, konnte ich ihr ein paar Würmer aus der Nase ziehen.

Doch an diesem Abend trafen wir uns ja quasi auf neutralem Boden und auch noch zufällig, weshalb sie, angekurbelt von ein paar Gläschen Crémant de Bourgogne, zum ersten Mal ausführlich erzählte. Demnach war Karin aus den USA zurück, arbeitete in einer Röntgenpraxis in Düsseldorf, hatte ein Verhältnis mit einem verheirateten Arzt und wollte zum Jahresanfang ins väterliche

Institut einsteigen. Mit gemischten Gefühlen und unglaublicher Sehnsucht inhalierte ich diese Neuigkeiten. Die Lange Stille und ich demnächst wieder in einer Stadt – das befeuerte meine träumerischen Karussellfahrten.

Die zweite lohnenswerte Begegnung brachte da schon konkretere Ergebnisse, die – mein Vater hätte es nicht besser sagen können – das Beste des Abends waren. Meine Penthouse-Wohnung hatte ich ja damals von einem Zahnarzt gekauft, wobei auch Bargeld eine gewisse Rolle spielte. Genau aus diesem Grund hatte ich ihn angerufen und gefragt, ob er sie nicht zurückkaufen wolle. Er wollte! Inzwischen wohnte er, mit neuer Frau, seit fast zwei Jahren wieder dort.

Auf Nataschas Party erzählte er mir dann lang und breit seine Leidensgeschichte. Auf einen einfachen Nenner gebracht: Er hatte Arthritis. Seine Kniegelenke machten nicht mehr mit, ebenso seine Finger- und Handgelenke. Nun kam der Clou: Wegen der ständigen Ausfälle des Fahrstuhls müsse er häufig die Treppen nehmen, was er aber bald nicht mehr bewerkstelligen könne. Ob ich die Wohnung nicht mieten wolle, gern auch mit Vorkaufsrecht. So ähnlich müssen sich Lottogewinner fühlen.

Und das war noch nicht alles. Kurz nach Mitternacht trank ich mit Natascha Brüderschaft. Mit meiner alten Chefin! Die Geste bedeutete mir viel, denn ich verehrte sie nach wie vor.

Die guten Nachrichten mehrten sich also langsam wieder, und ich fand fast zu alter Stärke zurück. Auch in Sachen Lockerheit und guter Laune holte ich auf. Dann, ein knappes Jahr, nachdem wir den Ärger mit den Finanzamtsgaunern hinter uns hatten, starb Omi Lehne mit dreiundneunzig Jahren. Das war traurig und erlösend zugleich, da ihre letzten Monate eine einzige Quälerei für sie waren. *»Lasst mich doch sterben!«* Diese Worte von ihr klangen in meinen Ohren, als ich die Nachricht bekam, daher nahm ich sie gefasst auf. Spannend wurde dann aber ihr letzter Wille: Sie vererbte mir ein Viertel ihres Hauses. Und da ich ihr Lieblingsenkel gewesen war, fiel mir zusätzlich noch ein Sparbüchlein in die Hände. Fast achtzigtausend! Wie konnte sie nur einen so großen Betrag zur Seite legen? Angeblich war doch ihre Rente klein. Vom Munde abgespart, anders war es gar nicht möglich.

Weil ich ein schlechtes Gewissen bekam und Czernatzke mir den Tipp gab, schenkte ich meiner blöden Schwester zwanzigtausend und spendierte meiner Mutter einen Urlaub. Omi Lehnes Haus vermieteten wir gemeinsam – meine Mutter war inzwischen ausgezogen –, sodass ich plötzlich Mieteinnahmen erzielte. Fast fünfhundert im Monat.

Zu den Entwicklungen, die ich als aufsteigende Tendenz meines Lebens wertete, zählte auch, dass ich wieder zum Lesen fand. Vielleicht insgeheim, um damit der Langen Stillen zu gefallen. Nach Veras Motto *»Lebe dein Leben so, als wärst du noch mit ihr zusammen. Werde ihr gerecht!«* stapelte ich alle Bücher, die ich je von Karin mit dem Hinweis *»musst du unbedingt lesen«* bekommen hatte, auf dem Wohnzimmerteppich zu einer Art Turm von Pisa. Alles irgendwie Klassiker beziehungsweise anspruchsvoll. Ich redete mir ein, wenn ich den Turm flach lesen würde, erhielte ich eine überbordende Ladung gutes Karma, aus dem ich mir einen Kranz der Erleuchtung flechten könnte – erkennbar nur von Karin oder ihresgleichen. Sozusagen meine persönliche Pisa-Studie. Menschen neigen zu Aberglauben, reden sich gern etwas ein, um damit die eigenen Gefühle positiv zu konditionieren. *»Du musst diesen Turm klein lesen, dann wird alles wieder gut!«* Mit diesem Glauben verschaffte ich mir das Recht auf eine bessere Zukunft. Doch es war leider nur Aberglaube.

Dann kam eines Tages eine Anfrage von Vera Pfaffenhofen. Ihr Multi wollte eine Organic-Food-Range etablieren, weil sie glaubten, damit dem Trend der Zukunft gerecht zu werden. Organic gleich Bio, da war ich natürlich der Fachmann. Gerade was die Vermarktung und Imagebildung anging. Vera musste mich also nicht lange überreden. Sie wollte meine Expertise und zahlte dafür den Flug in die USA und das volle Honorar für drei Beratungstage. Mein erster Flug in der Businessclass! Eine Art zu reisen, mit der ich mich sofort anfreunden konnte.

Auf Einladung von Vera blieb ich anschließend noch weitere fünf Tage in den Staaten und atmete die Luft der großen weiten Welt. Vera und ihr Mann organisierten eine Party, in deren Mittelpunkt ich stand. Das gefiel mir. Noch besser gefiel mir aber eine gewisse Nancy aus Connecticut, die mich erstmals seit Jahren wieder an weiblichem Fleisch schnuppern ließ. Ein Geruch, den ich fast vergessen hatte.

Claus Komischke, genannt Czernatzke, hat noch einen unangenehmen Termin, danach will er in die Sauna und dann früh ins Bett. Am nächsten Morgen wird er nach Hamburg fahren, um seinen Geschäftspartner, der von einer Dienstreise in die USA zurückkehrt, vom Flughafen abzuholen.

Mein Rückflug hatte etwas Verspätung, dennoch landete die Maschine bereits um kurz vor zwölf Uhr in Hamburg. Auf Anraten des Reisebüros war ich nur mit Handgepäck geflogen, daher saß ich gefühlt schon Minuten nach der Landung bei Czernatzke im Auto. Czernatzke hatte schlecht geschlafen. Bei beziehungsweise, wie er andeutete, mit meiner Schwester. Ihre On-off-Beziehung war schwer nachvollziehbar und entbehrte jeglicher Logik. *»Was findest du nur an meiner blöden Schwester?«*, fragte ich ihn immer wieder, und jedes Mal tischte er mir eine neue Geschichte auf. *»Sie ist eine unzufriedene, fast möchte ich sagen: unbefriedigte Meckerziege, ständig schlecht gelaunt, dafür immer unberechenbar«*, ergänzte ich.

»Unbefriedigt? Das wüsste ich aber«, haute Czernatzke auf den Putz. Dann sagte er ernst: *»Sie hat einen sehr guten Charakter. Sie ist hilfsbereit, eine echte Freundin. Die lässt einen nicht im Stich. Da stecke ich das bisschen Meckern locker weg. Wahrscheinlich höre ich es gar nicht mehr.«*

Dann sprachen wir über meine Reise, besser gesagt, ich textete ihn zu mit Erlebnissen, die Eindruck auf mich gemacht hatten. Zuletzt erzählte ich ihm vom »Glasperlenspiel«, einem Buch von Hesse, in das ich mich während des Hin- und Rückflugs vertieft hatte. Der Wälzer war natürlich Teil des Karin-Turms, schwere Kost, die im Laufe der viel zu vielen Seiten aber immer interessanter wurde. Was genau Hesse mir damit sagen wollte, kapierte ich zwar nicht, ich nahm mir aber vor, das Buch in zwanzig Jahren noch einmal zu lesen. Genau das schrieb ich auch auf die erste Seite und meinte es völlig ernst. Im Nachspann des Glasperlenspiels taucht übrigens ein Gedicht auf, das ich schon kannte, weil wir es in der Schule auswendig lernen mussten – »Stufen«. Mir gefiel darin der Satz »Des Lebens Ruf an uns wird niemals enden«, weil ich daraus einen Optimismus ableitete, den ich glaubte, bitter nötig zu haben. Und auch dass das Herz für Abschiede und Neubeginne bereit sein muss, war eine passende Aufforderung. Sprach mich jedenfalls an.

Czernatzke interessierte sich jedoch nicht für Hesse, weshalb er das Thema in Richtung Agentur lenkte. Wir redeten uns die Köpfe heiß, klopften unsere Kunden auf Werthaltigkeit ab und waren im Handumdrehen auf dem Kasernenhof – so nannte ich unseren Parkplatz. Die alte Kaserne, in die wir vor vielen Jahren eingezogen waren, gehörte uns mittlerweile komplett. »Gehörte« im Sinne von »gemietet«. Auf dem riesigen Parkplatz machten sich unsere inzwischen über achtzig Mitarbeiter mit ihren Fahrzeugen breit. Vor dem Eingang zu unserer Agentur gab es ein Podest, circa dreißig Quadratmeter groß und drei oder vier Stufen hoch. Ich bildete mir immer ein, früher habe ein General dort gestanden und seine Kompanien vor sich antreten lassen.

Genau vor diesem Podest standen nun, da wir auf den Hof einbogen, etliche Polizeifahrzeuge. Das Podest selbst war mit einem Flatterband abgesperrt, hinter dem ein paar Personen in weißen Schutzanzügen herumhantierten. Wir fuhren vor und wurden von einem Wachtmeister gestoppt. *»Was wollen Sie hier?«*, fragte er unwirsch.

»Könnte ich Sie auch fragen«, antwortete ich fröhlich. Wir stiegen aus und liefen auf das Flatterband zu. Ich sah eine Kreidezeichnung, die in etwa eine Person abbildete. Wir stellten uns vor und wurden auf die Begegnung mit einem Kommissar vertröstet, auf den wir an Ort und Stelle warten sollten. Unser Gesprächspartner hüstelte in ein Walkie-Talkie, aus dem es ähnlich zurückschallte. Hinter der gläsernen Eingangstür entdeckte ich zwei unserer Mitarbeiter, die belämmerte Gesichter machten. Ich brüllte *»Was ist los?«* und wurde sofort unsanft von einem Beamten an einer weiteren Kontaktaufnahme gehindert. Kurze Zeit später trennte man Czernatzke und mich, und wir wurden jeweils in einen VW-Bus mit Sitzbank und Schreibtisch gebeten.

»Können Sie sich ausweisen?«, wurde ich gefragt, was ich mithilfe meines Reisepasses exzellent erledigte. *»Wo kommen Sie her?«*,

fragte mich der Polizist, um gleich darauf zu sagen: *»Moment, da ist der Kommissar.«*

Der Kommissar war ein graumelierter Oberkommissar mit einem verwitterten Gesicht. Emotionen waren in seinen Zügen wohl schon seit Dekaden nicht mehr gesehen worden, was seine staubtrockene Kommunikation eindrucksvoll unterstrich. Dreifach wurde ich von ihm gefragt, ob ich wirklich Werner Weber sei. Der Pass vor seiner Nase schien ihm nicht zu genügen. *»Wo kommen Sie jetzt her?«*, wollte er dann wissen, und ich spielte erneut den Reiseberichterstatter. Ich zeigte ihm mein Ticket, den Stempel der US-Behörden und wäre sogar bereit gewesen, ihm meinen Mageninhalt anzuvertrauen, damit er die Businessclass-Verpflegung zur Untersuchung ins Labor hätte tragen können. Er sah mich eine kurze Weile unergründlich an, dann sagte er: *»Herr Weber, Ihre Frau ist heute Nacht hier ermordet worden. Mein Beileid.«*

Ich Vollidiot sagte spontan: *»Meine Frau? Ich habe gar keine Frau.«* Was natürlich nicht stimmte, denn ich war noch immer mit Sylvia verheiratet. Unser Steuerfuchs hatte gemeint, Steuerklasse drei sei für mich im Moment besser, mit der Scheidung solle ich noch warten. Mich hatte ohnehin nichts in diese Richtung getrieben, weil mir ja ansonsten eine unangenehme Begegnung mit Sylvia ins Haus gestanden hätte.

»Sind Sie nicht mit Sylvia Weber, geborene Pferdmaenges, verheiratet?«, fragte der gute Mann erstaunt und gestattete seiner Physiognomie erstmals so etwas wie eine Regung.

»Ach du Scheiße, ja, klar, mit der war, also, mit der bin ich immer noch verheiratet. Stimmt. Auf dem Papier sozusagen. Aber ich habe sie schon seit Jahren nicht mehr gesehen. Und auch nicht gesprochen.«

»Sie werden sie auch nie mehr sprechen, aber ansehen sollten Sie Ihre Frau schon noch einmal, damit wir ganz sicher sein können. Sie werden sie doch wiedererkennen, oder?«

Langsam fielen bei mir ein paar Groschen. Ich verlor meine

Fassung und begann zu stammeln: »*Was ist hier los? Ermordet? Heißt das tot? Wie … wie das?*«

»*Ja, sie wurde ermordet. Jemand hat ihr den Kopf eingeschlagen. Mal ganz spontan: Haben Sie irgendeinen Verdacht?*«

»*Einen Verdacht für was?*«, meinte ich begriffsstutzig.

»*Einen Verdacht, wer der Mörder sein könnte.*«

»*Der Mörder?*«, murmelte ich kopfschüttelnd.

»*Ja, Herrgott. Oder die Mörderin. Fällt Ihnen da jemand ein?*«

»*Am meisten Motive hätte wahrscheinlich ich gehabt*«, gab ich unumwunden zu, beziehungsweise äußerte ich, weil ich keinerlei Selbstschutz nötig hatte. Dachte ich jedenfalls. »*Ich war es nicht, so viel steht fest. Wir glauben allerdings, dass sie uns in eine Steuersache reingeritten hat … Äh, aber, na ja, auch egal*«, sagte ich aus einem Reflex heraus, woraufhin der Kommissar schlagartig munter wurde.

»*Wer ist wir?*«, wollte er nun wissen.

Also erzählte ich ihm umständlich und höchst unkonzentriert die ganze Geschichte, betonte aber reichlich oft, dass das alles schon lange hinter uns läge und daher aus meiner Sicht kein gutes Mordmotiv abgäbe. Dann ging ich auf die letzten Jahre ein, berichtete von Sylvias Friseursalon und dem neuen Leben, in dem sie steckte und über das ich so gut wie keine Informationen hatte. Und auch keine haben wollte. Der Kommissar schrieb etwas in ein kleines Heftchen, überlegte, hakte nach und blickte mir immer wieder wie ein Kampfhund in die Augen. Fehlte nur noch, dass ihm Speichel von den Lefzen tropfte. Bei dem Gedanken spürte ich plötzlich meinen trockenen Mund. »*Gibt's hier was zu trinken?*«, fragte ich darum, was der Mann verneinte.

»*Wir sind aber gleich fertig. Sagen Sie, gibt es noch andere Angehörige?*«

Angehörig! Ich schluckte. War ich etwa ein Angehöriger? Scheinbar. »*Sylvia hat eine Mutter. Gerda Pferdmaenges. Früher wohnte sie …*«

»Die Dame ist uns schon bekannt. Sie ist vor einem Jahr verstorben. Wussten Sie das nicht?« Nein, wusste ich nicht. Hätte mich auch nicht interessiert.

Nachdem meine Adresse und meine Telefonnummern notiert waren, durfte ich gehen. Inzwischen wieder gefasst, aber dennoch um meine gute Stimmung beraubt. Ich zwängte mich unter dem Flatterband hindurch und ging auf den Empfangstresen zu, hinter dem unsere Rezeptionistin gerade telefonierte. *»Nein, Herr Weber ist noch nicht zurück. Er meldet sich dann garantiert umgehend bei Ihnen!«*, schnurrte sie ins Telefon und sah mich dabei mit Rehaugen an. Als sie aufgelegt hatte, zischte sie: *»Die Zeitung will dich sprechen. Ich wimmele die schon den ganzen Vormittag ab. Hier ist die Nummer. Brauchst du sonst noch was? ... Und, ach, entschuldige: Herzliches Beileid!«*

Beileid, und auch noch ein herzliches, mir wurde fast schlecht, weil ich in dem Moment realisierte, was nun auf mich zukommen würde. Hörten die Katastrophen in meinem Leben denn überhaupt nicht mehr auf?

»Wo ist Czernatzke?«, bellte ich sie an, um mich sofort für meinen Ton zu entschuldigen.

»Ist schon gut Werner, du bist sicherlich völlig von der Rolle. Willst du einen Kaffee?«

Ich wollte Senoussi, Kaffee und Rotwein, dazu Czernatzke und ein Bett. Am besten in dieser Reihenfolge. Aber ich war nun mal im Katastrophenmodus. Und die Serie ging gleich weiter. In meinem Büro. Nawitsch der Vierte hatte meinen USA-Trip nicht überlebt. Entweder über- oder unterfüttert. Jedenfalls lag er tot in seinem Plastikhäuschen, kalt wie die Nacht und steif wie von Hoffmanns Wäschestärke. Aber sein Tod hatte auch etwas Gutes, etwas Befreiendes. Ich konnte endlich heulen. Wegen Nawitsch. Vor allem aber wegen der Extraportion Leid, die das Schicksal schon wieder über mich ausschüttete.

Zwei Stunden später, ich hatte mich etwas beruhigt, ein paar Zigaretten geraucht und eine Kanne Kaffee in mich hineingespült, tauchte Czernatzke endlich auf. Ebenfalls gezeichnet, kreidebleich, mit schlaffer Haltung. *»Ich gehöre zum Kreis der Verdächtigen. Du ja zum Glück nicht. Angelo sitzt noch. Bleiben die Mafiosi, unser Steuerberater und, ja, wer könnte noch infrage kommen?«*

Wir tauschten unsere Erlebnisse in den Polizeifahrzeugen aus und bemerkten, vom selben Kommissar vernommen worden zu sein. Czernatzke hatte elendig lange warten müssen, bis der Graukopf auch ihn in die Mangel nahm.

»Von Sylvias neuem Leben wissen wir doch gar nichts!«, meinte ich.

Woraufhin er sagte: *»Was hat ihr neues Leben mit dem Tatort zu tun?«*

Stimmte auch wieder. Plötzlich durchfuhr mich ein Schreck: *»Hast du ein Alibi?«*, fragte ich bang, doch er winkte ruhig ab.

»Ich war bei Iris. Gestern Abend schon. Wir waren zusammen im Kino. Nachtvorstellung. Hab dem Kommissar den halben Film erzählt. Einer seiner Leute muss, während er mich am Wickel hatte, sogar schon bei Iris angerufen haben. Sie hat Gott sei Dank alles bestätigt. Das müsste fürs Erste langen. Junge, Junge, uns bleibt aber auch nichts erspart!« Genau so sagte er es.

Die Polizeiarbeit, insbesondere die Arbeit einer Mordkommission, ist von Herrn Sisyphos erfunden worden. Mosaiksteinchen für Mosaiksteinchen muss aneinandergelegt werden, bevor sich ein Bild ergibt. Manchmal dauert es Jahre, Jahrzehnte oder gar Jahrhunderte. Personen machen sich verdächtig, werden deshalb verdächtigt, und sind es am Ende doch nicht. Unverdächtige sind kooperativ, reden in einer Tour,

geben Hinweise, und plötzlich sind Kopf und Kragen in der Schlinge. Alibis sind so lange niet- und nagelfest, bis ein kleiner Windstoß die Nieten zum Reißen bringt. Sisyphos will, dass seine Erben Geduld mitbringen, Ruhe und Gelassenheit, aber immer sprungbereit bleiben.

Den in den Tagen nach meiner Rückkehr aus den USA über mich hereinbrechenden Wahnsinn bekomme ich nicht mehr in die richtige Reihenfolge. Zeitungs- und TV-Interviews, hunderte Anrufe von Bekannten, Verwandten, Kunden, Ex-Kollegen, Nachbarn, Neugierigen, Hobby-Kriminalisten, Radiojournalisten, dazu Gespräche mit Mitarbeitern und immer wieder mit dem Kommissar. Er muss zu viel »Columbo« gesehen haben, denn ihm fiel immer noch etwas Neues ein, womit er mich löchern konnte. Czernatzke erging es ähnlich. Selbst meine Schwester wurde von ihm durch den Wolf gedreht, als wäre sie in irgendeiner Weise involviert. Wobei, sie war natürlich Czernatzkes Alibi und damit für die Mordkommission relevant.

Interessant war unsere eigene Vermutungspyramide, die Czernatzke und ich auftürmten. Denn – wer hätte es gedacht – zum Tatzeitpunkt hatte Angelo Hafturlaub und war in der Stadt. Ebenfalls in der Stadt gesehen wurde einer der Mafiosi. Durch meine freimütige Erzählung der gesamten Sylvia-Geschichte kam dem Kommissar auch noch in den Sinn, die Ex-Frau von Angelo unter die Lupe zu nehmen. Immerhin war ihr sein Verhältnis mit Sylvia nicht entgangen, außerdem war sie eine heißblütige Italienerin, der man gut und gerne eine späte Rache zutrauen konnte. Einzig und allein der Tatort ließ sich in keine unserer Vermutungen sinnvoll einreihen. Laut Obduktion lag die Tatzeit ein bis drei Stunden nach Mitternacht. »*Da war ich Gott sei Dank schon lange mit deiner unbefriedigten Schwester in Hamburg im Bett*«, ulkte Czernatzke und beruhigte mich damit ungemein.

Der Kommissar hat einen Verdacht, aber keinerlei Anhaltspunkte dafür. Seine einzige Chance: Auf Fehler warten. Täter machen Fehler. Immer. Fast immer.

Doch der Kommissar muss sich damit abfinden, einen fehlerfreien Täter zu suchen. Kommt selten vor! Manchmal unterlaufen aber auch Sisyphos' Handlangern Fehler. Zum Beispiel Pathologen bei der Bestimmung von Todeszeitpunkten.

Da es weit und breit niemanden gab, der sich um Sylvias Beisetzung kümmern konnte, blieb der Job an mir hängen. Ich delegierte ihn weitestgehend an Czernatzke, der sich dadurch einen weiteren Orden für Fleiß und Beistand verdiente. Es wundert mich heute noch, aber mir war ihr Tod nicht völlig egal. Und je näher die Beerdigung heranrückte, desto fummeliger wurde ich. Außerdem hatte ich Stress mit dem neuen Nawitsch. Er fühlte sich offensichtlich nicht wohl bei mir. Vielleicht lag es aber auch am Käfig. Ich hätte ihn wahrscheinlich besser einmal gründlich auswaschen sollen. Doch als Ginger Lüllemann schon am Tag nach Sylvias und Nawitschs Tod mit einem Nachfolger ankam, setzte ich ihn einfach gedankenlos in den Käfig. Ob es dort nach Tod und Teufel roch? Keine Ahnung. Es dauerte jedenfalls Wochen, bis Nawitsch der Fünfte sein neues Heim akzeptierte und in den üblichen Trott verfiel.

Einen Tag vor der Beerdigung musste ich Czernatzke den Beistandsorden wieder aberkennen. Er weigerte sich, mit zum Friedhof zu kommen, und meinte, die Bestattung sei eine Familienangelegenheit. So kam mein Vater ins Spiel, der sich sofort erfreut und engagiert zeigte. Er brachte jedenfalls die beiden Sträuße mit, die wir später ins offene Grab warfen. Da es keine Trauerfeier gab – warum auch? –, trafen wir vier Träger des Instituts sowie deren Chef hinter der Kapelle, wo der dunkelgrüne Fichtensarg auf einem Rollwagen stand. Das war meine Verbeugung vor Sylvia. Genau die Farbe ihres ewigen Lidschattens. Der Beerdigungsunternehmer hatte eine Augenbraue hochgezogen, als ich die Lackierung beantragte. Danach wollte ich sie umso mehr. In dem Moment fühlte ich mich Sylvia ganz kurz verbunden.

Die vier Träger trugen nicht, sondern schoben los, nachdem wir mehrmals versichert hatten, keine weiteren Gäste zu erwarten. Ha, und dann kam doch noch einer und stellte sich hinter uns in die zweite Reihe. Wie mein Vater nicht in schwarz, dafür in grau. Seine melierte Haarpracht wehte im Wind, als ich ihn erkannte: Es war der Oberkommissar.

Mein Vater zog mich am Ärmel und zeigte mir, wie ich die Hände verschränken sollte. Eine kleine Gedenkminute, dann flogen unsere Sträuße hinab. Etwas mulmig zumute war mir dabei schon. Das Leben war nicht gerecht, weder zu ihr noch zu mir. Wenn wir uns nie kennengelernt hätten, wäre uns beiden viel erspart geblieben.

Mein Vater bestand darauf, den fälligen Beerdigungsumtrunk im Café Köhler einzunehmen. Worauf ich mich nur äußert ungern einließ. Erstens, weil dort nur Rentner aufliefen. Und zweitens, weil ich mir seit Kindheitstagen immer das Gleiche anhören musste: *»Hier habe ich deine Mutter kennengelernt.«* Geschichten dieser Art, noch schlimmer, romantische Beschreibungen, oder am schlimmsten, Andeutungen, die vermuten ließen, dass meine Eltern Sex miteinander gehabt haben könnten, verdrehten meine Augen, ganz ohne mein Dazutun. So was will doch kein normaler Mensch hören.

Wir frühstückten sehr ausführlich, mein Vater war in Plauderlaune und die Stimmung wurde lockerer. Irgendwann fragte er mich: *»Was machst du denn jetzt mit Sylvias Salon?«*

»Wieso ich?«, entfuhr es mir und ich sah meinen Vater entgeistert an.

»Den erbst du doch garantiert. Oder gibt es ein Testament?«

Ich holte einen Zettel aus der Jackentasche und begann, mir Notizen zu machen, wen ich wann warum anrufen wollte, um zu klären, was vielleicht unklar sein könnte. *»Um den Salon könnte ich mich doch kümmern«*, meinte mein Vater fröhlich, denn das Beste sei, dass er gerade seinen Job verloren hätte. Muffen und Schellen liefen nicht mehr, oder wenn, dann ohne ihn.

»Was willst du denn mit einem Friseursalon, noch dazu in fünfzig Kilometern Entfernung? Außerdem braucht man dafür einen Meister. Bist du etwa einer?«

Nun kam das Allerbeste: *»Mutti ist doch Friseurmeisterin. Das läuft schon!«*

»Äh, meinst du etwa deine geschiedene Frau?«, fragte ich ihn ungläubig. Aber mein Vater sah wie immer keine Probleme.

»Wir brauchen doch nur ihren Meisterbrief, den hängen wir auf, und fertig ist die Chose!«

»Die wird rumzicken«, sagte ich hellseherisch.

Aber er meinte: *»Ich gebe ihr einen Fünfziger. Jeden Monat. Mit Geld hört die Feindschaft auf.«* Da hatte er recht und ich ein Problem weniger.

Der Beerdigungskaffee im Köhler bekam nach und nach historische Dimensionen. Es begann damit, dass der von mir bestellte Kaffee nicht ausgeliefert werden konnte, da die Kaffeemaschine kaputt war. Ich stieg auf Ostfriesentee um und wurde Teetrinker. Von einer Sekunde auf die andere. Der Tee schmeckte mir einfach besser als Kaffee. Ich kann nicht erklären, warum. Der Assam-Verschnitt, diese geheimnisumwitterte Ostfriesenmischung, löste auf meiner Zunge irgendwie eine herrliche Zufriedenheit aus.

Doch der Erkenntnisgewinn steigerte sich noch. Irgendwann fragte ich den Kellner, ob er zufälligerweise einen ordentlichen Rotwein empfehlen könne. Meine Erwartungen waren allerdings auf dem Niveau des mittleren Niedrigwasserpegels. Der Kellner erwiderte indes ohne jede Arroganz: *»Mein Herr, wir haben einen Pinot Noir aus dem Elsass. Er wird gekühlt serviert, wie es sich gehört. Für mich ist es Genuss pur. Vielleicht probieren Sie einfach mal ein Gläschen.«* Meiner Rioja-Leidenschaft hatte das letzte Stündchen geschlagen. Seitdem sorgte ich stets für ausreichend Pinot Noir in allen Kühlschränken meines Lebens.

Als mir die Tragweite dieser Horizonterweiterungen bewusst wurde, hängte ich noch eine weitere hinten an. *»Ab heute höre ich auf zu rauchen. Das verspreche ich mir hiermit!«*

Mein Vater sagte erwartungsgemäß: *»Ja, das wäre das Beste!«*

Ich nahm meine geliebte Blechdose mit der wunderschönen Zeichnung in die Hand, schaute sie noch ein letztes Mal sehnsuchtsvoll an, dann nahm ich Abschied. Ich bat den Kellner, sie für mich zu entsorgen, was er ohne erkennbare Gefühlsregung abwickelte. Er sagte nur: *»Sie werden schon wissen, was Sie tun!«*

Die Wochen danach verliefen ohne sonderbare Vorkommnisse. Der Kommissar nervte Czernatzke und mich regelmäßig mit Fragen, und hinterher tauschten wir uns darüber aus und mutmaßten, auf welchen Spuren der gute Mann wohl wandelte, um an einen Täter zu kommen. Seinen Namen, irgendwas mit ...linsky am Ende, konnte sich keiner von uns merken, deshalb gingen wir dazu über, ihn Graulumbo zu nennen.

Dann, etwa sechs Monate nach Sylvias Tod, muss Graulumbo aber eine Sternstunde gehabt haben, denn Ginger Lüllemann brach zusammen. Er bekam einen Weinkrampf und stammelte dauernd *»Es war ganz anders«*, während wir, durch den Flurfunk aufgescheucht, um seinen Schreibtisch herumstanden. Dann rief er selbst bei der Polizei an und verlangte den Kommissar.

Czernatzke drückte auf die Telefongabel und meinte: *»Bist du verrückt? Mach keinen Scheiß, Alter. Setz dich nicht in die Nesseln! Erzähl uns lieber, was du weißt.«* Er machte eine Handbewegung, die ein paar Leute aus dem Zimmer scheuchte, dann schloss er die Tür, und wir setzten uns an den kleinen Besprechungstisch in Gingers Büro. Wir hörten uns seine Story an, kommentierten sie, dann nahm Czernatzke den Hörer und rief Graulumbo an. *»Mein Kollege hat Ihnen etwas zu sagen, eine … äh … sagen wir mal … äh … ergänzende Variante. Vielleicht könnten Sie es einrichten und …«* Kopfschüttelnd legte Czernatzke auf und sagte: *»Der hat's aber eilig. Er ist gleich da.«*

Anders als bisher gab Lüllemann nun zu, an dem Abend, es war ein Sonntag, noch spät im Büro gewesen zu sein. Er sei nicht gegen neunzehn Uhr nach Hause gefahren, sondern wollte sogar im Büro übernachten. Gegen zwanzig Uhr dreißig habe es dann geklingelt, und Sylvia habe vor der gläsernen Tür gestanden. Er habe ihr geöffnet, *»Moin, Moin«* gesagt, und sie habe gefragt: *»Bist du etwa alleine? Ist Claus nicht da?«* Er habe geantwortet: *»Keine Ahnung, wo Claus ist. Aber hier ist sonst niemand.«* Sie sei dann mit den Worten reingekommen: *»Auf dich bin ich ja nun gar nicht scharf. Mach mir mal 'nen Kaffee, oder!«* Was dann Belangloses geredet wurde, wusste er nicht mehr, aber irgendwann habe sie lachend gefragt: *»Wo ist denn Werner, der Idiot. Vögelt in der Gegend rum, oder?«* Sie seien darüber in Streit geraten, und er habe sie rausgeschmissen. Sie habe ihn verächtlich *»Schwanzlutscher«* genannt, habe sich umgedreht und sei zur Tür gelaufen, die danach hörbar eingerastet sei. *»Ich habe ihre Schritte noch im Ohr, die hallten gewaltig auf dem Steinboden. Sie trug sehr hohe Absätze.«*

Gegen Mitternacht sei Lüllemann dann doch noch nach Hause gefahren. Beim Rausgehen habe er im Augenwinkel etwas liegen sehen – auf dem Podest, etwa zwei, drei Meter entfernt von seinem Laufweg. Einfach nur einen dunklen Schatten. Er habe sich erschreckt und sei deshalb zu seinem Auto gesprintet. *»Nie im Leben hätte ich das für eine Person gehalten. War ja auch ziemlich dunkel, und ich kam aus dem Hellen.«* Als er eingestiegen sei und den Schlüssel ins Schloss gesteckt habe, sei das Radio angegangen und auf ffn sei der Song »She Drives Me Crazy« von den Fine Young Cannibals gelaufen.

Graulumbo hörte sich das alles in Ruhe an, dann sagte er: *»Begleiten Sie mich bitte ins Kommissariat. Ihre Aussage will ich schriftlich haben.«*

Lüllemann stand sofort auf, griff seinen Pullover und trottete im Schlepptau der Polizeigewalt davon.

Erst geschlagene zwei Stunden später tauchte er wieder auf. Wir sind dann sofort mit ihm zu Voglers, hungrig wie Piranhas und alle kurz vorm Verdursten. Dort musste der Arme uns alles noch mal und noch mal und noch mal berichten, insbesondere die Zwischenfragen des Kommissars, soweit er sich daran erinnern konnte. Dieser habe vor allem immer wieder nach der Uhrzeit gefragt, zu der er nach Hause gefahren sei. *»Ich wette, der hat bei ffn nachgeforscht, wann die Cannibals ihren Einsatz hatten«*, meinte Ginger.

In den Tagen danach waren wir zugegebenermaßen etwas durch den Wind. Mir fiel es schwer, Gingers neue Variante einzuordnen. Vor allem begriff ich nicht, wieso er damit erst so spät rausrückte. Aber auch wenn sich der Gedanke aufdrängte, in ihm einen Verdächtigen zu sehen, fiel mir das schwer. Im Gegenteil:

Ich legte innerlich sogar die Hand für ihn ins Feuer.

Dennoch hatte seine Aussage Folgen. Erneut wurden Czernatzke und ich mit Fragen gequält, Fragen, Fragen, Fragen. Und ein ums andere Mal: *»Herr Weber, was glauben Sie, wer hat Ihre Frau auf dem Gewissen?«* Meine Frau! Eine Beschreibung, die mir noch immer nicht glatt durch die Gehörgänge rauschen wollte. Da blieb jedes Mal etwas Unangenehmes hängen.

Karin Mohrmann, genannt die Lange Stille, ist mit dem Ziel in die Praxis ihres Vaters eingestiegen, seine Nachfolge anzutreten. Das Leben in ihrer Heimatstadt ist ihr jedoch ein Gräuel, weshalb sie sich eine halbe Fahrstunde entfernt einen Resthof kauft, den sie renovieren lässt. Sie plant, sich irgendwann Pferde anzuschaffen, weil sie als Kind zwei Jahre lang geritten ist.

Ihr Privatleben verbringt sie nahezu ausnahmslos in anderen Städten. Ein- bis zweimal pro Monat trifft sie sich dort mit einem älteren Kollegen, der ihr ans Herz gewachsen ist. Die Verbindung ist inzwischen nicht mehr rein platonisch. Sie genießt die Gegenwart dieses Mannes, der wiederum großen Gefallen an dem gelegentlichen körperlichen Miteinander findet. Seit Jahren kündigt Herr Dr. Steinhaus die unmittelbar bevorstehende Trennung von seiner Frau an. Irgendetwas kommt jedoch immer dazwischen. Frau Dr. Mohrmann hört sich seine Erklärungen lächelnd und ohne Vorwürfe an. Sie weiß ihre Freiheit zu schätzen, ohne dies ihm gegenüber auszusprechen.

Jeder Sturm flacht irgendwann ab. Die Zeiten wurden endlich normaler, und wir lebten unsere Leben in ruhigen Bahnen. Czernatzke war häufig in Hamburg, die Verbindung mit meiner blöden Schwester schien enger geworden zu sein. Erfreulicherweise gab es kaum Begegnungen mit den beiden als Paar. Meine Schwester traf ich nur zu den Geburtstagen unserer Eltern, die, durch den Friseursalon befeuert, wieder entspannter miteinander umgingen. Ansonsten nutzte Czernatzke jede freie Minute zum Segeln, auch wenn er nach wie vor unter dem Verlust seines alten Bootes litt, das anscheinend einige Klassen besser gewesen war.

Auch unsere finanziellen Verhältnisse hatten sich entspannt, die Schulden wurden zusehends kleiner und mein Bauch diametral dicker. Sagt man da »diametral«? Oder »umgekehrt reziprok«? Wie dem auch sei: Je dünner der Schuldenberg, desto dicker meine Wampe. So müsste es jeder verstehen.

Der nächste Höhepunkt wurde mein vierzigster Geburtstag. Den legten wir zusammen mit dem Jubiläum unserer Agentur.

Zwanzig Jahre WWW! Wir – eigentlich ich, aber bezahlt hat es die Firma – luden alle Mitarbeiter für drei Tage nach Mallorca ein. Eine Fiesta der Superlative! Eine befreundete Eventagentur hatte alles geplant und organisiert. Wir mussten nur feiern, tanzen, viel essen und noch mehr trinken.

Ach ja, und es gab auch noch etwas privaten Spaß. Mit unserer Rezeptionistin! Ohne ihren Feuerwehrmann in der Nähe war sie deutlich entspannter, und wir hatten über die Jahre eine Menge Sympathien füreinander angesammelt. Lief!

Innerhalb einer Firma sollte man ja besser die Finger voneinander lassen. Erst recht als Chef. Ich konnte aber mit dem Begriff auf mich angewendet nie etwas anfangen. Wahrscheinlich wieder eine Sache des Blickwinkels? Czernatzke warnte mich im Laufe der Jahre vor mancher Praktikantin.

Darum habe ich – genau wie Bill und Monica – niemals Sex mit ihnen gehabt.

Die Lange Stille. Karin. Ich wusste ja, dass sie wieder in der Stadt war, wenngleich ich keinerlei Informationen über ihren Wohnsitz hatte. Natürlich hat es mich immer gereizt, mit ihr Kontakt aufzunehmen. Aber die Entscheidung zwischen dem Reiz und der Angst, eine kosmische Abfuhr zu erhalten, fiel immer zugunsten der Scham aus. Denn wenn ich an sie dachte, wurde mir gleichzeitig mein jämmerlicher Zustand bewusst. So vollgefressen, wie ich war, so schlaff und unsportlich, wollte ich ihr nicht begegnen. Aber einmal habe ich sie kurz gesehen. Von Weitem. Im Theater. Es könnte bei einem Botho-Strauß-Stück gewesen sein. Eigentlich Schrott. Lediglich für einen Satz lohnte es sich, die neumodische Inszenierung zu ertragen. Irgendwann sagt ein Typ, als er seinen Briefkasten leert und nur eine Werbesendung vorfindet: *»Na, mal wieder haarscharf an keine Post vorbeigegangen.«* Brillant!

Karin saß im Parkett, ich im ersten Rang, dritte Reihe. Ihr markanter Kopf! Diese Ausstrahlung! Mit Herzklopfen blieb ich sogar in der Pause auf meinem Platz. Ich wollte ihr nicht im Foyer begegnen. Sofort nahm ich mir vor, abzunehmen und mit irgendeinem Sport zu beginnen. Doch leider sind Vorsätze nur Sätze und keine Vorgaben. Ein Antreiber, ein Chef, eine Autorität wäre nötig gewesen. Czernatzke vielleicht, aber der hatte offenbar genug mit sich selbst zu tun.

In dieser Phase war ich oberflächlich mal wieder ganz der Alte. (Ha, ein Satz mit doppeltem Boden! Fehlt hinter »oberflächlich« nur ein Komma.) Jedenfalls was den Umgang mit meinen Mitmenschen betraf. Ich ließ keinen sich anbietenden Scherz aus, veralberte alles und jeden, und die Redewendung »happy go lucky« schien meine Erfindung zu sein.

War ich jedoch mit mir allein, und das war ich abends oft, sah es schon ganz anders aus. Meine Züge durch die Gemeinde, also von einer Kneipe in die nächste, wurden nicht nur deutlich seltener, sondern endeten meist früh. Zu Hause ließ ich mich vom Fernseher bedudeln, zappte stundenlang im Sekundentakt, bis ich schließlich auf dem Sofa einschlief. Wenn ich dann spät in der Nacht aufwachte, hatte ich einen trockenen Mund vom Pinot und ein schlechtes Gewissen wegen der unnütz vertanen Zeit.

Die früher üblichen Nachteinsätze im Büro waren auch seltener geworden. Oft machte ich schon gegen zwanzig Uhr Feierabend, ging irgendwo etwas essen, um dann per Taxe nach Hause zu fahren. Wenn ich Glück hatte, konnte ich irgendeinen frei herumlaufenden Praktikanten einladen. Meist zu Voglers. So waren wenigstens manche Abende nicht völlig verschenkt. Im Gegenteil. Einige dieser Gespräche waren sogar wertvoll. Oder lustig. Oder bestätigten mich, wenn die Youngsters an meinen Lippen hingen, weil sie einer Ikone der deutschen Werbewirtschaft beim Pfauenradschlagen beiwohnen durften.

Morgens kam ich nie vor neun ins Büro. Das Taxiunternehmen meines Vertrauens rief sogar manchmal gegen acht Uhr dreißig bei mir an und fragte: *»Werner, ist neun Uhr okay?«* Meistens war es das. Unterwegs hielt der Fahrer bei meinem Stammbäcker, und ich holte mir schnell ein belegtes Baguette. Mittags ernährte ich mich ausschließlich von Joghurt. Ein oder zwei große Becher. Nachmittags ging immer jemand zum Bäcker, und selbst wenn das Warnschild an meiner Tür hing, wurde ich gefragt: *»Streuselkuchen?«* – *»Was sonst?!«*, erwiderte ich darauf, um dann wenig später eine halbe Palette auf den Schreibtisch gestellt zu bekommen. Der inzwischen obligatorische Tee stand immer bei mir auf einem Stövchen und wurde regelmäßig von den Rezeptionsdamen aufgefüllt.

Zu den erfreulichen Highlights dieser Zeit gehörte ein Einsatz bei einem Wandertag. Czernatzkes Schwester war Lehrerin geworden und hatte eine neunte Klasse. Weil sie keine Eltern dabeihaben wollte, ein weiterer Erwachsener aber vorgeschrieben war, fragte sie ihren Bruder. Der sagte zu und konnte dann nicht, sodass ich einsprang. Zähneknirschend. Zu meiner Überraschung wurde es aber ganz gut. Eigentlich sogar sehr gut. Ich hatte Spaß mit den Kids, und an der Kicher-Frequenz konnte man ablesen, dass das auf Gegenseitigkeit beruhte. Auf dem Rückweg stürmten wir ein italienisches Eiscafé, ich reichte die Karte rum und sagte: *»Bestellt wird von hinten. Heute gibt's die volle Dröhnung!«* Die Ladys hinter der Theke kamen richtig ins Schwitzen. Vierundzwanzig Luxusbecher auf einen Schlag, solche Bestellungen schienen selten zu sein.

Einen guten Eindruck zu machen lohnt sich. Denn ein knappes Jahr später sollte es eine Klassenfahrt geben und die Klasse wünschte sich einstimmig meine Begleitung. Zu meiner Zeit blieb man noch in Deutschland, bei ihnen hingegen ging es nach Rom. Eine Woche, die ich vollauf genoss. Und die Jugendlichen erst recht, denn ich plädierte für eine lange Leine, beschwor das Wunder des Vertrauen-Schenkens und dozierte an ein paar Abenden zum Thema Kontrollierter Alkoholkonsum. Frau Komischke, so nannten ihre Schüler sie, war hin- und hergerissen. Sie fürchtete sich vor allzu euphorischen Berichten ihrer Schüler nach der Heimkehr. Doch auch diesen Auftrag erledigte ich fehlerfrei: Beim letzten Frühstück im Hostel hielt ich eine kleine Rede. Alle lachten und versprachen, die Reise zu Hause als *»ging so«* zu beschreiben. Muss geklappt haben, denn es kamen keine Klagen.

Eines Tages schrieb mir Vera Pfaffenhofen eine lustige E-Mail: *»Ich brauche dich mal als Betreuer für Nancy. Wir sind nächste Woche eine Nacht in Düsseldorf. Könntest du dich ein wenig um sie kümmern?«* Meine Vorfreude war riesig, denn die Treffen mit Vera hatten immer Pfeffer. Wir hauten uns pseudophilosophische Wahr- und Unwahrheiten um die Ohren, klopften den Zustand des anderen auf Schwachstellen ab und lachten um die Wette. Was für eine Frau! Leider verheiratet und noch immer ohne jeden Scheidungsgedanken.

Aber Nancy war wirklich Trost genug. Unsere Begegnung bei meinem USA-Aufenthalt hatte ich in sehr guter Erinnerung. Darum fuhr ich mit einem Doppelzentner froher Erwartungen nach Düsseldorf, checkte in dem verabredeten Hotel ein und wartete an der Hotelbar auf die Damen. Vera war eine brutale Kupplerin, unfassbar. Kaum hatten wir uns begrüßt, wollte sie auch schon wieder abhauen, angeblich zu einem Termin. Sie schlug uns vor, in einem unserer Zimmer auf sie zu warten, und weg war sie. Wie befohlen, schleppte ich Nancy nach einem Drink hoch – und erlebte eine Enttäuschung. Vielleicht kann ich es so erklären: Jeder kennt den Hype um einen Urlaubswein, der sooo lecker schmeckt, dass man davon unbedingt ein paar Flaschen mit nach Hause nehmen muss. Zu Hause angekommen, bar jeglicher Ferienstimmung, öffnet man den geschätzten Wein, und wie schmeckt er plötzlich? Überhaupt nicht! Man versteht seine eigenen Geschmacksnerven nicht mehr und wendet sich enttäuscht ab. Genau so lief auch meine Nummer mit Nancy – wobei, zu einer Nummer kam es gar nicht erst.

Halbmast.

Es muss kurz vor meinem zweiundvierzigsten Geburtstag gewesen sein. Nein, es war genau eine Woche davor, als ich durch die Fußgängerzone schlenderte. Ich hatte mir die neue Filiale eines Kunden angesehen und wollte, da das Wetter schön war, noch etwas bummeln. Als ich bei Tchibo vorbeikam, packte mich plötzlich die Erinnerung an meine Schulzeit, als man dort noch für ein paar Groschen einen Kaffee trank, um dabei stundenlang rumzutönen, sofern wir nicht vom Personal zum Gehen aufgefordert wurden. Besonders im Winter war es dort gemütlich, man stand eng gedrängt und wabernde Rauchschwaden zogen durch den Raum. Absolute Wohlfühlatmosphäre! Also ging ich hinein, holte mir einen Tee, suchte einen freien Stehtisch, fand keinen und landete schließlich bei zwei Herren, weil an ihrem noch etwas Platz war. Als sich der eine zu mir drehte, war es Graulumbo. Ich ulkte: *»Na, bei der Arbeit? Dem Täter auf der Spur? Ist der Verdächtige anwesend?«*

Humorbefreit wie eh und je, gab er zunächst eine nichtssagende Antwort, meinte dann aber sibyllinisch: *»In Ihrem Fall kommen wir voran. Die Schlinge zieht sich langsam, aber sicher zu!«*

In der Agentur erzählte ich von dieser Begegnung, und Ginger meinte: *»Wird auch Zeit. Bin gespannt, wer es war.«*

»Mir völlig schnuppe«, sagte Czernatzke, und ich gab einmal mehr meine Theorie von dem Zufallstäter zum Besten. Meine Vermutung hatte nämlich durchaus Substanz. Die Kripo war der Meinung, der Tatort sei direkt neben Sylvias Auto gewesen, das etwa zehn Meter vom Fundort entfernt gestanden hatte. Dann habe sie es noch aus eigener Kraft auf das Podest geschafft. Oder sie sei hochgezogen worden. Da es danach aber stark geregnet hatte, wurden keine Schleifspuren gefunden. Meine Logik sagte mir, jemand wollte ihr Auto klauen, und Sylvia wehrte sich, wahrscheinlich indem sie den Typen unflätig anschrie: *»Hau ab, du Wichser«* oder so. Hätte ihr jedenfalls ähnlich gesehen.

Allzu viel Zeit, weiter darüber nachzudenken, hatte ich allerdings nicht. Denn bei WWW brannte mal wieder der Baum. Am folgenden Montag musste ich zu einer Präsentation nach Aachen. Eifeltouristik-Süd-West. Eine Gebietsgenossenschaft wollte die Menschen davon abhalten, nach Mallorca zu fliegen, weil es in der Eifel viel schöner sei. Wir gewannen den Pitch, was mir schon vorher klar gewesen war. Auf der Rückfahrt versuchte ich ständig, Czernatzke zu erreichen. Erfolglos. Im Büro war er den ganzen Tag nicht aufgekreuzt und an sein Handy ging er auch nicht. Natürlich hatten wir mittlerweile alle diese neuen Mobiltelefone – aufklappbare von Nokia –, auf denen man prima Snake spielen konnte. Ich erreichte ihn nicht und leider sollte ich ihn nie wieder erreichen.

Fünf Tage später wurde seine Leiche in Norderoogsand angeschwemmt und von einem Ranger gefunden.

Wie viele Welten für mich zusammenbrachen, muss ich wohl nicht erklären.

Sein Boot tauchte erst eine Woche später auf, kieloben im Schlick steckend. Hab vergessen wo. Das Boot war unbeschädigt, es muss einfach gekentert sein, so die Aussage seiner Segel-Kameraden. Czernatzke war übers Wochenende auf Helgoland gewesen und Sonntagmittag von dort aufgebrochen, obwohl oder vielleicht gerade weil eine steife Brise vorhergesagt war.

In den Tagen, nachdem wir die Nachricht erhalten hatten, taumelte ich besinnungslos durchs Leben. Ich hatte meinen besten Freund verloren, und das Einzige, was mir einfiel, war, den zweitbesten wieder an Land zu ziehen. Senoussi. Ich brauchte drei Schachteln am Tag. Dazu Rotwein – egal welche Sorte – und Kaffee fässerweise. Ich aß, jedenfalls bewusst, nichts, und wenn, dann nur Streuselkuchen. An klare Gedanken in der ersten Woche kann ich mich nicht erinnern. Und in der darauffolgenden auch nicht. Wohl aber an ein regelmäßig einsetzendes Zittern im ganzen Körper.

In der Agentur liefen alle, soweit ich es mitbekam, kopflos herum. Gearbeitet wurde garantiert nicht. Czernatzke war das Rückgrat von WWW gewesen. Und die Mitarbeiter spürten die aufkommende Unsicherheit und machten sich Gedanken über ihre Zukunft. Mir traute niemand zu, das Schiff ohne meinen Partner über Wasser zu halten. Eine Einschätzung, für die ich

Verständnis hatte. Lüllemann schloss sich meinem Verhaltensmuster an und vergrub sich ebenfalls.

Die Leiche von Claus wurde erst sieben Tage nach ihrem Fund freigegeben. Warum? Keine Ahnung. Offensichtlich waren unsere Schwestern handlungsfähiger. Zum Glück. Sie übernahmen die privaten Dinge, allen voran die Beerdigung.

Es ist mir nicht peinlich, hier zu beschreiben, wie sehr ich um meinen Freund weinte. Aber noch mehr um mich. Mein Selbstmitleid erstickte mich geradezu. So viel Scheiße, wie ich sie in den letzten zwölf Jahren erlebt hatte, hätte man gut auf fünfzig Mann verteilen können. Da wäre keiner zu kurz gekommen. Warum also diese Anhäufung ausgerechnet bei mir? Wo lag meine Schuld? Das Hadern mit dem Schicksal lief mir in unregelmäßigen Wellen durch Kopf und Körper und behinderte mich in der Gegenwart.

Die Beerdigung war dann der Höhepunkt des ganzen Horrorszenarios. Ich schmiss wieder mal reichlich Beruhigungstabletten ein, und meine Augen sendeten nur noch zehn Prozent der aufgefangenen Eindrücke an mein Hirn weiter. Reichte vollkommen.

Zwei Tage nach Kirche und Friedhof saß ich in meinem Büro und stierte in Nawitschs Käfig, den Kopf auf die Arme gestützt. Im Aschenbecher zwei vor sich hin glimmende Senoussi, die ich wechselweise zum Mund führte. Ein Glas meiner Hausmarke in Griffweite. Plötzlich erschien unser Steuerfuchs in Begleitung des Kreditsachbearbeiters, der für WWW, aber auch für mich privat zuständig war. Auf seiner Karte stand »Direktor«, und genau so sah er auch aus.

Nach *»Mein Beileid«* und *»Wie geht's?«* und *»Wird schon wieder«* war es vorbei mit der Freundlichkeit. *»Werner, du hast Verantwortung!«*, sagte unser Steuerfuchs. *»Ihr und du habt Verbindlichkeiten bei der Bank und deine Mitarbeiter und Kunden interessieren sich nicht für deine Befindlichkeit. Reiß dich zusammen! Gehen lassen kannst du dich nach Feierabend – am besten aber gar nicht!«*

Dann jammerte der Bank-Typ los. Vertrauensvorschuss, er habe immer an uns geglaubt, die Kredite an WWW und an mich habe er quasi persönlich verbürgt, und wenn wir nun den Abflug machten, flöge er hinterher. Und so weiter.

Mich erreichten ihre Appelle nicht im Geringsten, und nur aus Reflex fragte ich: *»Und, wie soll es jetzt weitergehen? Wer macht jetzt den Job von Claus?«*

Unser Steuerfuchs hatte die Lösung und schüttelte sie aus dem Ärmel: *»Der Michael Sprenz war schon lange die rechte Hand von Claus. Gib ihm die Verantwortung!«*

»Sprenz?«, fragte ich überrascht. *»Der ist doch noch ein Kind!«*

»Er ist achtundzwanzig und seit fünf Jahren bei euch. Vertrau ihm, es wird sich auszahlen!«

Diese Wendung kam überraschend. Jedenfalls für mich. Doch da mir zu dem Zeitpunkt alles egal war, ließ ich Ginger und Michael rufen, eröffnete ihnen den Vorschlag unseres Steuerfuchses und sah in ein bedröppeltes und in ein grinsendes Gesicht. *»Bist du damit einverstanden?«*, fragte ich Ginger pro forma, worauf er, glaube ich, nickte. Das war es schon – die Rettung von WWW. Oder sagen wir so: Das Geschäft lief weiter und unsere Leute gingen wieder an die Arbeit. Bedeutete für mich: Die Freiheit, mich weiter gehen zu lassen.

Unser Steuerfuchs verabschiedete sich mit den Worten: *»Wir sehen uns dann wohl beim Notar. Testamentseröffnung. Er wird dir Bescheid geben.«*

Kurz danach tauchte Graulumbo auf. Er setzte sich vor mich, bohrte seinen Blick in meine stumpfen Augen und sagte erst einmal nichts.

»Wird das ein Schweigekonvent?«, begann ich die Konversation, um die Lage zu entspannen. Meine Lage.

»Der Selbstmord von Herrn Komischke sagt wohl alles«, grunzte er, mal wieder, ohne seine Stimmung zu offenbaren.

Von null auf hundert kam ich in Schwung. »*Selbstmord? Sind Sie übergeschnappt? Was soll diese Unterstellung? Am liebsten würde ich Ihnen jetzt eine reinhauen!*«, brüllte ich, sprang auf und zeigte zur Tür. »*Raus! Na los! Raus hier! Sie kotzen mich an!*«

Der Kommissar erhob sich in Zeitlupe, behielt seinen debilen Blick bei und meinte: »*Herr Komischke ist ohne Rettungsweste gefunden worden. Sehr ungewöhnlich. Denken Sie mal drüber nach. Für mich ist er der Täter, der Mörder Ihrer Frau. Er hat dem Druck einfach nicht mehr standgehalten. Auf Wiedersehen.*«

Im Film bewundert man Fahnder, die den siebten Sinn zu haben scheinen. Die durch Wände und Köpfe schauen und Theorien entwickeln, die am Ende, kurz vor dem Abspann, der Wahrheit entsprechen. Ich hingegen bewunderte nichts, ich hatte Mordgedanken. Wenigstens ein blaues Auge hätte ich ihm schlagen sollen. Aufgebracht genug war ich, aber die magere Kraft in meinen Armen hätte wahrscheinlich noch nicht einmal dafür gereicht.

Nach dem mir zugespielten Vorbild der Kompetenzneuordnung wurde ich nun selbst aktiv. Ich versammelte alle Kreativen des Hauses in meinem Büro und erklärte, weshalb ich mich arbeitsunfähig fühlte. »*Ich bin gerade einfach nicht in der Lage, locker-flockig zu texten. Mein Kopf ist leer. Mir fällt nichts ein. Sorry Leute, wer macht mal eine Zeit lang meinen Job?*«

Es begann eine wirre, wilde, aber ergebnisorientierte Diskussion, an deren Ende ein Triumvirat stand, mit dem alle einverstanden waren. Drei Leute, die mir den Freiraum gewährten, meinen Kummer zu pflegen. Die mich daran hinderten – wenngleich ungewollt – mich zusammenreißen zu müssen.

Wenn ich danach überhaupt noch jemanden an mich heranließ, dann waren es die Schwestern. Meine und Czernatzkes. Mit ihnen, einzeln oder gemeinsam, ging ich manchmal essen. Unsere Trauer unterschied sich erheblich, obwohl wir alle unser Päckchen zu tragen hatten. Vielleicht war ich aber auch einfach zu wund gescheuert. Alte Narben. Phantomschmerzen. Was weiß ich. Kann aber natürlich auch ein Mangel an Disziplin gewesen sein.

Frau Dr. Gebhard-Gebeiner hat ein sehr konstruktives Gespräch mit einer Kollegin über den Fall Werner Weber. Nachdem diese dessen Aufzeichnungen gelesen hat, glaubt sie nämlich, den Patienten aufrichten zu können. »Der braucht nur einen Anstoß, einen Schubs sozusagen!« Darin stimmt die Leiterin des Landeskrankenhauses mit ihrer Kollegin überein. Die ergänzt: »Ich empfehle Hilfe zur Selbsthilfe. Gesund werden kann man nur allein. Der Patient muss selbst Perspektiven für sich entwickeln. Und seine Lebensbeichte, wie ich es einmal nennen möchte, scheint ihn doch eher aufzubauen. Ich habe das Gefühl, er schüttelt die depressiven Gedanken langsam aus sich heraus. Der ist auf dem richtigen Weg. Er muss nur den Glauben an sich zurückgewinnen! Und vielleicht kann man ihm dabei ja ein wenig helfen«, sagt sie und lächelt sanft.

Das Testament glich einer Wundertüte. Der Notar zauberte Überraschungen hervor, die Czernatzke zuvor für uns eingetütet hatte. Seine Lebensversicherung ging zu je fünfzig Prozent an die Schwestern – seine und meine. Sein übriger Besitz sollte verkauft werden und der Gesellschaft zur Rettung Schiffbrüchiger zugutekommen. Seine Firmenanteile gingen, und das verblüffte mich, in verschiedene Richtungen. Czernatzke besaß fünfundvierzig Prozent an WWW, genauso wie ich. Den Rest hielt Ginger Lüllemann. Nun sollte ich plötzlich zweiundzwanzig Prozent von ihm erben, je neun Prozent gingen an die Schwestern und – es verschlug mir die Sprache – fünf Prozent bekam Michael Sprenz.

»*Das ist ja sehr vorausschauend*«, gab ich meine Verblüffung preis, während langsam ein Hauch von Zuversicht in mir aufstieg. Der gute alte Czernatzke. Dachte stets ein paar Ecken weiter.

Als die Vorlesung vorbei war und alle im Aufbruch begriffen waren, nahm mich der Notar zur Seite. »*Bleiben Sie bitte noch kurz hier*«, flüsterte er, bevor er die Damen und unseren Steuerfuchs servil verabschiedete.

Als ich mit ihm allein war, fragte ich direkt: »*Wieso bekomme ich zweiundzwanzig Prozent von ihm? Was steckt dahinter?*«

»*Herr Weber, lesen Sie Ihren Gesellschaftsvertrag. Dann werden Sie erkennen, dass Sie nun die Zweidrittelmehrheit haben. Sozusagen die qualifizierte Mehrheit. Ich denke, Ihr Steuerberater hat ihm dazu geraten. Fragen Sie ihn.*« Musste ich erst noch verdauen, klang aber nicht unlogisch. Dann zog der Notar einen Brief aus seiner Schreibtischschublade. »*Herr Weber, dieser Brief ist für Sie. Herr Komischke hat ihn mir übergeben mit der Auflage, ihn nach seinem Tod auszuhändigen. Bitte sehr.*«

Ich glotzte regungslos auf Czernatzkes Handschrift, die mir der Notar unter die Nase hielt. Dann nahm ich den Brief und wollte ihn aufreißen.

»*Halt!*«, meinte nun der Notar. »*Herr Weber, ich glaube, es ist ein privater Brief. Den sollten Sie nicht in meinen Amtsräumen lesen. Nehmen Sie ihn mit nach Hause und lesen Sie ihn in aller Ruhe. Das empfehle ich in solchen Fällen.*«

»*Wissen Sie denn, was drinsteht?*«, fragte ich amateurhaft.

»*Nein, es ist ja ein privater Brief.*«

Aufgewühlt verließ ich die großbürgerliche Kanzlei und wartete auf eine Taxe. Die Schwestern waren schon weg. Auf der Fahrt zu mir nach Hause wurde ich dankbar für den Tipp des Notars. Ich nahm mir vor, den Brief erst später, nach Feierabend, zu lesen, sagte dem Fahrer mein neues Ziel, und er brachte mich in die Agentur. Ich ging direkt zu Michael Sprenz, beglückwünschte ihn und versprach ihm weitere fünf Prozent, sofern er den Laden erfolgreich durchs nächste Jahr brächte.

Abends ging ich ausnahmsweise zu Fuß zu Voglers, aß eine Kleinigkeit und trank dazu zwei Gläser Spätburgunder vom Kaiserstuhl. Was anderes hatten sie nicht. Dann spazierte ich nach Hause und kam an der Reichsapotheke vorbei, in der Czernatzkes Schwester gearbeitet hatte, bevor sie Pädagogik studierte. Das war reiner Zufall, so viel sei schon mal gesagt, denn woher hätte ich von der Nachtbereitschaft wissen sollen? Die Idee mit den Schlaftabletten kam mir spontan, weil ich glaubte, keine mehr zu Hause zu haben. Zumindest war ich mir unsicher.

Den Brief trug ich die ganze Zeit in meiner Jackentasche, auf der linken Seite. Kann Einbildung sein, aber mir kam die Brust in der Herzgegend deutlich wärmer vor. Ich zögerte das Lesen immer weiter hinaus, zündete eine Kerze an – eigentlich gar nicht meine Art –, schenkte mir einen gut gekühlten Pinot Noir ein, rauchte in Ruhe ein, zwei Senoussi, dann goss ich das Glas erneut voll und saß schweigend im dunklen Wohnzimmer. Die Kerze flackerte und rußte zu Beginn, was ich zu deuten wusste. Das letzte Mal hatte Karin sie angezündet. Auch der Kerzenständer, ein schlichtes Holzteil, war von ihr. Ich sah die Lange Stille vor mir, wie sie Kerzen anzündete. Loderte die Flamme, sah sie immer ein paar Sekunden regungslos auf den Docht, atmete tief ein, wedelte mit dem ausgebrannten Streichholz durch die Luft und sagte: »*Brennt!*« Nur dieses eine kleine Wort, wobei ihr Gesicht Zufriedenheit und Stärke ausstrahlte. Jedes Mal aufs Neue.

Erinnerungen. Leider keine stimmungsaufhellenden. Kurz bevor die Flasche leer war, holte ich bereits eine neue aus der Küche.

Die Glühbirne in der Leselampe am Sofa war schon seit Langem kaputt. Die Entscheidung, ob ich das Deckenlicht anmachen sollte, nahm erneut einige Zeit in Anspruch. Doch schließlich hielt ich den Umschlag vor die Kerze und befand den Lichtschein für ausreichend. Dann öffnete ich ihn. Im Zeitlupentempo. Es dauerte bestimmt eine Viertelstunde, bis ich anfing, die ersten Zeilen zu erfassen. Nach jedem Satz unterbrach ich mich für einen Schluck Wein oder eine Zigarette. Auf diese Weise sog ich Czernatzkes letzte Worte an mich auf.

Nach dem dritten Lesedurchgang überlegte ich noch geistesgegenwärtig, ob ich den Brief zu Omi Lehne ins Gartenhaus bringen sollte, in mein Spezialversteck, damit er nicht in falsche Hände geriet. Ersatzweise stopfte ich ihn dann in meine alte Zeugnismappe, hinter mein letztes Grundschulzeugnis. Die Hüllen aus viel zu weichem Plastik behinderten diesen Vorgang enorm, und ich begann zu schwitzen.

Beim Lesen des Briefes überfiel mich eine grenzenlose Traurigkeit. Ich fühlte, wie ich schwerer und schwerer wurde, und wünschte mir einen endlosen Schlaf herbei. Nur damit ich nicht falsch verstanden werde: Mit »endlos« meinte ich nicht den ewigen Schlaf, sondern lediglich einen Schlaf, der mich aus der Gegenwart ziehen sollte. Von den Tabletten hatte ich zunächst nur acht Stück geschluckt, was wohl kaum als Selbstmordversuch zu werten ist. Doch nach einer Weile, die ich vor mich hingedämmert hatte, wurde ich plötzlich wieder hellwach. Ich sah die offene Packung und war auf einmal unsicher, ob ich schon welche genommen hatte. Oder genug. Vorsichtshalber nahm ich noch eine Ladung. Wie ich hinterher hörte, sollen ja insgesamt siebzehn Tabletten aus der neuen Packung gefehlt haben. Oder waren es achtzehn? Jedenfalls immer noch kein unzweideutiger Hinweis auf die Absicht, die man mir unterstellt. Ich war einfach nur kaputt. Ausgebrannt. Meinetwegen auch betrunken, melancholisch oder traurig. Und ja, wahrscheinlich auch trübsinnig oder irgendwie schwermütig. Aber noch mal zum Mitschreiben: Ich wollte raus aus dem Hier und Jetzt, aber keinesfalls raus aus meinem Leben! Die mich erfassende Perspektivlosigkeit war übermächtig wie ein Schwarzes Loch, das noch den letzten Hoffnungsschimmer verschluckte. Ich war fertig. Am Ende. Down and out. Na und?

Liebe Frau Gebhard-Gebeiner,

Sie hatten recht. Es war gut zu schreiben. Andererseits, das ist schließlich Ihr Job. Wenn SIE nicht wissen, was Leute wie ich brauchen, wer dann? Trotz dieser kleinen, nicht ganz ernst gemeinten Einschränkung bin ich Ihnen dankbar. Mein Leben, wie ich es in Erinnerung habe (wahrscheinlich war vieles völlig anders, und manches habe ich unterschlagen, weil vergessen), ist an mir vorübergezogen. Dass mein Blick auf mich und meine Reaktionsmuster mittlerweile ein anderer ist, wird Sie nicht verblüffen. Mich schon.

Mir behagte es bislang gar nicht, Ihnen oder Ihren Psychowerkern etwas von mir preiszugeben. Ihre Therapeuten wollten immer Selbsterkenntnisse und Veränderungen aus mir herauskitzeln. Schon klar, so kommen die Erfolge eines Therapie-Spezialisten zustande – und wer will nicht erfolgreich sein?!

Ich habe mich bei Ihnen eingesperrt gefühlt, gleichzeitig

wollte ich aber gar nicht weg. Ich hätte nicht gewusst wohin. Ich kann Ihnen keine Projekte nennen, keine Vorsätze oder Absichten, die ich mir für die Zeit nach meiner Entlassung vorgenommen habe. Ich habe keine Pläne! Dennoch fühle ich mich nicht planlos. Meine Selbsteinschätzung, also mein derzeitiger Zustand, ist neutral. Vielleicht könnte man sagen, ich bin resettet. Alle Einstellungen sind auf null gesetzt.

Da ich keine wirtschaftlichen Probleme habe, ist meine Ausgangssituation entspannt. Ich muss mir keine Sorgen um ein Einkommen machen, keinen Job suchen. Das ist positiv. Negativ daran ist, dass mir dadurch vielleicht der Antrieb, nein, der Erwerbstrieb fehlt. Natürlich weiß ich, worum ich mich kümmern sollte: Zuallererst um mich! Mein Körper war bei meiner Einlieferung ein Wrack. Von mir selbst zerstört. Womit, habe ich in meinen Aufzeichnungen gelesen. Wahrscheinlich sogar kapiert. Gute Voraussetzungen, um an der Stelle mit Plänen zu beginnen. Und Hilfe kommt sogar von außen. Ich habe gelesen, Reemtsma will die Produktion von Senoussi einstellen. Wie fürsorglich von denen.

Das Schreiben unter Ihrer Oberaufsicht hat mir zudem gezeigt, dass ich in der Lage zu sein scheine, nein, dass ich in der Lage bin, etwas, das außerhalb meines Berufslebens liegt, mit Konzentration und Ausdauer zu verfolgen. Ja, genau hier liegt eine Erkenntnis, die soeben mein Inneres erreicht. Nicht schlecht, bin ich noch gar nicht drauf gekommen.

Auch die nächste Idee kommt mir erst beim Schreiben dieser Zeilen: Ich werde wohl wieder Musikkritiken schreiben, nur etwas seriösere. Hat mir immer Spaß gemacht, vor allem das Musikhören – eine unabdingbare Voraussetzung für jede Kritik.

Sie sehen, Frau Doktor, ich bin kein hoffnungsloser Fall.

Im Gegenteil. Ich fühle mich extrem entlassungswürdig.

Zu guter Letzt bei allem Dank noch eine kleine Beanstandung: Die Verpflegung in Ihrer Anstalt ist grottenschlecht, allerdings gut genug, um knapp achtzehn Kilo abzunehmen. Noch ein Erfolg!

Herzlichst
Ihr Werner Weber

»Herr Weber, Sie verlassen uns, wie schön. Da will ich doch die Chance nutzen, Sie persönlich zu verabschieden. Und Ihnen zu sagen, wie sehr ich mich über Ihren wundervollen Brief gefreut habe. Ein echter Werner Weber, wenn ich das mal so sagen darf.«

»Ja, leider habe ich noch keinen Ghostwriter. Alles muss man selber machen.«

»Haha, immer einen Spruch auf Lager, nicht wahr?! Inzwischen habe ich mich daran gewöhnt. Aber Ihren Zynismus, äh, Sarkasmus ..., nun ja, das sind eben Sie.«

»Die Sachen, die mit ‚mus' enden, werden ja allgemein negativ verstoffwechselt.«

»Ich sehe, Sie haben Ihren Humor nicht verloren, Herr Weber. Hat mich gefreut, Sie kennenzulernen. Passen Sie auf sich auf! Lassen Sie sich von nichts und niemandem mehr aus der Bahn werfen, hören Sie!?«

»Jaja, alles klar. Vielen Dank noch mal.«

»Werden Sie denn abgeholt?«

»Ja, Ginger kommt, also Herr Lüllemann. Der bringt mich zurück

ins richtige Leben, auch wenn es das im falschen nicht gibt, oder so.«

»Haha, machen Sie es gut!«

Im Eingangsbereich des Landeskrankenhauses, direkt neben dem großen Fenster der Rezeption, hinter dem eine ältere Dame Besuchern Auskünfte gibt, indem sie in ein Mikrofon schnarrt, steht eine lange, hölzerne Bank. Regungslos sitzen dort ein paar Wartende. Draußen regnet es. Werner Weber stellt seine Tasche ab, schaut durch die Scheiben der Tür und sucht den Wagen von Ginger Lüllemann.

»Immer zu spät«, murmelt er und bemerkt plötzlich eine Hand, die sich bei ihm einhakt. Die ihn vorwärts schiebt.

»Komm!«, sagt Karin Mohrmann. Einfach nur: »Komm!«

Ein Jahr später.

Karin Mohrmann-Weber und Werner Weber reiten schweigend nebeneinander auf einem Waldweg. Beide hängen ihren Gedanken nach. Plötzlich fragt sie: »Sag mal, was stand eigentlich in dem Brief von Claus? Kannst du jetzt drüber reden? Oder ist es besser, es nicht zu erfahren?«

»Besser!«

Mein besonderer Dank geht an:

Vivien Catharina Altenau (begleitende Lektorin),
Christian Pfaff (Musikkritiken),
Dr. Dr. B. Grundmann (Medizin und Co.),
Michael Lenkeit (Lektorat),
Thomas Kiper (Korrektorat),
Jürgen Heinrich † (Inspiration).

Dank an die (kritischen!) Testleser:

Karin Gottschalk und Werner Bohl, Hasko Neumann, Marianne Wachholz, Günther Heinrich, Reinke Haar, Michael Exner, Emily Modick, Michael Wagner, Nicolina Unland und Candis Burdekat.

Und Meik Spallek hat das Hörbuch besser eingelesen, als ich es geschrieben habe!

Irmin Burdekat

Autorenportrait

»Wer was wird, wird Wirt – wer das verpasst, bleibt Gast.« Auf diese Binsenweisheit muss Irmin Burdekat reingefallen sein. Anstatt »etwas Ordentliches« zu machen, verschlug es ihn in die Gastronomie. Als Gastwirt ist man gut beraten, ein Geschichtenerzähler zu sein, denn Gäste erwarten mehr als Bier und Buletten. Auch Burdekats fünf Kinder reagierten positiv auf die an den Haaren herbeigezogenen Phantasien – natürlich nur bis zur Pubertät.

2006 wurden dann erstmalig aus den erzählten Geschichten richtige Bücher, mit denen sich Leser zunehmend gut unterhalten fühlen. Rasante Sprache und ein Mix aus Humor und Spannung müssen der Grund dafür sein. Irmin Burdekat lebt mit seiner kanadischen Frau in Norddeutschland, schreibt aber ausschließlich in einer primitiven Blockhütte am Georgian Bay, Ontario.

www.tpk-verlag.de

Die Lange Stille

von Irmin Burdekat

Auch als eBook erhältlich:
ISBN 978-3-936359-88-6
Als Download in den
gängigen eBook-Portalen!

Auch als Hörbuch erhältlich:
»Die Lange Stille«
gelesen von Meik Spallek

559 Minuten
ISBN 978-3-936359-89-3
Als Download in den
gängigen Portalen!

Tisch 17 is'n Arsch!
Geständnisse eines Gastwirts

von Irmin Burdekat

Taschenbuch, 288 Seiten
erschienen beim tpk-Verlag
ISBN 978-3-936359-68-8

Auch als eBook erhältlich:
ISBN 978-3-936359-59-6
Als Download in den
gängigen eBook-Portalen!

Auch als Hörbuch erhältlich:
»Tisch 17 is'n Arsch!«
vom Autor selbst gelesen.
Mit einem exklusiven Song
von Gunter Gabriel!

515 Minuten
ISBN 978-3-936359-60-2
Als Download in den
gängigen Portalen!

www.tpk-verlag.de

Der katholische Bahnhof

von Irmin Burdekat

Hardcover, 256 Seiten
erschienen bei Berg & Feierabend,
Vertrieb über den tpk-Verlag
ISBN 978-3-936359-91-6

Auch als eBook erhältlich:
ISBN 978-3-936359-92-3
Als Download in den
gängigen eBook-Portalen!

Auch als Hörbuch erhältlich:
»Der katholische Bahnhof«
gelesen von Meik Spallek

441 Minuten
ISBN 978-3-936359-86-2
Als Download in den
gängigen Portalen!

www.tpk-verlag.de

Hast du mal die Kanuschlüssel?
Zwei Outdoor-Amateure
in Kanadas Wildnis

von Irmin Burdekat
und Christian Pfaff

Hardcover, 212 Seiten
erschienen beim Isensee-Verlag
ISBN 978-3-89995-693-1

Hast du mal die Kanuschlüssel?
Zwei Outdoor-Amateure
in Kanadas Wildnis

von Irmin Burdekat
und Christian Pfaff

Taschenbuch, 272 Seiten
erschienen bei Malik /
National Geographic
ISBN 978-3-492-40425-9

Nawitsch der Erste